即便她见过世间最丑陋的人心,即便她明白世间惨淡的现实,即便她将一颗真心交托出去,屡屡被辜负,常常被伤害,却始终不改初心。

　　容貌会老,但心境不会;黑发会苍白,但气质不会。每个女孩都值得拥有最好的那个男孩,也许他姗姗来迟,也许他小你八岁或者大你八岁,也许他笨笨的不会讨你欢心,但他终究会来,脚踩着七色云彩,为你拒绝了全世界的澎湃,倾注他全部的钟爱,吻着你的额头,说:"别担心,有我在。"

——《不老的猫小姐》

　　她看综艺节目的时候听到一位女嘉宾说,宁愿坐在宝马车里哭,也不要坐在自行车后面笑。

　　可她现在,已经连这样选择的权利都没有了。

　　她知道,今生今世,她心中失落的那一角,是无论她多么努力多么拼搏,也不可能愈合的伤口。

　　可她偶尔还有梦。梦中的少年穿着洁白的衬衫,有清新的肥皂香味,他转过头来对她微笑,只是那熟悉的脸上,再没有了梨窝。少年对她说:"你也在这里吗?"

——《梨窝》

他注定和她拥有不一样的人生，他和她的距离，并不是第一名和第十名的差别，而是隔着千山万水的广度、千差万别的宽度。

他们注定不会有结果。平心而论，起初她对他确实并无好感，但随着了解的加深，随着他们有了共同的爱好和话题，好感的种子就在心里扎下根了。稚嫩的情愫不过是一点儿萌芽，娇嫩得无法禁得起现实的冲击。她只能把对他的感情当作发炎的阑尾，狠下心切掉，从生命中剥离。

只是不曾想，这个过程，竟然如此疼。

——《相见恨晚》

那天之后他才意识到,陈多多对他而言,是不一样的。

他计划大学之后对她表白,让她做他的女朋友,可多多的态度一直很冷淡,每次在电话里,她都似乎没什么耐心一般急于收线,让他实在没有表白的契机和勇气。

这么一拖,就拖到了毕业后。得知多多回到了家乡,他也回到同一个城市,时常来到她的宠物店,借着买宠物的契机,和她有一句没一句地搭讪。

其实,他哪里有过女朋友呢。他从未有过一场真正的恋爱,那个名为"女朋友"的头衔,他一直为她留着。

他在等待时机成熟,把她从她的壳里拉出来的时候对她表白,带她去自己居住的地方,问她:"你愿意做这些动物的女主人,跟我一起照顾它们吗?"

——《消失在平安夜的番茄鱼片》

　　她在学校里寻觅林森的身影。她跟在林森身后上自习，跟着他去食堂，跟着他坐在学校人工湖边看落日，他发呆的时候，她就站在他对面端详着他。经过这一段时间的跟随，陈灵知道他们都喜欢吃食堂的烧茄子，都喜欢看着湖心那一片郁郁葱葱的小岛，喜欢同一位歌手，看过同一本书，玩过同一款手机游戏，在同一家网站的论坛上匿名闲逛而不留言……他们之间有这么多共同之处，点点滴滴的生活细节都如此接近。有时候她会恍惚地想：他是不是世界上的另一个她？

　　越是跟随在他身边，陈灵就越来越不满于单方面的注视，她想跟他分享食堂里她喜欢的其他菜色，想问他喜不喜欢偶像的新专辑，想和他交流读后感，想坐在他身边一起看湖边的风景，从落日余晖到星光满天，对他说，你眼中的海洋，比这夜空更璀璨。

——《脑电波》

我醉眼蒙眬中,似乎又回到了那年的暑期旅行,我和程宇围坐在篝火之前,噼里啪啦的柴火声在耳边喧闹,美丽的火光将那少年的眼眸映得亮晶晶的,女孩以为他嘲笑自己故意假装生了气,少年有点儿手足无措地连连解释:"想飞很好啊……我没有笑话你……我怎么会笑话你……我……"

我看见他红了脸,眼中有闪亮的坚持,声音小却字字句句都很清晰:"我除了篮球……最喜欢的,就是小慧你啊。"

——《青春是一只飞走的鹦鹉》

※彩页摄影:邓小远

深夜暖心 Be Warmed in Late Night

我不怀念你，我只怀念有你的往昔

冷亦蓝 著

吉林摄影出版社
·长春·

图书在版编目（CIP）数据

我不怀念你，我只怀念有你的往昔 / 冷亦蓝著. --长春：吉林摄影出版社，2015.10
（松果阅读）
ISBN 978-7-5498-2416-8

Ⅰ. ①我… Ⅱ. ①冷… Ⅲ. ①短篇小说 - 小说集 - 中国 - 当代 Ⅳ. ①I247.7

中国版本图书馆CIP数据核字(2015)第238284号

我不怀念你，我只怀念有你的往昔 WO BU HUAINIAN NI，WO ZHI HUAINIAN YOU NI DE WANGXI

项目出品	意林松果阅读
著　　者	冷亦蓝
出 版 人	孙洪军
总 策 划	顾　平　蔡　燕
责任编辑	施　岚
丛书统筹	蔡　燕　黄　磊
策划编辑	黄　磊
特约编辑	刘思遥
设计总监	资　源
封面设计	资　源
美术编辑	孔凡雷
开　　本	880mm×1230mm 1/32
字　　数	220千字
印　　张	8.25
印　　数	1～20000册
版　　次	2015年10月第1版
印　　次	2015年10月第1次印刷
出　　版	吉林摄影出版社
发　　行	吉林摄影出版社
地　　址	长春市泰来街1825号
	邮　编：130062
电　　话	总编办：0431-86012616
	发行科：0431-86012602
网　　址	www.jlsycbs.net
经　　销	全国各地新华书店
印　　刷	北京嘉业印刷厂
书　　号	ISBN 978-7-5498-2416-8　　定　价：29.80元

启　事

本书编选时参阅了部分报刊和著作，我们未能与部分作品的文字作者、漫画作者以及插画作者取得联系，在此深表歉意。请各位作者见到本书后及时与我们联系，以便按国家相关规定支付稿酬及赠送样书。

地址：北京市朝阳区南磨房路37号华腾北塘商务大厦1501室《意林》编辑部（100022）

电话：010-51908602

版权所有　翻印必究
（如发现印装质量问题，请与承印厂联系退换）

序

小蓝让我写个序，一开始接下这个请求时有点儿忐忑，我其实不太懂得如何描述身边的人或事，也怕写得不好，让这本集子一开始就给人不太好的阅读体验，那我就只好撞墙谢罪了（当然我知道小蓝会拉住我，哈哈）。

于是思前想后，我想还是说说文字的事儿吧，毕竟是最熟悉的部分。

和小蓝最初相识的时候她还在写古风文，在当时我所认识的所有写手中，她应该说是最能够创新的一个，对于短篇写手来说这是非常难得的一种天赋，这种天赋能让她的文章有种脱颖而出的新意，一阅难忘。（至今我还是总能看到读者提起她很久前的文章，哈哈。）

所以其实在了解她这个人之前，我就已经爱上她的文章了，有道是文品如人品，能够写出这么有意思的故事，作者必然也是妙人。

花前月下都"私奔"过好几回（嗯，我私自投奔她比较多）后发现，嗯，她是比我想象得还要好得多的人。

成为朋友后对她了解得更多，经常在一起讨论、构思题材什么的，发现她有个很有趣的特点，就是能很快地将所见所闻转化成可用的故事题材，我不禁觉得这样的反应能力仅限于古风短篇的创作不是浪费吗，结果果然过不多久她就开始了"轻都市"类作品的创作。

序

　　这里"轻都市"这个词其实是我杜撰的,不然我觉得没法给小蓝的现代文定义。她的文章永远给人两种类型互相交织的感觉,对现实生活细节的精准观察及反应,和作者本身积极悲悯的心态,这两者混杂在一起,既不会有过于现实的黑暗绝望,也不会是空中楼阁般的虚幻美好。那种意味深长且恰到好处的淡淡哀伤,增一分伤情,少一分矫情,不多不少,淡然却隽永,最为难得。

　　说起来对于一个写手来说,十项全能——能够适应各种各样的文字——当然是一个非常美好的状态,但是不可避免的一点就是在那么多的类型里总有一种是特别适合你的,适合到让人觉得你不写简直就是暴殄天物。小蓝的古风文固然已经足够令人惊艳,但是在看过她的"轻都市"小说后却会觉得这才是最适合她的文字,最能将她对人世细致入微的观察,以及她本身具有的那种单纯和坚定完全表现出来的写作方式。

　　这点我们这些朋友知道,她自己也知道。

　　就在这篇序写成的前两天,闲聊时小蓝说日后将会主要致力于"轻都市"小说的创作,所以我想这个短篇集将只是一个美好的开端,今后还有很长的"文路"她会走过,还会有更多更好的故事。作为朋友我就想谢谢看了这本集子的你,也想给小蓝说:亲啊,此路漫漫,不离不弃。

橘文泠

二〇一五年七月三十日

我 不 怀 念 你， 我 只 怀 念 有 你 的 往 昔

目 录

不老的猫小姐 001

我怀念有你的往昔 009

梨窝 019

波希米亚之战 033

你好，陌生人 049

有一种思念遥不可及 063

相爱恨晚 079

不是每一次相逢都要相爱百年 097

消失在平安夜的番茄鱼片 111

我不怀念你，我只怀念有你的往昔

目录

脑电波 123

青春是一只飞走的鹦鹉 139

旧物收集者 155

万花筒中的小狗丢丢 171

贞子爱上你 187

追风少年遗失在天涯 201

海族 217

毒，药 233

不老的猫小姐

每个女孩都值得拥有最好的那个男孩,也许他姗姗来迟,也许他小你八岁或者大你八岁,也许他笨笨的不会讨你欢心,但他终究会来,脚踩着七色云彩,为你拒绝了全世界的澎湃,倾注他全部的钟爱,吻着你的额头,说:"别担心,有我在."

因为小猫极爱吃鱼又个性懒散,故得了这个外号。

平心而论,小猫生得并不美——矮胖、小眼睛,五官生得并无甚特色,但偏偏她就是极有男人缘,性情如水一般温柔,经常撒撒娇、发发嗲,无论对方是异性还是同性,会示弱的女孩子,运气都不会太差。

小猫的专业是服装剪裁,裤脚改得尤其好,十九岁参加工作,和大学毕业一年后工作的我相比,她可真是千帆阅尽、世故老练。平日工作中,她维护客户关系的手段是最强的,外柔内刚透着一股精明,然而骨子里还是懒的,早上拉着我出去跟老板说跑客户,见了三个客户之后吃好了午饭,拎着两斤水果闯进一户民宅,开口就说:"爷、奶,我回来了,这是我同事。"然后和我在小屋大床上倒头就睡,午睡之后吃个西瓜消消暑,唠几句八卦开开心,最后回家,各找各妈。

一天天过得自在潇洒,业务不少谈,钱也不少赚,平日里在公司嘻嘻哈哈,性子圆滑谁也不得罪,上司同事大多待见她,一路顺风顺水。从最开始在饭店做服务员,到KTV(练歌房)公主,又到杂志社流程编辑,她吃过苦跌过跤,性子虽然懒散,却未改初心,一意上进,想做的事情,大多成了真。

只是她的情感之路,却不如职场这般顺遂。工作上,有时候你努力了,争取了,确实可见成效,钱的厚度大多跟汗水成正比,即便有曲径通幽的捷径,却需要马虎不得的功夫,只是情场上,就未必如此了。

一天中午,两个女人来公司找小猫,言辞之间有些古怪,让她们进来她们不肯，就在外面走廊里站着等，不一会儿小猫和她们进了消防通道，许久没回来，就有同事在我耳边低语："不好了姐，猫出事了！"

我们三五个女的撸胳膊挽袖子就跑出去了，我们几个人身高都在一米六五以上，更有一位一米七五的体育系壮妞压阵，加上我单手拎大桶装水的技能，别说对方是俩娇滴滴的娘们儿，就是俩五大三粗的汉子，我们这几条地头蛇，也有本事让她们溅一身血。

到了消防通道里，见了血的是小猫。

她的脸上、脖子上都被挠出了血痕，有的地方伤口深，有的地方浅，深深浅浅交杂在一起，看得人心疼，她没什么表情，满眼云淡风轻波澜不惊，倒是那两个出手伤人的此时哭得梨花带雨。我说："你们别动手，有话好好说。"其中一人哭喊道："要是你老公跟别的女人发生关系了，还有话好好说吗？"

小猫仍是站在原地，眼睛的视线聚焦在空中虚无的某个点上，一言不发，沉默得像一棵暴风雪中的松，任外界风刀霜剑，她自默然不动。

最终，那两个女人甩了脸上的泪，直接从消防通道走下了十八楼。我想了想，可能是因为我们堵在出口处，她们走不到电梯，即便走到了，也没有面对等电梯五分钟漫长尴尬的勇气。

我拉着小猫跑到公司旁边的酒吧里喝一杯，那是我第一次喝鸡尾酒，还是在上班时间。

小猫点了一杯蓝色夏威夷，杯子里装着澄蓝色的液体，杯口蘸着一圈盐，那个造型太好看，像街上扮成雕塑的任人投币的行为艺术家，我忍不住端起来尝了一口，盐入口的苦咸味让人忍不住灌一口杯中的液体，液体中有酒味，却带着淡淡的香甜，只是它的口感不像看上去那么美丽。

这东西有点儿像爱情。

小猫说："他是我在北京KTV做的时候认识的，那时他总来找我，待我很好，后来我才知道他有家。我跟他早断了，只是最近他总给我发短信，估计信息被他媳妇儿看见，就漏了。"

她说这些话的时候，表情有些悲切，好像在缅怀一件再也找不回来的东西，回忆一段再也回不来的时光，追思一个再也活不过来的人。

我说："怪不得你丫东北人说话调值还那么高，怪不得你丫纵横歌界无敌手，枉我自负天籁之嗓败在你的麦克风下，这么一算我也不亏。在北京找你唱歌还得花钱呢，我赚大发了。"

小猫那天给我讲了不少她坎坷的情史，她在沈阳处的狼心狗肺的男朋友劈腿跟她闺密结了婚，她心灰意冷成了北漂一族，在北京，她也遇到过一些人，有一些故事——其间，辜负过爱她的，也被她爱的辜负过，兜兜转转，一无所获。

小猫情路坎坷，每次恋爱都倾尽所有感情，把每一天当作世界末日一般用力去爱，但每段感情总生出这样那样的枝节和波澜，即便经过不同的过程，结局却总是一样。

惨淡收场，或者歇斯底里地收场。

就好像不同的河流最终通往同一个入海口一般，有的河流来自雪山，带来最纯净的水流；有的河流来自丛林小溪，携着最清冽的支流；有的河流来自黄土高原，夹杂着大量的沙石。最终这些河流都通往同样的地方，宽广无垠的大海，这里有五湖四海的水系，没有人在意你是冰川水、丛林水还是沙石水，一切都归于原点。

小猫回到沈阳，爱情的运势并没有好多少，后来她迷上了打游戏，自称"正太杀手"，专挑稚嫩的"小鲜肉"网恋，在结束了一场虚拟伤神的分手之后，一位先生主动出现在她的视线中。

小猫称这位先生为"熊孩子"。

熊孩子先生……我们简称其为熊先生吧。熊先生跟小猫网恋的时候大三，两个人的爱情从网络一路延伸到现实，小猫对熊先生的关怀简直无微不至，她可以买从沈阳到南京的站票，站整整一宿，只为亲手把驱蚊液送到他手上。

当然，最根本的原因还是她太想见熊先生了。

熊先生当时虽然是个穷学生，但也有曾经花一千块钱给小猫在游戏里买一身极品装备的痴情壮举，但这件事被小猫骂了一个月，很久之后，小猫再跟我提这事儿时还愤愤不平："一千块啊，干啥不好，买装备也太傻了……"

我白了她一眼说："当初不知道哪个傻瓜站了一宿把驱蚊液送给这个傻瓜的。"

爱情这东西就是能让人变成傻瓜。

小猫对熊先生的爱，可以用"宠爱"二字来形容，熊先生是典型的智商高、情商低的类型，擅长考试背书，却不擅长识人逢迎，小猫就给他讲为人处世的道理，讲她八面玲珑的技艺。我说："你能帮得了他一辈子吗？他终究有一日会明白这些道理，如果他有千帆看尽的一天，是否还会对你一往情深？"

小猫说："我会尽我所能把他安置在温室之中，呵护他，把我的智慧教给他，不让他过于社会化，让他看不到千帆风景，眼里只有我一个人。"

她说这话时的表情，颇有点儿王宝钏苦守寒窑十八载的悲壮。

熊先生最终为小猫放弃了考研，以优秀的成绩考上了公务员，小猫所担心的千帆看尽的危机最终没有发生，熊先生顺风顺水地做了个小职员，在距离沈阳两个小时车程的小城市里，每周与小猫见一次，有时他回来，有时她过去，日子就这样过去了，然后有一天，小猫跟我说："我要结婚了。"

我真的没想到她会结婚，不是小猫岁数不够，而是熊先生太年轻，而且对于两个人的恋爱，熊先生的家人一直反对声一片。

于是小猫和熊先生去见家长，莫说是父母，七大姑八大姨、二大爷三叔公几乎来了个遍，小猫穿得花枝招展，踩着细细的十厘米高跟鞋就去了。

她说："我虽然个子不高，但也不能在气势上矮了他们一头不是？"

斑斓绚丽的衣衫是她的战甲，水钻闪闪的高跟鞋是她的战靴，伶牙俐齿是她的武器，她招摇地骑着电动车去熊先生家，好像胯下是一匹赤兔宝马。

小猫将如同传奇战士一般过五关，斩六将，她踌躇满志，志在必得，不破楼兰终不还。

于是经历了几天的三堂会审，熊先生的家属团的一致意见还是：不同意。

不同意的理由很简单：小猫长熊先生八岁，即使现在你侬我侬恩爱正浓，谁知道几年后会怎样？十年呢？二十年呢？

熊先生生于书香世家，熊先生的母亲说话声音不大，却字字句句戳人心口："现在你还算年轻，十多年后，他有大把好时光，而你却只在走下坡路，他事业有成风生水起，而你却只能买高价化妆品天天去美容院，何苦呢？"

小猫用招牌微笑迎着对方，她眼睛小，笑起来显得更小，如果她勾勾手那就是活的招财猫，她就用这个招财猫的笑容看着对方大概有一分钟，看得熊先生母亲都有些毛骨悚然了，她才幽幽开口："谢谢阿姨为我们打算了那么久以后的将来。不过未来怎样，我不清楚。我只清楚今天，今天我们相爱，而这许多许多的今天，才是我们的未来。如果不爱他，我连今天都没有。"

熊先生家人对小猫的三堂会审没有想象中的激烈，长辈们对于他们两个人的坚持最后也不再多说，双方没有恶语相向，也没有撕破脸皮，熊先生父母自始至终只有两个字：不行。

他们表示，他们绝对不允许小猫和熊先生结婚，如果一定要结，那宁可断绝父子关系。

几天的鏖战，小猫使尽浑身解数，却无法攻破对方坚不可摧的堡垒，这场战争没有一兵一卒，没有血流成河，没有尸骨如山，却击碎了小猫天真的幻想。

几个月后，我接到小猫的电话，她说："某月某日某时，××酒店一楼大厅，礼金准备好了啊，这家酒店不错，我订的都是硬菜，敞开吃。"

我惊讶："他爸妈同意了？"

小猫的声音十分俏皮，我甚至能想象到她在话筒另一端巧笑倩兮："没啊。所以我把熊孩子拐来了，我们俩是私奔，婚宴上全是娘家席，一个婆家亲戚都没有，也挺好，省得挨个儿敬酒点烟，熏死老娘了。"

我更惊讶："你不怕人家爸妈告你拐卖儿童？"

她仍是笑："滚。二十四的儿童我不拐，留着早晚有人采，老娘不采白不采，嘿，白不采！"

好嘛。一位正太收割机，终于找了个比自己小八岁的正太，总算可以不祸害其他的祖国花朵了。

小猫结婚后并没有变成个勤俭持家、任劳任怨的家庭妇女，她仍然没心没肺地上班，八面玲珑地跑客户，用力生活用力工作，后来和朋友开了个公司，她是合伙人之一，居副总之位，手下一群小弟小妹，和她相处得其乐融融。

有小猫在的地方，就好像没有忧愁。即便你明知道这世上纷繁杂扰，但她就是有这样的本事，以自己为圆心，以她的小眼睛做半径，画出那么个小小的圆圈，一个虽然小，却能感染人获得快乐的乌托邦圆圈。

上个月小猫给我打电话说："我遇见前任了，就是劈腿跟我闺密结婚的那个。他在开出租车，车是租的，每天睁开眼就欠人家钱，正好我打到他的车，他满脸疲惫地跟我抱怨他老婆如何如何，我下车时，他还满眼憧憬地问我，我真羡慕你现在这样，留个电话好吗？"

我问："你留了谁的电话？"

她嘿嘿一笑："骗我的那个有妇之夫的。"

不愧是小猫。

即便她见过世间最丑陋的人心，即便她明白世间惨淡的现实，即便她将一颗真心交托出去，屡屡被辜负，常常被伤害，却始终不改初心，不为昨日的伤痛自伤自怜，不为哭泣而错过今日的阳光，前方若不平坦，她会为自己选一双高跟鞋，穿得花枝招展，边走边嘻嘻哈哈，把全世界踩在脚下。

容貌会老，但心境不会；黑发会苍白，但气质不会。每个女孩都值得拥有最好的那个男孩，也许他姗姗来迟，也许他小你八岁或者大你八岁，也许他笨笨的不会讨你欢心，但他终究会来，脚踩着七色云彩，为你拒绝了全世界的澎湃，倾注他全部的钟爱，吻着你的额头，说："别担心，有我在。"

愿你是小猫这样的女子，拥有熊先生这样的男孩。

摄影 李海亮

这世上，有些事情永远都是不公平的，比如体重，比如瘦子和胖子之间的相互作用力。

这世上，有些东西永远都是不公平的，比如爱情，比如一厢情愿的恋慕。

我怀念有你的往昔

大一入学那天,我遇见了大仙儿,我们俩民工似的背着行李,恰好在走廊上撞到一起,因为相互的反作用力,她被我弹开了一步,而我被她弹到了墙上,她回头看我一眼:"呀,对不起。"

　　我艳羡地看着她的身材,心想何时我能把她弹到墙上一雪耻辱。

　　而不等我开口,她就先一步说话了:"我是1501寝室的,汉语言专业一班,你呢?"

　　我说:"啊,真巧!我也是1501,也是汉语言专业一班的……"

　　她不容分说地拉着我的手,语气中有几分激动:"同学!以后你就跟我混吧!"

　　这一混就是四年,白天晚上形影不离,上课是同桌;吃饭一人打饭一人占座;上自习有座同享,无座翻墙;宿舍上下铺,互为人肉闹铃……

　　大仙儿生得肤白貌美,一双大眼神采飞扬,长长的睫毛跟扇子似的。她除了身材微胖,不够高挑儿之外,可以说在外形上没有什么缺点,从小到大,在每班同学之中,大概有三四个喜欢她的男生,而在这十年寒窗的漫漫征途之中,这三四个暗恋者之中只有一两个对她表白,她大多也看不上。

　　总有人说万事都看脸,但看脸也分人,女神和屌丝的差别不仅仅在于脸皮,其他诸如穿衣风格、走路姿势、吃饭细节、笑到露几颗牙的弧度之类,都很有学问,后者这些脸之外的因素,统称气质。所以在这么一个气质和脸都看的时代,大仙儿虽然面皮不错，但粉丝甚少。

你们就说，用望远镜看男生寝室这事儿，气质女神能干得出来吗？

大一的时候，寝室老大不知道从哪儿淘来一个望远镜，没事的时候，大仙儿就趴在阳台上，手举着望远镜朝对面的男生寝室看，看哪屋肥肉堆成堆，看谁家少年又裸背，有时候看着看着还捂住眼睛，低头傻笑一会儿后，掉转个方向，再看。

然而，有一天临熄灯前的半小时，蹲守在阳台上的大仙儿忽然大喊一声："天哪！对面十楼那屋的男生也拿着望远镜在看我们！"

大仙儿岂能善罢甘休。她脸色沉重地在寝室里点兵，从最壮实的点起，却都遭到拒绝，最后点到我这里，她四下看看，已经没其他的兵士可用了，于是叹息一声拉着我的手就轻易地把我拖了出去。

我说："你住手！我没答应你！"她以完全不可抗拒的力量拖着我："你不用答应，我替你答应了。"

力量这东西，跟作用力一样，从来都是不公平的，总有一方处于绝对压倒的优势，而我出于劣势的一方，注定被这泼妇坑。

其实，如果当年我再强壮一点儿的话，我一定会当时就把她打趴在地，一脚踩在她脑袋上对她吼："不许去！老娘就是不许你去！"

那样，也就不会有后来的故事了。

然而，我并没有穿越的能力，所以那天我如同我家狗栗子嘴里完全无法反抗的尖叫鸡一样被她拖到对面男生寝室门口，在门口，我们理所当然地被宿舍大爷拦下了，她扯着嗓子就开始叫阵："1012的黑蹄子你给我滚出来！说的就是你！黑不溜秋左屁股上有块儿白色胎记的那个浑球儿！老娘的寝室你也敢看！我呸！你拿的望远镜有我的好吗？你看我也就算了，还敢看我屋里的姐妹！老娘今天不把你屁股打肿了就不叫张大仙儿！"

1012。大仙儿看对面楼看了一学年，每个屋都摸透了，对楼层分布比盖楼的建筑工人还熟。

我插嘴道:"你本来身份证上也不叫张大仙儿。还有,你能别把你用望远镜看男生宿舍这事儿抖搂出来吗?"

大仙儿吼我一嗓子:"我是女生!女的强奸男的都不犯法,我看几眼又怎么了?他们男的看我们,就是耍流氓!"

看楼的大爷见我们实在辛苦,就在值班室打了个电话,不一会儿,楼上下来一个男生,瘦瘦高高的,小麦色皮肤,单眼皮,看起来挺精神。

他一出来就说:"我是1012寝室的寝室长,他们的老大,有什么事儿就跟我说吧。"

大仙儿看了看他,愣了五秒钟,没说话。

气氛一时间有点儿古怪起来。

我撞了撞她的肩膀:"喂,1012的老大来了。"

大仙儿又愣了三秒钟之后,咧着嘴笑了起来,语气顿时变得温柔可人,她问道:"老大,你那只被热水烫过的左脚,还疼吗?"

天哪!这风格一下子变得我措手不及!

主将战斗力全无,我觉得自己作为副将,至少应该尽一下义务,于是我接嘴说:"你就是他们老大?你们屋的黑蹄……"

话还没说完,大仙儿手法专业地从背后捂住我的嘴,再一个擒拿手把我压下,对着老大满目含笑:"其实也没什么,你说我们两个寝室都有望远镜,这就是缘分,既然大家都是有缘人,那哪天我们一起聚会吃个饭吧。"

说完这番话,她一边保持着一手捂着我嘴的姿势,一边缓缓向我们宿舍楼退回去,直到进了电梯,她的手还捂着我的嘴。

我用力甩开她:"你够了!是找我来看你怎么泡帅哥的吗?"

大仙儿脸上浮起十分可疑的红晕:"你说我们聚会我穿什么好呢?"

我气结:"你压根儿就不是叫阵的是不是?你就是找个由头认识那个啥老大是不是?"

大仙儿脸上的红晕被如梦初醒的表情所取代:"不光是衣服,还有化妆!睫毛膏都凝成坨了，我得买管新的！"

我悲催地发现和花痴期的女人无法交流，电梯一开，她已经一路小跑地回寝室下单去了，结果到了电脑面前，她何止买了一管睫毛膏啊，她几乎把整个彩妆店都搬回家了。

三天之后，两边的寝室竟然真的搞了聚会，地点就在学校门前的小饭店，大仙儿当天穿了一件淡紫色雪纺长裙，飘飘然如同仙子，只是这位仙子的吨位，稍微大了一点儿。

1012男寝八个人，六个人都被她的胸围吸引了注意力，席间觥筹交错嘻嘻哈哈，两个寝室还拿出各自珍藏的镇寝之宝互相沟通，我多喝了几杯，扯着他们的小望远镜哈哈大笑："你们这个是儿童玩具啊！我们寝这个才叫望远镜！大仙儿连你们几根毛都能看见——"

话刚说到这里，我的嘴又被一股强劲的力道捂住了，后背垫在一双软绵绵的触感上，不用看我也知道是大仙儿。

她巧笑倩兮，手下的力气比以往更狠了几分："蓝妹不胜酒力，她这人一喝多就胡言乱语，你们别介意哈……"

她一手捂住我的嘴，狠狠地把我往包房的沙发里压，当时我心底十分理解当年被潘金莲捂死的大郎，泪汪汪的眼睛在屋里扫视，心想你们里面谁将是金莲妹子的西门大官人呢。

那天的聚餐十分成功，事实证明，零下一摄氏度的天气里穿得像个婚礼伴娘的大仙儿成功虏获了1012寝室黑蹄子的心，因为他在寝室排行老二，因此我们都叫他小二黑。

小二黑那天之后把望远镜摔得粉碎，下定决心再也不做如此龌龊的事情，他洗心革面，买了整洁的新衣服，做了韩式美男的发型，整个人往那儿一站，看起来似乎也没那么黑了，不，甚至可以说，小二黑各方面的条件还不错。

可大仙儿丝毫不为所动，她心心念念想着的还是老大。当然老大不是他的名字，他叫凌风，是学生会文艺部的骨干分子，听过他唱歌的人不多，因为他容易紧张，一紧张就发挥不出实力来，各种艺术节校庆上，发挥失常是常事，久而久之，大多数人也就忘了这个人还会唱歌。

也不知道大仙儿是在什么情况下听到他的歌声的，听小二黑说，他们老大最喜欢一边洗澡一边唱歌，难道……

当然不能了！我果断地打消了心里的这个念头。

用望远镜看男寝已经够龌龊了，我这死党闺密绝对不会龌龊到在男澡堂安装窃听器！

但我还是忍不住把心里的这个疑问说了出来，大仙儿听完之后，脸一阵红一阵白，狠狠地把手里的《牛津词典》砸向了我："你当我是什么人？"

我惊愕："你不就是这样的人？"

然后一本《现代汉语词典》丢在了我的头上。

我艰难地说道："我了解你的为人，你一向不是这种人！那你告诉我你怎么认识他的？"

大仙儿脸上露出一抹羞涩："你知道我这人比你勤快，每天早上都出去晨练跑步……"

我插嘴道："那是因为你胖，需要减肥。"

又一本《现代汉语词典》丢过来。

她继续说道："有一天我路过学校的花园，听见有人在唱歌，那声音透过清晨的薄雾，好像朝阳一样温暖，我站在那里听了很久，然后，我看见了他。"

我问道："这就是你拿望远镜偷窥他的理由？"

大仙儿直接把书包丢在我身上："滚！你根本不懂爱情！"

我确实不懂，因为我看不出凌风和小二黑有什么区别，况且小二黑对她那么好，她何必眼前有着简餐不吃，非要费劲巴拉地去摘下那朵冰山上的雪莲花？

对于她和凌风的感情，我一直不看好，但我真的没想到，她竟然真的能把凌风追到手。

恋爱之后的大仙儿像变了一个人，整个人的气质和从前相比都有了微妙的变化，她说话开始柔声细语，不再粗俗；她吃饭的时候细嚼慢咽，每次只吃半碗；她衣服全都精挑细选，再没有随便套一件T恤配板鞋的随意搭配；她的头发每隔两个月就会做一次，每次都好像变了一个人似的……

大仙儿每个礼拜都从家里拎来两兜子零食，左手那袋给我，右手那袋给凌风。

即使这样我仍然埋怨她的重色轻友："你右手力气大！他那袋比我的沉！"

后来她用左手拎凌风那袋，一年之后，她左手的力气比右手大了许多。

所以吧，重色轻友这个事儿，没法抱怨。

大学四年，大仙儿和凌风恋爱三年，这三年里，大仙儿真是把三辈子贤良淑德的好品质都发挥出来了，好多人都说大仙儿比从前更漂亮了，大仙儿的美貌终于配上了气质，虽然有了男朋友，但比从前更加炙手可热。

可是恋爱对于大仙儿而言，并不都是满满的正能量。比如她跟凌风的感情，其实不是举案齐眉、相敬如宾的，他们两个堪称是情侣界的李连杰和成龙，从早打到晚，恋爱三年，二人交手的战役不下百次。

最夸张的一回是我们在下课间隙，同学们在教室里有说有笑，却听见楼下传来噼啪巨响，我们没当回事，以为是什么东西落地了，谁知道那竟然是凌风拍在大仙儿后背上的黯然销魂掌。

在听说这事儿之后我果断劝大仙儿分手，大仙儿扛了半个学期，终于在毕业前夕跟凌风提了出来。

半年之后，大仙儿跟一直痴痴等她的小二黑成了一对。

小二黑也跟我们一起唱过KTV，他虽然外形不如凌风，歌喉更是差了十万八千里，但他会问大仙儿想唱什么，给她买她最爱吃的爆米花，在果盘里先用牙签扎中她爱吃的水果，放进她的盘子里。

小二黑不是善于表达的人，但他对大仙儿的好全都表现在行动上，虽然不说，但他心里有数。

大仙儿也说："这世界上，比小二黑对我还好的男人，只有我爸了。"

大仙儿对小二黑也是投入了真感情的，二人也曾谈婚论嫁，但是小二黑家里条件实在不好，他母亲去世得早，父亲又有残疾，爷俩挤在四十平方米的旧单间里，守着他爸每月一千块的退休金，念完大学都是奇迹了。

小二黑在大学里就时常做家教、在超市做促销员勤工俭学，毕业后在一家私企当程序员，起初每个月一千块的收入，一年后变成了两千块，即使他很努力很敬业，却离二人想要的生活太远。

大仙儿想要有自己的房子，但她家境一般，小二黑也给不了她衣食无忧的未来，她的工资和他半斤八两，照这个速度，两个人不吃不喝，十五年就可以买一套两居室了……

不吃不喝。可谁能不吃不喝？更何况小二黑家中还有位需要照料的父亲。

大仙儿也曾经心一横就要结婚，但被她妈拦下了，大仙儿妈一哭二闹三上吊，连断绝母女关系的狗血桥段都用上了，这么折腾了半年，大仙儿最终和小二黑分了。

分手那天，小二黑很冷静，他和往常一样和她吃了饭，两个人走在运河边，一处开阔场地有老人在喧闹地跳着广场舞，他看着那些白发苍苍的老人，说了一句："明知道不可能，我却总想着以后我们俩老了，孩子翅膀硬了飞走了的时候，一起到这边来跳广场舞，别的老头儿敢多看你一眼，我上去给他一拳——"

说到这里，小二黑忽然捂住脸蹲下了，一个大男生在灯红酒绿的夜里，哭得像个孩子。

那天大仙儿说她鼻子很酸，但不知道为什么就是哭不出来，她最后轻轻拍了拍他的肩膀，轻轻地离开了。就这么分手了。

大仙儿分手的一年后，有天忽然对我说："蓝妹，我又去找凌风了，你别说我行吗？"

我白她一眼："你傻。"

大仙儿就是这么傻。失恋的痛苦让她总能回忆起以前，有段时间她QQ（即时通信软件）签名上总是写一些很伤感的话，比如什么"我怀念的是那些回不去的少年时光"啦,什么"想回到从前,再读你一遍"啦,什么"如果从头来,我们能不能倾尽所爱"之类肉麻得能掐出水来的句子。

她说,她用小号去加了凌风,跟他相谈甚欢,装作不经意地露出几分马脚,让他生疑,怀疑她是认识自己的人,最后他终于在她给出的支离破碎的线索中认出了她,他对她说:"再给我一次机会,让我补偿曾经对你的伤害。"

听到这句我就毛了:"黯然销魂掌已经打出去了,还能补偿个毛!"

大仙儿的神情有些黯淡:"蓝妹,我觉得我好像还是爱他。明明跟他在一起的那几年我们总是争吵,但是我现在想到的都是开心的画面。"

她自嘲一声:"人的记忆很奇怪,是不是?"

是的。人的记忆好像一位狡猾的工匠,明明过往的那段时光有忧愁也有失望,但他就是用亮片去装点那些斑驳的肮脏,每每回忆起那段日子,都好像是看一张张被美颜过的自拍照,倾国倾城,绝世独立。

我的婚礼,大仙儿带凌风来参加,两个人吃了半桌喜宴只给了一份钱,我捂着胸口心疼,发誓此仇不报非君子。

我本想在他们两个人的喜宴上大施拳脚的,没想到大仙儿火速闪婚,新郎不是凌风。

据说,大仙儿在一次出差中提前了一天回来,原本打算给凌风一个惊喜,结果被凌风床上一个不认识的女人给了好大一个惊吓。

凌风说,这女的只是网友,玩玩而已,他只有对大仙儿才是认真的。

大仙儿说:"我不知道你对谁是真对谁是假,你上嘴唇一碰下嘴唇,誓言太轻松,也太不可靠。"

两个人最后和平分手。之后,大仙儿在初中同学聚会上找到了她的老公。

她说,她老公不是当年她喜欢过的,也不是喜欢过她的,很多年前从来没有过火花,很多年后两个人遇上了,彼此都觉得很合适。

在大仙儿的婚礼上,我带着我的老公和孩子去狠狠地吃了一顿,在大仙儿挽着新郎的胳膊走过鲜花簇拥的罗马亭时,伴娘在他们身后撒下纷纷扬扬的玫瑰花瓣，追光灯一路追着他们，穿一袭白色婚纱的大仙儿，此时此刻，竟然真的像个仙子。

我觉得眼眶有点儿热，揉揉眼睛灌下一杯雪碧。

一年之后，大仙儿的儿子出生了，她儿子生得肤白貌美，一双大眼神采飞扬，长长的睫毛跟扇子似的，和大仙儿一模一样。

我本以为，这些年练出一身肌肉的我可以和她抗衡一番，结果她生完孩子之后的身材，能把我如同乒乓球般弹到墙上，两个来回。

这世上，有些事情永远都是不公平的，比如体重，比如瘦子和胖子之间的相互作用力。

这世上，有些东西永远都是不公平的，比如爱情，比如一厢情愿的恋慕。

很多年前的那个清晨，大仙儿脖子上搭着白手巾，跑得累了，就走到学校花园，听见有人唱歌，那声音透过清晨的薄雾，好像初阳一样温暖，她站在那里听了很久，然后，她看见了他。

她并非怀念他，她只是怀念有他的往昔。

那之后的这些年，大仙儿已经习惯了穿精心挑选的服装，踩合脚的高跟鞋，每两个月做一次头发，和外人说话柔声细语，她在公司里几乎算得上是大众女神，虽然，她胖。

每当有人说胖美人更有风韵的时候，我总会想起大仙儿，想起她每到周末都从家里带一大堆好吃的，左手一袋，右手一袋，一袋给我，一袋给她爱的男生。

即便如今千帆看尽，大仙儿怀里抱着心爱的儿子，但她一定不会后悔自己那些年不吝付出的爱，对的也好，错的也罢，值得铭记的未必是某个已经错过的人，而是那段始终美好干净的青春。

比如，某天透过清晨薄雾的歌声，好像朝阳一样温暖。

梨窝

她知道，今生今世，她心中失落的那一角，是无论她多么努力多么拼搏，也不可能愈合的伤口。

可她偶尔还有梦。梦中的少年穿着洁白的衬衫，有清新的肥皂香味，他转过头来对她微笑，只是那熟悉的脸上，再没有了梨窝。

一

十三岁那年，陈黎黎上初中，从小县城搬到了省城。省城很大，每天骑车到学校要花费四十分钟的时间；学校很好，食堂供应着丰盛的餐食，荤素搭配的盒饭好像大商场橱窗里人体模特儿展示的服装，怎么看都诱人。但她只吃食堂的素馅大包子，一元钱三个，外加一碗五角钱的小米粥，一个人坐在喧闹的食堂里，捧着手抄的英语单词本子，边看边吃。

陈黎黎是书本从不离手，即使是在食堂走个来回的工夫，也要揣着各式各样的笔记，边走边看。同学们知道她的习惯，平日走路的时候都多加留意避开，直到那场意外事故的发生。

这天，陈黎黎嘴里咬着装包子的塑料袋，一手端粥，一手拿书，扑面迎来一阵肉香，事故便发生了。一位冒失鬼结结实实地跟她撞了个满怀，小米粥脱手而出，瓷碗在水泥地上砸了个粉碎，她一惊，塑料袋从齿间滑落，三个包子噼里啪啦地掉在地上。

对方也不好过，一盒饭倾在地上，两块菠萝咕噜肉骨碌碌地滚到陈黎黎脚边，她吸吸鼻子，咽下一口口水，抬头望去，瞥到了肇事者满怀歉意的脸：

"对不起。我再赔你一份好吗？"

那位冒失鬼名叫董轩，是坐在她前面的同班同学，平时里她对他最熟悉的印象就是，漆黑的短发和雪白的脖颈儿。他有点儿偏胖，个子跟她差不多高，皮肤很白,脸上覆盖了一层雪白的细细绒毛。他看见她,脸上泛起了红晕,有点儿青涩,像未成熟的水蜜桃。

那天,她吃到了食堂最丰盛的盒饭组合,连一片菜叶、一粒饭粒都没剩下。

那天之后,下课时分,董轩偶尔会回过头来跟她聊天儿,从平面几何到窗外电线杆的角度,从勾股定理到天空云的形状,从直流电到教导主任的发型,从元素周期表到学校花园里的狗尾巴草,天南海北,随意畅谈。董轩的成绩始终在班上徘徊于前三名之内,而她如此努力用功,也不过勉强进得了前十名。不过她时常在心里为自己打气:他们之间的差距并不是很大,只要努力,总还追赶得上。

至少,还在同一个世界。

一天放学时间,暴雨倾盆,她看着窗外的大雨发愣,摸摸书包,里面除了沉重的书本外,什么都容纳不下。

董轩收拾好东西,转过头来问道:"带雨衣了吗?"

"没。"她索性放下书包,低声说道,"我等雨停。"

他望着她笑了,脸上浮现出两个小小的梨窝:"我送你吧。"

二

这天,她知道了两件她从前不知道的事情。一是董轩家原来距她家很近,开车不过两分钟的时间;二是认识了一个标识,黑色圆圈里四等分,对角的格子分成蓝色和白色,黑圈上的英文是"BMW"(宝马汽车)。

她回了家,走上阁楼,在狭小的窗子里对他挥手作别,雨中的他,笑容干净明媚。在司机的催促下,他钻进车里,隔着车窗对她招手,而那车利落地拐了个弯,便迅速地消失在她视野里了。

她对着远去的车影拼命地笑,好像矗立在温室外面的小向日葵,迎着阳光努力生长,只愿温室里面的人有所感应。她不知那小小的笑容,能不能穿过肮脏的玻璃窗,跨越万水千山的遥远距离,准确地传达给他。

那时的她便在想,他和她的距离,不过是前三名和前十名的差别,只要她努力，他们始终在同一个世界，十年，她或许只需要奋斗十年，便可以和他站在一样的高度，像电视里那样，和他在街头的咖啡馆里一起喝咖啡。

上天好像听到了她的祈祷，从那以后，董轩开始骑一台崭新的自行车，每天早上经过她家门口就使劲按铃，她拎起书包，飞也似的跑下去。从此上学、放学，一路同行。

而他们除了结伴而行，再没有别的故事。她时常在心里猜测：他或许是喜欢她的吧？

中考结束，她考上了一所不错的寄宿学校，而董轩，考上了本地最好的高中，却距离她的学校，很远很远。

陈黎黎的高中生涯很辛苦，辗转于几个校区学习课程，寝室熄灯后，她便在被窝儿里打着手电筒看书，憋闷的空气让她头昏脑涨，看着看着，眼睛渐渐模糊，泪水打湿了笔记本，她在被子里缩成小小的一团，暗夜里，伴随着微弱的啜泣声，一起一伏。

三年高中生涯带给她的，一是喝咖啡提神的习惯，二是省城国本大学的录取通知书。

这几年里，她总会设想，在这个城市的某处，会以怎样的方式与董轩重逢？有时行走在街道上，会不自觉地联想，脚下的路，会不会也曾经在他脚下延伸，他会不会也如自己一样，行走在这个城市的某处，想象与她重叠的脚步？

自上大学那天起，她就开始期待，在这座一流学府里，再遇到他，食堂也好，图书馆也好，自习室也好，她只想追上那身影，对他说一句："你看，我也来这里了哦。"

那天和同学走在学校的花园里，一个熟悉的身影闪过，那分明是她注视了三年的背影，不顾身边朋友的惊呼，她端着饭盒便跑了过去，用力拍打了那人的后背，气喘吁吁道："你也在这里吗？"

三

那真是陈黎黎有生以来最丢脸的事情。那转过头来的男生，拥有一张她陌生的脸，陈黎黎羞愧得无地自容，扔下一句"对不起，我认错人了"就逃之夭夭，慌张之中，连饭盒盖都甩了出去，她只顾跑，头也不敢回。

没想到一个月后，在学院的文学社里，她又见到了那熟悉的背影，他转过头来望着她，脸上的笑容有些意味深长："你喜欢张爱玲，对吗？"

她脸红地垂下头，手中的书绞成一卷，却听到对方语气开朗地说道："其实我也很喜欢张爱玲呢。"

那人便是梁昊，文学社社长。后来他跟她说，她那次人生中唯一的一次意外事件错得实在值得，最初被喊的时候他还以为是哪个文艺女青年搭讪他用的伎俩，原来是口不择言的认错人。

其实陈黎黎真是个感情迟钝的人，梁昊不温不火地追了她两年，大三的下学期，两个人的拉锯战总算到了尽头，她成了梁昊名正言顺的女朋友。

梁昊时常开玩笑地说："你不会把我当作替身吧？"她嘴上说当然不会，却在心里，仔细地搜索这个问题的答案。

其实她自己也没有答案。她平日里不会想起董轩，不会想起过去的时光，只是有时，在梦里，会梦到董轩清晰的眉眼和微笑时嘴边的梨窝。每次在梦里她都紧紧地抓住他问："你在哪里？现在过得怎样？"董轩在梦里的回答她都拼命刻在脑海里，可每次当她醒来的时候记忆却像海浪拥抱过的沙滩，什么痕迹都没有留下。

她想她的心似乎变成了一件瓷器，平日里完好无损，而只有在梦中，她才发觉那遗憾的缺口，所以才会在每个苍白梦醒的清晨，捂着胸口低低哭泣。

悲伤从心中缺失的那一角泄漏出来，像决堤的洪水般源源不断。

还好有梁昊在身边，他会帮她打好食堂的饭菜，给她买热腾腾刚出锅的豆浆，闲暇之余，他陪她去附近的小影院看最新的电影。累到无法坚持的时候，他沉默地坐在她身边，温暖的手掌握住她冰冷的小手，为他们未来的日子勾画蓝

图:"我会努力赚钱,买房子,无论发生什么,我都在你身边。"

再苦再累的日子里,他都在她身边。

大四的时候,课程少,她从宿舍搬了出去,一个人打了两份工,学校里,渐渐再也看不见她忙碌专注的身影。

她放弃了考研,毕业之后,在梁昊就职的时尚类周报报社找到了一份记者的工作,梁昊此时已经升到了首席编辑的位置,而她,还要从见习记者做起。

陈黎黎很努力,一周被分成均匀的时间块:采访、写稿、改稿、排版、校对,报纸下印前,她一定会跟到最后,回家的时刻必定都是凌晨以后。

这天她一身疲倦地回到家,开门,开灯,满室光华。她脱了鞋倚靠在墙边,墙上的钟,时针指在"2"的位置,屋子里的母亲咳嗽了一声,传来窸窸窣窣的声响,声音沙哑:"黎黎吗?才回来?"

她"嗯"了一声,洗漱睡觉。一夜无梦。

四

转眼间到了报社社庆的日子,公司董事会成员也来到了报社,陈黎黎作为实习生忙前忙后端茶倒水,她一直跟随的老编辑程芳拉她到身边低语道:"看到了吗?那些董事个个都是公司的老板,喏,其中那个装扮最儒雅的,是我们报纸广告公司老总,林嘉陵,财大气粗,目前跟老婆分居中呢……"

不愧是娱乐版的当家花旦,八卦的本事果然过硬。她侧耳倾听,听程芳一个个讲解这些董事的八卦秘闻,讲了一圈,又转回到最英俊多金的林嘉陵身上来:"他是董事们中最年轻的,四十出头,据说有地下情妇,年轻得很,每天开着跑车去献殷勤,不知是哪个幸运的小狐狸精……"

陈黎黎看着程芳咬牙切齿的模样,感觉程芳恨不得变成那个"幸运的小狐狸精"。

她望过去,看到林嘉陵西服笔挺地站在水吧间,侧脸棱角分明,专注看着什么东西时的眼神,似乎有火光在深黑的眸中跳动,嘴角总是藏着一丝柔和的弧度。她在想,他年轻的时候,一定是个优雅温柔的美男子。

其实即使现在的年纪,他也不能被称为苍老,41岁,正好是一个男人最好最美的黄金时期。可是41岁对于女人而言是什么呢?瓶里枯萎的花朵,原本吹弹可破的肌肤爬上沧桑的藤蔓,原本明眸善睐的星眸再也看不清楚,变得如脏水沟般混沌污浊。

仿佛感受到她的目光,他转过头来,正对上她的视线,看着她,便微笑了。

她懊恼地别过头,攥紧了拳头,大步走开。

社庆上表演精彩,最后的聚餐活动免不了要推杯换盏一番,梁昊挨桌跟领导喝酒,喝到最后整个人几乎都爬不起来,陈黎黎滴酒未沾,搀扶着他到大堂里休息,他迷迷糊糊地抱住她大哭起来:"黎黎,黎黎,为了你,我会努力,我要在这世上站稳脚跟,我要把你藏在身后,尽我全力给你最好的生活……"

她眼里慢慢有了泪水。酒会上,梁昊一直在为她挡酒,结果自己喝成这副模样。他的身体微微抽搐着,哭完了,整个人倒在沙发上沉沉睡去,她把外衣盖在他身上,转过身,发觉有人站在自己面前。

林嘉陵微微带着点儿酒气,西装一丝不乱,双手插在西裤兜里,晶亮的眼睛望着她:"你男朋友待你不错。"

她冷笑一声,站起身来直视着他的眼睛:"确实如此。比起某些人来……好很多。"

他的微笑毫无瑕疵,儒雅的气息没有半分慌乱:"一会儿董事们要去KTV,会找年轻漂亮的女孩子陪同,我希望你不要去,早点儿回家。"

陈黎黎不屑地笑:"跟领导多联络联络感情,也没什么不好的。"

他仍是微笑,也不再劝慰,只是那样深深地看了她一眼,便转身离开了。

五

后续发展果然跟林嘉陵说的一样,酒会之后,董事会领导们去KTV唱歌,主编钦点了几位年轻漂亮的女孩子陪同,陈黎黎就在其中。

程芳对着洗手间的镜子抹好了唇彩，回过头看了一眼正在洗手的陈黎黎，露出别有深意的笑容："别说我没提醒你，要给领导留下好印象，转正的事情，自然好说。"

她不语，进了喧闹宽敞的KTV包房，满脸油光的肥胖男人深情款款地对着一个女孩唱情歌，主编跟几个女孩子跳舞，董事们兴高采烈地喝酒玩游戏，娇嗔声大笑声混成一片，穿过这片片纷扰，林嘉陵坐在豪华包房的吧台边，手边一盏香茶热气袅袅，那样安静的侧脸，让她一眼看见，心情就顿时平静下来。

或许因为是同类的关系，无论身边有多少人，她总能第一眼发觉他。

林嘉陵抬起头看到她，脸部的线条便柔和起来，他指着身边的座位，对她微笑。

不等她走过去，程芳已经先她一步坐在他身边，借着酒力攀着他的胳膊，巧笑倩兮的样子让她不禁竖起汗毛。程芳娇滴滴地拿来麦克风："林总跟我唱一首歌好吗？《广岛之恋》好不好？"

林嘉陵仍是绅士地笑笑："不，我想点一首《小芳》。"

程芳学着小女孩的姿态娇笑起来："人家也叫小芳哎！唱啦唱啦，我最喜欢听了！"

陈黎黎不悦地蹙眉，有点儿气恼地坐在沙发上，一股恶心从心底升起来，身边的中年男子马上贴靠过来："小姑娘，你叫什么名字啊？"

她不记得自己是如何回答的，只记得马克杯里橙黄的酒液，被她一杯杯地干到肚子里，旁边人开怀地大笑，黏腻的胳膊搂上了她的肩膀。

肩上的重量忽然减轻，她看到林嘉陵一脸阴沉地拨开那人的手，紧紧抓住她的手腕，不由分说地把她拉了出去。

她扶着墙壁呕吐，他在她身边，温暖的手掌轻轻拍打着她，这感觉让她想起小时候母亲温柔的抚摸里，那让她无比留恋的温度。

她蹲了下去，抱住自己的膝盖，突然放声大哭起来。

林嘉陵沉默地抱住她的肩膀，她在他怀里大声哭号："你这个浑蛋！为什么这么晚才出现……"

他轻拍着她的后背:"对不起,能给我一次机会吗?"

六

她在温暖的被窝儿里醒来,阳光从纱制窗帘倾泻进来,照在她的脸上,她眯起眼睛起床,赤裸的双脚踏进温暖的拖鞋,一阵敲门声响起:"黎黎。醒了吗?"

她睁开眼睛,头发蓬乱地去开房门,林嘉陵带着笑意的脸映入眼帘:"我买了早餐,豆浆和小笼包,你去洗漱,然后来吃,晚了可就没有了。"

她整理好后坐在酒店套房的客厅里,四处打量一圈:"你就住这里?"

他点头:"地点方便,又有人打扫,环境也优雅。"

她蹙眉:"没有哪里比家里舒服的。"

他愣了一下,又微笑了,手带着点儿犹豫地探过来,指尖距离她头顶两厘米的时候滞在了半空中,她踌躇了一下,把头向他伸过去,那手指正好抵上她的头发,他笑意更深,温柔地拍拍她的头,眼眶便有些湿润了。

这天,几乎是到了中午,陈黎黎才来上班,编辑部的同事们一个个窃窃私语,在看到她之后,马上四下散开,跟她热情地打招呼,而在继续埋头做事的空隙,不时地从电脑屏幕后面抬起头来偷偷瞄她的脸。

在洗手间里,两个女子围在水池边窃窃私语:"昨晚陈黎黎喝醉了,林总一直在安慰她,今天早上有人看到他们从酒店走出来呢……"

"哎呀哎呀,看不出来那小丫头竟然是这样的狐狸精!"

厕所的门被"嘭"一声踢开了,陈黎黎脸色阴沉地走出来,那两个人一惊,忙低着头走出去,她们刚刚出了洗手间,就听见洗手液瓶子碎裂在瓷砖上的声音。

七

梁昊连着三天没来上班,主编说,他请了年假,要休养一阵子。

陈黎黎心里焦急不已，这几天来，梁昊没有跟她联系，她拨他的电话，永远是关机状态。难道是他听说了什么闲言碎语不成？陈黎黎心里气了起来，如果是这个原因，他一句话都不问，也不听她的解释就判了她死刑，那等他明白之后，她一定要好好收拾他。

得要他好好哄她几天，才能原谅他。至少，也要买了最爱的蛋挞给她赔罪才行。

七天之后，梁昊出现在她面前，神情平淡地对她说："我们分手吧。"

她愕然，伸手抓住了他的胳膊："为什么？"

他淡淡地道："没什么理由，只是觉得不合适，希望你能找到更适合的男朋友。"

陈黎黎心底憋着一股气。他竟然连解释的机会都不给她，他竟然不信她，他竟然……

"那就分手吧。"她负气地瞪着他，在等他说最后挽回的话语。

可他什么也没有说，转过身，骑上自己那台破旧的电动车，走了。

陈黎黎呆呆地站在原地，看着对方的身影消失在路口的拐弯处，等她发觉的时候，已经满脸泪水。

那天晚上，她又梦到了董轩，雪白的衬衣、干净的笑容，还是那副稚嫩青涩的表情，他对她微笑，露出两只小小的梨窝："最近好吗？我很想你。"

梦中的她像个孩子般大哭起来，醒来的时候，泪水湿透了枕巾。

她的心好像被什么取走了一角似的，那凭空生出的疼痛，让她久久不能平复。

八

陈黎黎辞掉了报社的工作，在林嘉陵的广告公司里做杂活儿，又搬了新家，是一套三室两厅的公寓，妈妈很开心，不时地摸着崭新的家具，喃喃自语着自己才能听懂的话。

她对妈妈说，这房子是她分期付款买下来的，可实际上，它是林嘉陵送给她的生日礼物。

其实，也不只是送给她的。

"不要再住酒店了。跟我回家去住。"陈黎黎去酒店套房找他，看着他吃着外送盒饭，说道。

"你妈不会让我回家的。"林嘉陵放下筷子，叹息一声，"我对不起你们母女。"

她看着他鬓角的几根白发，犹犹豫豫地开了口："爸……"

林嘉陵眼中有闪耀的泪光，有点儿激动地握住她的手："以前我亏欠你们的，请让我慢慢偿还。"

林嘉陵是她的亲生父亲。二十多年前，他才十八岁，下乡的时候结识了同样十八岁的母亲，他们相爱了一段时间，之后，他回了城便没了消息，母亲生下她，从小便对她说："你没有爸爸。你爸爸死了。"

她在隐约中知道爸爸还在的。

她随母姓，母亲一直恨着父亲。她们母女在乡下受尽白眼，后来母亲省吃俭用，拼命做钟点工赚钱供她上学，当她终于考上了大学，母亲却病倒了。

母亲有严重的关节炎和青光眼，青光眼让她失去光明，四肢关节也变形了，连行走的力气都没有。大三那年，陈黎黎东奔西走四处借钱为母亲做手术，手术很成功，母亲的腿脚虽仍然不便，却总算能自己行走。陈黎黎开始疯狂打工赚钱还债，她甚至放弃了考研，迫不及待地找了一份工作。

上班第一天，她在走廊里遇见了林嘉陵。他看到她时愣住了，一个月之后，他找到她，说："我是你父亲。"

陈黎黎面前堆积着厚厚的一摞资料，从她出生到上学到工作，事无巨细调查得清清楚楚，林嘉陵又拿出一张照片，是他和母亲的合影，照片上的母亲跟陈黎黎出奇地相似，只是除了那双眼睛，她看着林嘉陵眼中跳跃的光芒，突然就明白了为什么他第一眼看到她，就认定她是他的女儿。

他们两个，拥有几乎一模一样的眼睛。

九

陈黎黎孤苦拼搏了那么多年，直到遇见父亲，人生才终于不那么苦楚起来。

她找了最好的医院，最好的医生，给母亲做了眼睛手术，母亲的视力虽然没有完全恢复，却能够看见她模糊的身影了。她对母亲说自己找了一份很好的工作，老板待她非常好，愿意借钱给她母亲治病。母亲不疑有他，感动得握紧她的手，要她好好工作来报答。

只是母亲不明白，在当今这世上，最体恤下属的老板，只有老爸。

原先那些捕风捉影的谣言不攻自破，旧日的同事每每看到她都满脸堆笑，大老远跟她打招呼。陈黎黎总会暗暗地想，梁昊得知这个消息之后，一定会第一时间找到她，跟她坦白错误，求她原谅。

不能那么容易原谅他。她在心里这样反复地嘀咕道。

可是梁昊却从报社辞了职，去了另一个城市，那城市在很远的南方，即使连越冬的候鸟，也飞不了那么远的距离。

她心底的空隙越生越大，她几乎每周都会梦到董轩，梦里那个穿着白衬衫在操场上奔跑的男孩，她在他身后气喘吁吁地追赶他，他转过头冲着她笑："黎黎，没关系，我会一直在你身边。"

她看着那张分明属于梁昊的脸，忙伸手抓住了他的衣摆，视线一阵摇晃，猛然睁开眼睛，发现自己手里紧紧攥着的，不过是被自己汗水浸透的毛毯一角。

他说过会一直守着她的，母亲生病的时候帮忙照顾，筹钱做手术的时候张罗了大部分费用，帮她争取工作的时候跟领导求破了头，可当她与有钱的父亲重逢的时候，那个口口声声说要照顾她一生一世的男孩子，却离开了。

一年之后，她终于同意去见父亲为她安排的相亲对象。

在豪华的法式餐厅里，她看到那个高大的男子，他握住她的手指，脸上绽开笑容，嘴角边的小小梨窝弯成她熟悉的角度。

竟然……是你。董轩望着她，眼中闪耀着火光。

十

婚礼马上就要开始了，林嘉陵挽着女儿的手臂，一边走，一边望着她微笑。

他在心底说："对不起。黎黎，对不起。"

他不是一个好爱人，更不是一个好父亲。当他第一次看到陈黎黎的时候，他惊讶于她与自己和昔日爱人的相像，他找人彻底调查了陈黎黎，最后证实了，她确实是他的女儿。

他权衡了很久，觉得自己需要一个女儿，需要一个跟自己个性相像的女儿。

陈黎黎很有拼劲，她有他年轻时的干劲，那双跟他一样的眼睛里，也燃烧着跟他相似的野心、独立以及坚强。他有妻子，还有一个儿子。妻子是他回城之后，为了获得事业上支持的一枚棋子，他的儿子没有继承他的干练，贪图安逸，畏首畏尾，他的事业需要真正有抱负有能力的人来继承，他不可能永远拼搏下去，他想要的，是在未来的某一天，他可以逍遥自在地品茶喝咖啡，而他的事业，仍如滚雪球一般壮大下去，薪火相传，源源不断。

他不信爱情。他的女儿，也应该和他一样，为了事业和发展，来选择终身伴侣。他亲自找了那个名叫梁昊的男孩子谈话，他们大概谈了两个小时，他说，他亏欠女儿太多，为了她以后过上更好的日子，他准备把她嫁给与他事业有紧密联系的集团董事，门当户对的婚姻好处在于，结合在稳固的经济基础之上，才能获得稳定的幸福。

他知道梁昊家在农村，这个穷小子无论怎么努力，也不能给他女儿应当匹配的生活。林嘉陵允诺，只要他肯放弃黎黎，他愿意送给他十万元作为他这些年对自己女儿照顾的补偿。

梁昊自始至终都垂着头不说话，在他写支票的时候，梁昊起身阻止了他："叔叔，不必了。"

梁昊果然与女儿分了手，因为这样，黎黎才能安心地嫁给她应该嫁的人。

婚礼的乐曲响起，他停下脚步，把女儿的手交到那笑容灿烂的男人手里，轻轻地舒了口气。

十一

陈黎黎的心里,始终缺了一角。她清楚地知道,从前的缺口,跟现在的缺口,是不一样的。

她没有想到自己真的可以踏入董轩的世界,她没有想到自己真的可以和他坐在一起喝咖啡,她没有想到自己坐在他新的宝马车里四处兜风,看遍风景。

她看综艺节目的时候听到一位女嘉宾说,宁愿坐在宝马车里哭,也不要坐在自行车后面笑。

可她现在,已经连这样选择的权利都没有了。人或许总会为失去的东西而痛苦:上学的时候,她拼命读书,希望有朝一日能够出人头地,让自己和母亲过上好生活。董轩出现在她梦里,并不是因为她多爱他多留恋他,她只是羡慕他,羡慕他顺风顺水又聪明优秀,轻而易举地便拥有了她拼了命也无法触及的东西。他们之前的距离,并不是前三名和前十名的差距那么简单。

她知道,今生今世,她心中失落的那一角,是无论她多么努力多么拼搏,也不可能愈合的伤口。

可她偶尔还有梦。梦中的少年穿着洁白的衬衫,有清新的肥皂香味,他转过头来对她微笑,只是那熟悉的脸上,再没有了梨窝。

少年对她说:"你也在这里吗?"

十二

大三那年,陈黎黎跟梁昊说:"我以后要努力工作,好好生活,总有一天,我可以坐在露天咖啡馆里,一边欣赏四处的风景,一边悠闲快乐地喝咖啡。"

第二天,梁昊拎着一个不锈钢保温杯,拉着她去了学校的天台,他们坐在高高的露台上,他递给她热腾腾的速溶咖啡,指着地上渺小的人群说道:"这边的风景怎么样?"

她开心地接过杯盖,把咖啡一饮而尽,在心里自语着:"原来男生脸上的笑容,没有梨窝,会比较好看。"

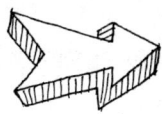

波希米亚之战

没有一本童话书告诉她流浪的波希米亚女郎怎样嫁给王子,她知道未来将面对怎样的荆棘,但是此时此刻,她只想抛开一切杂念,拥抱着珍爱的王子,祈祷天长地久。

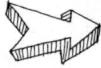

我是一个四处流浪的波希米亚女郎,我爱你,却更爱自由。我的王子,你是否愿意放弃你拥有的富贵荣华,跟随我浪迹天涯,四海为家?

犹豫不决?那就痛快地开战吧!输了的那一方,要倾尽一生的力量来爱,不许离开。

一、王子与水晶鞋

贝可可又做梦了。她梦到了英俊的王子面含笑意,在她面前单膝跪地,手中托着个小巧的水晶鞋,温柔地为她穿上,用深沉的嗓音说道:"公主,我爱你。"

贝可可翻了个白眼儿,一脚将对方踹倒,赤脚叉腰地破口大骂:"没看出来老娘的脚是39号的吗?还没结婚呢就敢给我小鞋穿?反了你个小兔崽子……"她正骂得起劲,怒火含在舌根下,把她给气醒了,睁开眼睛看看闹钟,5:10。她叹了口气,翻过身子又睡过去。

自从跟关俊杰确定关系以来,她总做这种莫名其妙的梦。

这天,贝可可毫无悬念地迟到了,饱受主管大婶儿的白眼儿之后,回到办公室,又赶上死对头小雯的迎头棒喝,对方满含笑意地看着她一对国宝标志的黑眼圈:"可可今天戴墨镜来的?"

她几乎要把眼白翻了一圈表示愤怒:"GUCCI(古驰)最新款,免费赠送,你要不要来一副？"

小雯仍然笑不露齿做淑女状："你自己照照镜子。最近×生活节制点儿，小心肾亏。"她在口舌上占不得上风，体力上还是很有优势的，贝可可对着小雯吃了一半的早餐饼干"呸呸呸"吐了几口，几点飞沫难免天女散花地附着于上，然后她慢悠悠地回到自己座位："唉，最近H1N1很嚣张啊……"

十分钟后，网管小伟嚼着饼干走到贝可可的座位边，莞尔一笑，露出一口参差不齐的龅牙："可可，谢谢你把吃了一半的饼干省下来给我。你怎么知道我没吃早餐？"

贝可可气得咬牙切齿，用刀子眼狠狠地剜着不远处的小雯，小雯对她嫣然一笑，得意的表情好像在说："我帮你卖了个大人情，怎么谢我？"

谢个屁。公司上下谁人不知小伟对她贝可可有癞蛤蟆对水鸭般的非分之想，实在是小雯这只白天鹅太过高洁，他只能退而求其次，终日纠缠得可可不胜其烦。

手机铃声救命地响起，贝可可看了一眼，对小伟满面堆笑："不好意思，我男朋友给我打的电话。"小伟一愣，只得恋恋不舍地走开，深情得好像琼瑶剧里的男主角。

可可翻开手机盖，娇滴滴地说道："喂，亲爱的，我到公司了，不用担心我，好的，拜拜！"全屋子的人都相信她是在跟男朋友讲话，只有小雯投来不信任的目光。

果然最了解她的是敌人。刚刚的所谓电话，不过是短信铃音罢了。自导自演完毕，贝可可才把目光放在短信上，不由得一愣。

好像……真的是男朋友发过来的……她那位，只有三面之缘的男朋友，关俊杰。

宝贝，多喝点儿水，润喉糖我放在你手包的侧袋里了，先吃一片。

她慌忙打开包包袋一看，那里果然安静地躺着盒润喉糖。心里有点儿像看惊悚片看到真相揭晓那一刻的感觉。她最近是有些咽炎发作，说话的时候经常咳嗽，可是……润喉糖不是重点，距他们上次见面已有一周，谁能告诉她，这是什么时候放进去的？

手机叮咚作响，又收到一条信息，还是关俊杰：小傻帽儿，别瞎想，赶快工作。晚上一起吃饭，我告诉你好消息。

贝可可握着手机的手开始颤抖：她那位有如诸葛亮般神算的男朋友啊，到底是什么来头？

二、狐狸斗不过狮子

给人生打个不太恰当的比方，就是斗兽棋。人生在世，总有个人是你的克星，比如小雯是漂亮优雅的狐狸，贝可可就是灰头土脸的鼹鼠，她吸引异性的本事，明显比小雯低几个段数，在对方面前，她永远是落败的一方。

但是同样的比喻用在关俊杰身上，他则是盘踞斗兽棋顶端的重量级选手——大象。他的气场、他的实力，任谁都撼不动，更何况是她。

如此强悍的对手，她从不打无准备之仗，面对棘手的难题，她选择求助场外热心观众。

曲苗苗，某时尚杂志首席编辑，独身主义者，根红苗正的爱情咨询师，虽然她二十八岁仍无恋爱经验，但这并不能抹杀她于爱情观的权威性。

贝可可拨通了曲苗苗的电话，将晚上即将激烈对决的战役跟她细细道来。

"不就是今天穿得随意了些，想上我这儿来挑衣服吗？弄那些个比喻我还以为你们两军对垒。"苗苗不以为然地嗤道。

根本就是两军对垒！狭路相逢，她要出奇制胜。

三、灰姑娘的秘密

贝可可提前半个钟头到达约定好的西餐馆，刚一坐下就迫不及待地解开罗马鞋的带子——在梦里可以拒绝那双不合脚的水晶鞋，可是现实中呢？她为了见王子，非要削足适履，主动穿上那双被诅咒了的红舞鞋。

她转头看向玻璃窗里半透明的自己：乖巧温柔的公主头，蝴蝶翅膀般忽闪的睫毛，呆滞的目光充满无辜……这么整体地看起来，还蛮可爱的。

可惜，只是看起来而已。她有多邋遢，天知地知，众人皆知。

大学时老妈不在身边管教，贝可可的邋遢本性发挥到极致，一双塑胶拖鞋从澡堂到寝室到图书馆都懒得换。离打上课铃还有二十分钟才恋恋不舍地起来，刷个牙，脸不洗头不梳就那么叼着面包去课堂，后来烫了卷发，更有偷懒的理由，梳子省了，一个月借别人的挠两下，就算不错。每次回家看见她邋遢的德行，老妈总会气得跺脚："就你这熊样，一辈子也找不着对象！"

其实老妈有所不知，贝可可大学的时候不但谈了男朋友，还轰轰烈烈的全校皆知。

那天正是周一，上午最后一节课刚结束，食堂人潮汹涌，贝可可走了没几步，忽然听见后面一声哀号："贝可可！你要是和我分手，我就跳下去！"

回过头，刚刚跟她分手的男朋友哆哆嗦嗦地站在三楼的窗台上，表情悲戚，那场景，那声势，真是闻者伤心，见者落泪。

她看了他一眼，什么都没说，只是潇洒地比画了个下来的手势，转身就走了。背后，号叫声不绝于耳，可对她来说，似乎"不觉于耳"。

光天化日的，比起去食堂哄抢限量发售的鲜肉包子，这种在大庭广众之下上演狗血八点档的戏码，贝可可没兴趣。

这还不是结局，后来，贝可可的前男友休养了半个月就又找了个女朋友，一个月前他们结婚了，喜帖发遍了大学的好友，唯独漏下她。拜这位大哥所赐，贝可可的知名度一路飘红暴涨，可惜同样的，追求者数量暴跌。

苗苗说她太过铁石心肠，除了那位癞蛤蟆龅牙伟，哪个男人还敢追她？所以，像关俊杰这样得之不易的钻石王老五，一定要把握好。

头顶温热，一只手掌把她的视线转过来。关俊杰修长的手指轻轻挑起她的下巴，金丝边眼镜后面，漆黑眸子亮晶晶的："傻丫头，想什么呢？"

王子殿下驾到，贝可可全身神经都绷紧了，如临大敌。

四、王子殿下的传说

说关俊杰是王子,并不夸张。这年头儿,英俊加多金就已经是炙手可热的钻石王老五,再加上优良的家世、聪明的头脑、出众的才华、清白的情史……在见到关俊杰之前,贝可可一直当这种生物应该是在庙堂里供着,吃香火的。

其实那天的聚会,她本不想去,可苗苗不停地鼓动她说有绝世好男人:某大医院牙科医师,父亲是资深中医,自己拥有诊所,母亲是大学教授。家里是书香门第,有车有房,此人天生神童,十六岁考上大学,二十五岁博士毕业,二十七岁成为该院牙医的个中翘楚,据说预约他看牙的患者,都排到明年了。

贝可可不自觉地捂住有龋齿的那侧腮帮子说不去了。可苗苗越挫越勇的游说口才让她缴械投降。她去是去了,但聚会那天,她拉着小雯一起。当苗苗看到她身边那脱俗高雅的俏丽女子,眼睛都要冒出火来了,贝可可伸手竖起防火墙,装作没看到。像关俊杰这样的王子,贝可可自知高攀不上,她宁可做鲜花下面的绿叶,衬托这对璧人的爱情。

虽然做好了万全的准备,可是看见关俊杰的那一刻,贝可可后悔了。

他双手插在兜里,轻轻点头,对大家露齿微笑:"你们好,我叫关俊杰。"那架势好像偶像跟粉丝团打招呼。

大家一起去唱歌,几个人都起哄非要关俊杰唱,他推脱了几次实在推不开,终于勉为其难地选了首郑中基的《戒情人》。他点这首歌的时候,贝可可在下面偷偷地笑了。这歌听着好听唱起来难,尤其是前面那几句没有伴奏的清唱,五音不全的,缺陷暴露无遗。他出丑,她死心,她开心。

充满磁性的声音响起的时候,她大声质疑:"原唱怎么没关?"话刚出口她就知道自己错了。用脚趾想想都能明白,人家如果不是特别有自信,怎么会选这样的歌……

精彩绝伦的一曲唱毕,关俊杰说道:"你也来唱一首吧。"她硬着头皮去点歌,等到那歌名出现在硕大的等离子屏幕上的时候,所有人,包括关王子都瞪圆了眼睛。KTV里安静得只有音乐伴奏。贝可可拿起麦克风,站起身,十分投入地唱起来：

"郎君啊……你是不是饿得慌……"没错，她唱的是《杜十娘》。

然后是掩盖住贝可可歌声的哄堂大笑。她实在唱不下去了，低着头走到点唱机前要按切歌的时候，手腕突然被一只温暖的手截住："别理他们，你继续唱。"关俊杰目光柔柔地注视着她，慢慢地松开手，靠近了些，在她耳边说道："你唱吧，我挺喜欢听的。"

王子殿下的话好像兴奋剂一样打进了血管，贝可可振奋起来，捧着麦克风，把那首历时四分半的长歌一直唱到最后。

到最后，她突然发觉，在场的听众几乎都因过度大笑而脸部抽搐，就连关俊杰的嘴角，也是始终上翘的。贝可可的一颗红心便跌入了冰冷地窖：原来温柔如关王子，也不过是为了活跃现场，找找乐子而已……她有点儿伤感地放下麦克风，再没有唱一首歌。

回到家，她洗了个澡，躺在床上对自己说："没关系，睡一觉就能忘记他。还未恋爱，何来失恋之说？"

没想到第二天早上，就接到了关俊杰的电话。

五、情侣速成法

第二天，关俊杰一个电话把贝可可从被窝儿里拉了出来，还没等她清醒过来，自己已经站在和关王子约定的地点了。

天很蓝，关俊杰王子站在她对面，穿一身干净的浅灰色休闲服，微风吹起他清爽的短发，下巴尖尖，金丝眼镜后面的眼睛顾盼生姿，好像会放电一样。他身上很有那种偶像气质，还有一种很微妙的让人不知不觉就产生膜拜的欲望的气场。

虽然贝可可迟到了半个小时，但他不但没有生气，反而温柔地问她有没有吃饭，见她摇头，便带她去咖啡厅吃点心。

贝可可一向钟爱甜食，所以即使是拿铁配抹茶慕斯蛋糕和麦麸松饼的西式吃法，她也吃得津津有味。关俊杰仔细地看着她吃东西的动作，微微一笑。

那镜片后的温柔眼神，很像饲养员看正在养肥的鸭的表情。贝可可完全没留意，吃完了早点，便被关俊杰自然地拉住手走出了门。牵手的瞬间，她感觉一股电流从他的指尖一直传递到自己心脏，被注入动力的心脏加快了活动速度，怦怦地跳个不停。却没发觉自己被他带进了比鬼门关更恐怖的地方——

"我不去！"贝可可的一只手被他拉着，另一只手紧紧地抱住门口的柱子。

"都到门口了，就进来吧。"他见拉不动她，就来软的，好言相劝。

"打死我也不去！你小子没安好心！"她没放松半点儿警惕，仍然紧紧地抱着柱子。

"乖哦，跟我进去，我保证不会让你疼的。信我吗？"

"信你才有鬼！我们很熟吗？"她恶狠狠地说。

他脸上有了点儿被打击到的表情，哀怨地看着她，像个没讨到糖吃的小孩子："我被你讨厌了？"

王子的那副表情打动了她，贝可可忙抓住他的肩膀安慰他："不是那样的，这种地方，我从来没来过，你看……"

一丝笑意从他唇边绽放开来，他大力地围住她的双臂走了进去，踢开门，有点儿野蛮地把她扔在屋里的床上，恶狠狠地按住，微笑地靠近过来，说："乖，张嘴。"

这次交锋，贝可可损失惨重，失去了一颗陪伴她N年的蛀牙，她痛不欲生。

六、拜见母后

王子大人笑眯眯地看她吃光他那份腓力牛排，双手交叠在下巴处："怎么样，牙不疼了吧？"

贝可可大口吃肉，突然瞥见倒映在玻璃窗里凶神恶煞的吃相，被自己吓了一跳，她有些沮丧地放下刀叉："你要告诉我什么好消息？"

"好消息就是，这周末去我家。"他十指交握，脸上带着云淡风轻的笑容。

"干吗？"贝可可实在没能从他那狐狸般的笑容里看到什么破绽。

"见我父母啊！"

她浑身颤抖。

重要日子来临的那一天，贝可可穿上从苗苗那里借来的小礼服，苗苗的鞋还是一如既往地小，让她饱受美人鱼化人的痛苦，还要装作仪态大方举止优雅。说实话，关俊杰家的房子真是不错，四室两厅两卫的跃层，坐在真皮沙发上她笑不露齿，将小雯的撒手锏贯彻到底。

关俊杰老爸先出场的，从他老人家的笑容里可以看出他挺喜欢她，可可微微放松，小口啜饮杯里的雨前龙井，茶叶喝进嘴里不敢吐，咬咬牙咽下去。过不多时，王子的母后推门而入，看见她，脸上带着春风和煦的笑意："来了？"

可可口里的茶水茶叶全都喷了出来，满地狼藉："杜……杜老师？"

在她那不堪回首的大学生活中，美杜莎绝对是浓墨重彩的一笔。中文系主任、古代文学教授杜君梅，号称全校"四大名捕"之首；枯燥的课程加上死板的老师，她的课，可可不是翘掉就是睡觉，美杜莎的外号不是瞎扯的，惹了她的人注定要石化成雕像，一挂到底，永垂不朽。可可是连挂两个学期的烈士之一，这深仇大恨如何能忘！

美杜莎表面上待她春风拂面，可是绵里藏针，从她那身不合适的礼服入手，抽丝剥茧，旁敲侧击地打击她："你在大学里可不是穿这样衣服的人。在我的印象里，你是归为卡门那一类型的女生。"

可可的脑海里顿时反复的回响《卡门》歌声："是男人我都喜欢，不管贫富和高低；是男人我都抛弃……"似乎察觉到她表情的僵硬，美杜莎又补充了一句："你是波希米亚风格的女子，爱恨分明，自由奔放。"

可可满头黑线，她知道，美杜莎想说的，其实是她跟那些吉卜赛女人一样，爱就轰轰烈烈，一旦不爱，管你从几层楼跳下去，关她屁事。

差点儿忘了，几年前因她而起的那场跳楼未遂的闹剧，正好是美杜莎下课的时间，那场戏的吸引力比芭蕾舞更强，一会儿吃饭散场了，估计她免不了跟儿子谈谈看戏心得什么的……

"杜老师，您说的没错。我是那样的。不过现在都不流行波西米亚了，满大街不管有钱没钱都装什么小资，谁都知道LV（路易威登品牌）俗，可是谁都恨不得跟圣诞树似的挂一身出去，生怕别人不知道自己有几个钱……其实LV又怎么样呢？十个里面八个是假的，剩下俩还是不知哪儿淘的降价货……哎？对不起老师……你这包是LV的？"贝可可忙做失言状，悔恨交加，"对不起对不起，我不是说你，真的……"

美杜莎的脸色铁青，她心里却爽得跟放了国庆礼花一样。此次会面，以她踩着小一号的高跟鞋，跟跄离席做结。

七、午夜钟声失去的水晶鞋

脚好像踩在十片水果刀尖上，贝可可拼命往前走。身后有人追出来，大声喊她的名字。她不理，自虐地跑了几步，头也不回。

"可可！"关俊杰从后面紧紧地抓住她的胳膊，"你想干什么？"

贝可可高傲地回过头，用力甩开了他的手："这话，回去问你妈！"

"你无理取闹什么？"关俊杰拦住她的去路，攥上她的双臂，"当着我父母的面说那样的话，你是不是想……"

不等他把后面的话说出来，她已经先一步开火："是！我想分手！"

她的炮弹刚刚出口，关俊杰一副始料未及的样子，呆呆地望着贝可可，眼眸里，有暗流汹涌。

不想分辨其中的痕迹，她挣脱开来，抬手打了一辆出租车。直到车门关闭，他才反应过来，奔跑着大喊："贝可可！你休想！我不会被甩第二次——"

你被甩第几次关老娘鸟事？她在心里恶狠狠地骂着，眼泪却汹涌而出。

直到回了家，贝可可坐在小区的单元门口，放声大哭："脚疼死了……"

贝可可请了一周的假，闭关修炼，谁都不理，第三天她打开关了几天的手机，王子的一堆短信蜂拥而至：

我不答应分手。

我不会放过你的，绝对。

你今天怎么没上班？

贝可可，你够狠……我看你能躲我多久！

你最好祈祷不要被我找到，否则……

她看得惊心动魄，马上按了关机键，心里庆幸没带关俊杰来过她家，不然不能保证他能干出什么来。座机突然响起，吓她一身冷汗。她惧怕不已地看了看来电，是苗苗，松了口气，拿起听筒："贝可可！关俊杰你都想甩？不怕天打雷劈？"

可可软语相劝，可是苗苗仍然大义凛然地喊出了一句她始料不及的话来："我能原谅你甩关俊杰第一次，但是我无法容忍第二次！"

从曲苗苗口中，她听到了一个本世纪最难以置信的童话。

八、本世纪最荒谬的童话

许多年前，关俊杰经常在母亲任职的学校闲逛，因为这所大学食堂不错，而当他有时间，也会顺便听听母亲的课，到底枯燥无聊到什么地步。课堂上，大部分人都是死气沉沉地被动接受，可是有一个人例外。

那天他坐在座位上，身后响起了微弱的鼾声，回过头，一个女生埋在书本里呼呼大睡。半个小时之后，鼾声消失，他的肩膀被重重地点了几下："同学，你坐高点儿好不好？"

"啊？"他不明所以地坐直了身体，却听到身后传来类似啮齿类动物的啃食声音，惊愕地回头，发现对方以他为遮蔽物，调整着姿势，将一块3+2饼干一口塞进嘴里，咯吱咯吱地吃。正惊讶间，那女生喝了一口水咽下，又把整块妙芙蛋糕撑进嘴巴。

"看什么看？"对方囫囵地训斥，鼓鼓的腮帮子衬托得那娃娃脸更圆了。他连忙回头，几分钟后打下课铃，他装作收拾书包又把视线投过去。

那张没有化妆修饰的小圆脸看起来还挺可爱的，抛去那股不羁的气质，她长得分明像个洋娃娃。

"饿死我啦！姐妹们，咱吃三食堂的肉包子去！我现在能吃下五个！"她豪情万丈，振臂高呼。

他忍不住打了个寒战。三食堂的肉包子他见识过，即使是他，胃部在清空状态下，也只不过能吃四个。

他从网上找到她的课程表，只要有空就会跟她一起上课，坐在她后面不动声色地观察她；每次跟着她去食堂，隔几个桌子看她吃东西总是狼吞虎咽，即使是难吃的东西，似乎也美味不少。一段时间之后，他发现这个叫贝可可的女孩子，饮食生活很不健康：爱吃肉和油炸食品，零食来历不明，塑料袋上印着××副食等语焉不详的文字，保质期大有可疑……然后他突然发现了一个严重的问题：他居然在跟踪她！

盘点这一周的跟踪心得，他得出一个答案：他喜欢她。

可她已有男友。那场跳楼的闹剧，他也是下面众多的观众之一，贝可可绝情的模样，让他看到希望的曙光。跟着贝可可离开人群，在心里盘算着乘虚而入的步骤。贝可可来到人烟稀少的自习室，打开一本新闻学，突然整个人伏在书上哭起来。

他心里一动，翻开包找纸巾，结果只找到几张手纸，轻轻地塞过去。对方哭了一阵子，看他一眼，狠狠地用他皱巴巴的手纸擤鼻涕。他从笔记本上撕下一片纸，写下几句话塞在她手里。他约她在学校小树林的假山边见面，自己连饭都没吃，早早赶到那里，开始了耐心的等待。

九、迟来的吻

贝可可扔了话筒跑到卧室角落的大书箱前翻腾起来。在厚厚的时光尘埃中，她在箱底找到了那本新闻学，颤抖着打开。自从多年前的哭泣之后，她再没有打开那本书。也是这个原因，那学期的新闻学毫无悬念地挂了。

颤抖着翻到皱巴巴的那几页，一张字条，安然地夹在书页里，好像出土的古生物化石，翘首以待了千万年重见天日，生动的轮廓，一如往昔。她终于想起来，那天的确有人在他身边，不过这字条被她当成手纸不经意地夹在书本里，连同她的眼泪和回忆一同尘封，从未碰触。字条上端正地写着：

贝可可同学，今天放学后在小树林的假山边见面好吗？我有话想对你说。

关俊杰谨上

可可看过许多童话，但从来没想到过，这样离奇的故事，会在她身上上演。泪水漫过眼眶，迷蒙的苍白中，她仿佛看到关俊杰孤零零地站在假山边，银色的月辉覆盖在那年轻的脸庞上，和夜色一般漆黑的发，被映照得雪般灿烂，清冷无华。

多年之后的她，再次把脸埋在那本书中，痛哭失声。

凌晨一点二十分，关俊杰拖着疲惫的脚步，看到自家楼门口坐着的黑影，惊讶地低吼了一声："可可？"

贝可可抬头，他几步跑过来紧紧地抱住她："抓到你了。"关俊杰声音沙哑得让人心疼。

"我是来找你的。"她纠正他说话的错误。

"你跑去了哪里？"他抓着她的肩膀，生怕她再次跑掉。

可可向他摊开手掌，上面有一张单薄的字条，见他愣住，可可笑了："我去赴约。一个人在学校假山旁等到凌晨，真不好受啊。我不想跟你说对不起，因为你也放了我一回鸽子。"她伸出手捧住他的脸，"不分手了行不行？关俊杰，你嫁给我吧，同意就让我亲一下。"

他愣了有一秒钟，下一秒，他已经吻住她。

没有一本童话书告诉她流浪的波希米亚女郎怎样嫁给王子，她知道未来将面对怎样的荆棘，但是此时此刻，她只想抛开一切杂念，拥抱着珍爱的王子，祈祷天长地久。

十、甜蜜的妥协

很难想象这样一场战役,我方的参谋长经确认是敌方的卧底。贝可可是该杀了内鬼出气,还是该拉关系投降以博得优厚待遇?很明显,她走了后一条路。对于未来老公的表姐,她缴械投降,别无选择。

"前阵子在我家电脑里看见了你的照片,俊杰非要我安排见面不可……他从小到大一直是乖宝宝,自从认识了你,他跟我舅妈吵了多少次你知道吗?"曲苗苗说道,表情俨然资深媒婆。闲聊许久,他们跟苗苗告别之后,关俊杰送可可回家,随意地问了一句:"那个小雯,是你朋友吗?"

"是我同事。怎么了?"她回答道。

"没什么。只是觉得这个人,不要跟她太亲近比较好。"王子遣词造句一向含蓄,能否听出弦外之音,不仅耳朵要灵敏,脑袋也是。

可可摆弄过关俊杰的手机,暧昧短信真是不少,其中有一条是小雯半夜时候发过来的:"睡了吗?"三个字而已,却让人浮想联翩。

接下来的事情简直如同火箭上天,关俊杰效率奇高,拜见了几次未来的岳父岳母,以迅雷不及掩耳之势安排了双方家长见面,婚礼在迅速筹备中。贝可可对于他的独断心怀不满,不过当王子跪下来用史瑞克里那只穿靴子的猫的眼神看她,说:"可可,对不起,我知道我太霸道了,但只此一次,嫁给我,好不好?"看在那戒指上一克拉钻石的面子上,这口恶气,她忍了。

结婚彩排那天,关俊杰看着可可身边的伴娘,不由一怔。

她拉过小雯跟他介绍:"你们应该见过面。她是我同事……"

小雯是可可的发小,从五岁玩泥巴打架到现在,过招儿段数越来越高,感情是越来越好。说起来可可和前男友分手也跟她有点儿关系,那个家伙见了小雯心猿意马,居然想脚踩两只船,小雯义正词严地跟她汇报,还把对方的罪证短信给她看,和可可分手后他又后悔,才有了那场惊天动地的跳楼闹剧。

还有,那天晚上,可可在母校发了一晚上的呆,出来之后先去把小雯从被窝儿里拎出来,说:"我好想他,怎么办?"小雯虽然迷糊,但仍然很镇定地对她说:"我帮你试毒。"

小雯不只发了那条短信,关俊杰半天没有回复她,她又打了个电话,言辞极尽暧昧,可惜当时关俊杰满世界捞可可,只问她知不知道可可的下落。

小雯不动声色地看着身边的可可,娇滴滴地说:"管她干吗?你要不要来找我?"

关俊杰在电话那边闷了半响,最后吼出一句:"你神经病啊!"然后挂了电话。小雯就用一种看迷途羔羊的眼神看她:"这样的人,你不要,我要。"

美得她。可可当机立断去他家楼下等他,然后才有了今天。

婚礼彩排结束的时候,关俊杰把可可的脸当面团揉:"怪不得那天你知道我在外面找你!是找了同伙骗我啊!"可可笑着抱住他,微凉的夜里,他的体温让她安心。

虽然明天要去换那件被美杜莎批评难看的婚纱,后天要跟关俊杰的七姑八姨吃饭,大后天还要敲定婚礼头车事宜,但在这个美丽的夜晚,她还是微微翘起脚尖,吻上了关俊杰的嘴唇。

这场战争并没有结束,正好相反,新的战役,才刚刚打响。

不管未来是怎样的枪林弹雨炮火纷飞,此时,可可只想吻着自己的爱人,心无旁骛。

你好，陌生人

我时常做噩梦。梦中的我站在一处不认识的地方，身边有人走来走去，他们热情地和我打招呼，我呆呆地望着热闹的人群，脑海中一片空白。

摄影 李海亮

楔子

我时常做噩梦。梦中的我站在一处不认识的地方,身边有人走来走去,他们热情地和我打招呼,我呆呆地望着热闹的人群,脑海中一片空白。

那些人的脸,也是一片茫茫雪原般的白。

我看着镜子中的自己,那张脸,也是空白的。

我赫然惊醒,冷汗涔涔。

一

我实习的第一天,非常炫耀地把工作地点拍了照片传到微博上,崔了了第一个抢了沙发评论:"大琬!你怎么了?你醒醒啊!做什么不好,非要做前台这个工作啊!"

我咬牙切齿,刚想有力地回击她,却听见前面传来脚步声,忙放下手机站起身,扬起一个标准公式化的笑容:"这位先生,请问有预约吗?"

对方是个年轻男子,他抬起头看我一眼,视线相交的那一刻,我发现他貌似是个帅哥,又不动声色地打量对方衣着——西装革履,衣冠楚楚,标准上班族一枚,不过凭借我丰富的实习经验来看,他装扮如此体面整洁,必然是从事销售工作的业务员,说难听一点儿,很有可能是来这里做推销的不速之客,若是那样,就必须由我来把他挡在门外了。

男子稍微愣了愣，盯着我的脸看了一会儿，说道："没有。"

我对我的猜测能力暗暗得意，可我表面上尽量表现出遗憾："很抱歉，先生，公司规定外人不能入内。"

他似乎是笑了笑，只不过那笑容看起来有点儿隐隐的杀气："司琬小姐，我虽然不是公司的员工，但我经常过来的。能否网开一面？"

"抱歉。不能。"我斩钉截铁，坚决不放虎进山。

他从口袋里拿出一只皮质的名片夹，修长的手指拈出一张名片，我下意识地伸手去接，放在手里看了看，上面写的是某公司销售经理，曾智豪。

"曾先生，你好。"我感觉我的笑容好像是在流水线上用模具按出来的一般，标准却千篇一律，我的语气仍然谦恭："但是很抱歉，没有预约的话，我还是不能放您进去。"

他的一字一句都好像是从牙缝里挤出来一般："司琬小姐真是一位不可多得的好员工啊……"

我发觉对方的气势不大对，于是从前台走出来，用身体挡住通往公司的大门，极尽点头哈腰之能事，但归根结底不过是一个目的：拦住他。

我自己都佩服我自己，愣是在没有保安出动的情况下把这位高大的男士拦在外面半个钟头，直到老板出了电梯走过来，很奇怪地看着我们拉拉扯扯，对那男子说道："小智，你不进去是闹哪出？"

男子的笑容看起来十分灿烂："你们公司的前台接待死活不让我进呢。爸。"

我拉在他袖子上的手好像触电一般地放开了。

二

我很淡定地坐在冷清的前台后面，低着头看手机，看着崔了了刚刚取笑我的评论，手僵在手机屏幕上，最终还是按了退出。

这一份实习工作刚刚开始一天就要结束了吧……我叹息了一声,其实也没什么遗憾的,只是很对不住介绍我来这里的学姐,她认识这里的人力资源主管,当时是把我夸得天上有地上无才争取到这么一个实习的机会,可是我,实在太不为她争光。

我有严重的人脸识别障碍症,不光人脸,有时连名字都记不大住。大一时,我跟崔了了是形影不离的好姐妹,每天都恨不得黏在一起,大二那年,我需要帮她填一份问卷,在姓名栏那项我想了很久也想不起她姓什么。

于是了了说我:"大琬,你活到现在真心不易。"

何止不易……我花了三年的时间才能把大学同学的模样和名字对上号,当我终于完成这一艰苦卓绝的任务时,我发觉,后面的挑战,一山更比一山高,一浪更比一浪糟。

我为了战胜自己的病,不知做过多少兼职和实习,最好笑的一次是我做超市的促销员,为客人提供免费品尝的方便面,最后主管忍不住跑过来揪住我:"司琬!刚刚那位客人在你身边转悠了一个小时,足足吃了两袋面,打着饱嗝儿走了,你知不知道?"

我……不知道……如果我知道,我的病就有救了不是吗。

这都不算什么,我的病还葬送了我的初恋。那是我在旅行社打工的经历,我作为领队带领十五个人去普吉岛旅行,七天的时间,那些人我一个都没记住,每次上车必须点名,即便如此我还差点儿漏下一位单身帅哥,他顶着炎炎夏日,在35℃的高温下,追着我们的大巴足足跑了五百米,多亏最后一排的客人发现才停下车迎他上来,帅哥一上车就紧紧地抓住我的胳膊,气喘吁吁道:"司……琬……你再敢把我忘了试试……你,你信不信……"

我连忙把帅哥好生安置在座位上,狗腿地拿出我喝了一口的果汁塞在他手里,不管他怎样皱着眉头硬是逼着他全都喝光,并且在接下来的几天里,处处给他方便,陪游、陪吃、陪玩,无所不用其极,为了让他此次游玩尽兴,我千方百计地逗他开心,在清澈的海水中,我更将他从游艇上一脚踹下去,然后自己也跳下水跟他玩在一起。

然后我发现他竟然不会游泳。幸好有救生衣，又有我这个游泳健将在，我硬是扯着他以溺水的姿势在热带鱼群中游了三个来回才回到游艇上，事后他在船上一边吐一边磕磕巴巴地暗示，这辈子再也不去海边玩了。

在普吉岛的最后一天，我们在落日之下看海，我的脚丫一下一下地踢着沙子，他转过身就牵住了我的手，我愣愣地看着他，他俯身在我唇上轻轻地啄了一下，落日照得他的脸红红的，他说："小琬，做我女朋友吧。"

幸福来得太突然了，我捂着脸哈哈大笑，笑声把他吓到了，我又扭捏地跑过去死死地抱住他，以饿了七天的气势狠狠地啃他，他宽厚的怀抱如大海一般包容我，那天晚上我睡到半夜都乐得醒了过来，起身从阳台推门出去高号一声："哈哈哈，老娘有男人了！"

那晚我同屋的姐姐以为我被鬼附体，裹着被子惊恐地看着喊完又走回屋酣睡的我，一夜未眠。

临别之时，帅哥把他的电话写在一张字条上放在我手心，我也给他写了一张，然后两人在机场上演祝英台与梁山伯十八相送的戏码，那般恩爱缠绵，可谓只羡鸳鸯不羡仙。

可惜后来我把证件连同旅行社需要带回来的资料都丢了……回到旅行社的时候，我苦着脸对领导说抱歉，我说还好，我没把自己弄丢。

于是我被辞退了，我丢了一切，包括那张字条。我本以为帅哥会打电话给我，可是我等了好久，也没有他的消息。

我把我的初恋丢了。

三

我坐在前台暗自神伤了很久，然后擦掉眼泪，收拾了我今天刚刚带来的东西，趁着午休时间去找人力资源主管，主动提起关于自己被请走的问题。

大姐一脸疑惑："没人让你走啊，刚来一天就不想干了是闹哪出？"

我摸摸鼻子讪讪地回了前台，却发现有个人背对着我站在那里似乎在等着什么，于是我小心翼翼地走过去敲了敲那个人的肩膀："这位先生，请问……"

转过来一张蛮帅的脸，可惜帅则帅矣，却阴云密布随时能劈出一道雷来："司琬小姐是公司的楷模，我来请你吃午饭。"

我在大脑里以每秒一百兆的速度搜索此人的面部相关特征，可惜，一无所获。

他见我呆愣的表情就更生气了，指着自己说道："我的脸就那么难记吗？我是曾智豪！"

我仍旧用每秒一百兆的速度在大脑里四处搜寻有关曾智豪的关键词，他终于是忍无可忍，恶狠狠地吼了我一声："我们早上见过！"

我如梦初醒地"啊"了一声，连忙去找桌上他的名片，看到那三个关键字的时候，我恍然大悟地指着他笑道："对了！你是老板的儿子！"

此时此刻，我发觉对面男子的脸不再像要劈出雷来，而是沮丧地几乎要下起雨了。

于是在这天中午，我小心翼翼地对眼前的牛排下手，一不小心，餐刀划在瓷盘上，发出尖厉的噪声，我看见对面的男子眉头蹙得越发阴沉。

我掩饰地把牛排塞进嘴里，回避他的目光，却听见他发话了："司琬小姐今天的胃口似乎不太好？"

我傻笑一声，喝了口水把嘴里的东西咽下去，谄媚地对他笑："不……我就是，有点儿紧张……"

大中午的，他开车带我来到这个城市最顶级的西餐馆，在我翻开菜谱的时候整个人好像被雷劈了一般，翻了很久我嗫嚅地说只要一杯柠檬水就可以了，他白我一眼，要了一个双人套餐，我翻到那页，发觉这道正宗法式套餐造价3000大洋，这，还是会员价。

这一顿饭……就吃掉了我三个月的实习工资啊……

于是在整个吃饭过程中我如履薄冰、如坐针毡，而且总觉得面前这个人的目光中有股凶气，让我寝食难安。

"司琬小姐知道我在想什么吗？"他忽然微笑了，看着我，如同屠夫看着一头待宰的羔羊。

"不知道。"我非常老实地回答道。

他动作优雅地喝了一口红酒，眯起眼睛看我："我在想，到底要怎么做，才能让你记住我呢？"

我在心里腹黑地碎碎念：大哥，你以为你请我吃这么一顿天价的饭我就能记住你吗？哈，愚蠢的人类，你太天真了！

他似乎洞悉了我的想法，嘴角忽然勾起一抹残酷的笑容："我想到如何让你记住我了。司琬小姐，这顿饭我们AA吧。"

我瞪大眼睛恶狠狠地盯着他，恨不能把他千刀万剐变成我盘中的鹅肝！

由于我身上携带现金一向不超过百元，这顿饭他暂且代付，我欠他1500元人民币，他说他很大方，只收我那一份饭钱，15%的服务费他请我了，以体现他伟大博爱的大男子主义精神。

"饭钱从你的实习工资里出，分期付款，每月200块，八个月还清。"他为我系上了安全带，朝我笑了笑，这笑容看起来十分碍眼。

"八个月是1600元，怎么多一百块呢？"我咬牙切齿地问道。

"利息。"他笑着在我额头上点了点，我莫名其妙地脸红了起来。

回到前台，我抱着钱包，在心里无声地哭泣，每一点每一滴，都是洒了满地的血泪。

衣冠禽兽……十足的禽兽！我回想起来这里工作前做的努力，在心里反复对自己说不能放弃，一定要坚持到底。

为了锻炼自己的记忆力，我早在三个月之前就跟师姐要了这家公司的员工名单，把他们的照片和姓名打印出来挂在墙上早晚背诵，我魔鬼式训练了自己足足三个月，终于功夫不负有心人，我可以将这个公司的20个员工加领导全都认出来了！这对我而言是人类文明的一大进步！

已经做了这么多努力，我绝不可以功亏一篑。怀揣着这样的积极心理暗示鼓舞了自己一个下午，在我下班收拾东西的时候，一个声音在我耳边响起："司琬小姐，我可以送你回家吗？"

我不回头也知道来人是谁，我虽然暂时记不住他的长相和名字，但我已经记住了他的声音，我一边收拾东西一边问道："是AA还是收费？"

他似乎是忍不住笑出来了："顺路送你。不收钱。"

我转过身，把手袋顺手挂在他胳膊上，傲然昂起头，对他说了一句："起驾。"

他倒也配合，微笑着点了点头："喳。"

四

帅哥的车子载着我一路开进学校，一直开到宿舍楼下，身边经过的同学纷纷侧目而视，更有一个打了热水的女生经过之后目不转睛地看着这辆车，直到撞在树上，热水瓶摔在脚上，疼得她哇哇直叫。

我忽然有点儿不敢下车了。他笑了笑，修长的手指扶在方向盘上看我："怎么，舍不得下车？"

我忽然对他笑了："这样吧，你好不容易来一次，学校都进了，我请你吃顿饭以尽地主之谊好不好？"

他想了一下，对我说："说好了是你请。这顿饭和你欠我的钱不发生任何冲突。"

小气鬼！真是恶劣吝啬的男人！

车子开到学校食堂门外，我顶着旁人的目光硬着头皮从车里出来，我带着他上了食堂二楼，让他坐在乱哄哄的食堂里，自己如同急流勇进的小船般冲入人海，斗智斗勇地从窗口抢了两份美食，然后气喘吁吁地放在他面前，修整了下头发，豪迈地说道："请用。"

他愣愣地看了我一会儿，终于低下头掰开了方便筷，在那不锈钢餐盘里挑了一丝看不清楚是什么吃食的东西艰难地放在嘴里。

然后他犹疑的眼神瞬间点亮了,有点儿兴奋地对我说:"好吃!"

那当然了。这是我们学校最高档的食堂里最有人气的茄子套饭,每日限量发售,卖完就走,崔了了是何等挑剔之人,她吃了这家套饭三年半都没厌倦,这快要毕业了整日心心念念若是以后吃不到了该如何遗憾之类。

帅哥这顿饭吃得很开怀,除此之外他还干掉了四个生煎包和一杯豆浆,酒足饭饱之后他提议跟我在学校里观光一下,于是我便担当导游陪他一直逛到星光满天。

我们坐在操场上看星星,他教我认猎户星座,我仰着头看了半天,脖子酸了,他便把我的头按在他肩膀上,我几次想起来,都被他紧紧地按着。

不知道什么时候我已经变成靠在他怀里看天,他在我耳边轻轻地说道:"司……琬……你再敢把我忘了试试……"

后面的话我没听清楚,因为我已经在他肩头沉沉睡去了。

第二天我神清气爽地坐在前台跟公司每一位员工打招呼,上班时间已过,电梯叮咚一声,一个看起来很帅气的男子走了过来,他穿着一身得体的休闲服,我带着标准化笑容站起来就问他:"这位先生,请问有预约吗?"

他一张俊脸瞬间黑了下来,咬牙切齿地一掌拍在我面前的台子上,恶狠狠地吼道:"司——琬——"

听到他声音的那一刻我幡然醒悟,双手合十连连道歉,却只见他收了怒容,满脸是灿烂的笑容,跟我说道:"司琬,你若能答出我一个问题,这事儿就算完事。"

我谄媚无比地表示完全没问题,只见他嘴角勾起的弧度更深了,问道:"我叫什么名字?"

我愣愣地看着他再次愤怒起来的表情,心中有一千头羊驼奔驰而过。

五

于是这天中午，我被帅哥塞进车里来到一处高档的日式料理店，我跪在榻榻米上偷偷看他阴沉的脸，被他发现还少不了一顿怒喝："看什么看？反正看了你也记不住！"

在翻开菜牌看到价钱的那一刻我忍不住大哭起来，跪在地上连连做叩头状，我扶着他的膝盖涕泪横流，号道："大哥，你放过我吧……这顿饭我真的吃不起……这是要出人命的啊……"

一盘刺身要5000元的地方是我能消费得起的吗？

帅哥面无表情地看着我："如果这顿饭我请，你能保证记住我吗？"

我擦干眼泪，忙用手机给他拍了一张照片，然后继续哭道："能！这次绝对能！"

他似是苦恼地扶住额头："好了，你别哭了，这顿饭我会买单的。"

我心里好像放了烟花一样：好高兴啊，又吃成长快乐了！我马上起身，盘腿坐回蒲团上，敞开嗓门儿对服务员吼了一句："先来一盘刺身！"

付账的时候他打开钱夹，从里面取出一张信用卡交给服务生，我看见里面夹了一张照片，于是怯怯地问道："可以给我看下吗？"

他愣了一下，便把钱夹递给我，我仔细端详那张照片，发现上面是一个男孩在吻着一个女孩，画面非常美丽，让我有误以为是模特儿摆拍的错觉。不，仔细看去，男孩的侧脸很是眼熟。我抬起头看对面的人，又埋头看照片，如此重复了几次之后我诧异道："这照片是你？"

他冷冷地看着我："是我和我女朋友。"

我的一颗心不知道为何就沉了下去，坠入无底深渊连声都没有，一股沮丧把我打倒，我怏怏地把钱包还给他，一路上都没说话。

下午的时候我非常沮丧，直到人力资源主管姐姐把我的名牌交给我："把名牌别在左胸。"她如此交代。

我默默地别好了名牌，忽然灵光一现，好像想到了什么。

昨天第一天上班,我连名牌都没有,前台没有任何能证明我姓名的东西,那么,富二代帅哥怎么在见我第一面的时候就准确地喊出了我的名字?

莫非他以前见过我?我想到这里忽然来了精神,在乱七八糟的桌上翻了半天才找到他皱巴巴的名片,迫不及待地给他拨打了电话,接通了,传来他低低的声音:"对不起。我在见客户,稍后打给你。"

我失落地放下电话,这时候,一位快递小哥将一个快件送到我面前,我见收件人是公司的出纳,便替她签收,又给她打了电话让她来取件,小出纳出来连句谢谢都不说,拿了东西就走。

貌似这个公司里的很多人都不太喜欢我……

快下班的时候,老板急匆匆地找到我,说有没有接到一个快件,我说有,已经交给了出纳,老板一脸诧异:"她说你没有给她啊。"

我的脑子"嗡"的一声。老板叫来出纳对质,她一口咬定我没有把快件交给她,这么一吵,我才知道,那快件里装的是一张五十万元的支票,是我们客户给我们结账的尾款,这听得我心肝都颤抖了,对着出纳反复地给她讲当时的情景,试图勾起她的回忆,可是无论我怎么说,她都是斩钉截铁的一句话:"没收到。"

我求救地看着围聚在身边的同事,大家的表情都是事不关己的冷漠,不知道是谁先开始说话:"小琬,你真的记清楚了吗?我听说你以前换过许多工作,一直都是个迷糊的人,我们不是怀疑你,但是你好好想一想,会不会是记错了呢?"

我只觉得心都被什么刺穿了,声音颤抖:"我真的没记错……我发誓,求求你们相信我……"

不知道又有谁开口:"小蒋做我们出纳五六年了……我倒是没别的意思,只是,小琬,你能不能再想想?"

我的眼泪已经落下来,哽咽地反复说道:"我没记错,我没记错,你们为什么都不肯相信我……"

不知道从什么时候开始我被他们围起来，你一言我一语地开始数落，我从来都不知道，这个世界这么小，我以前做过的工作犯的错误，他们竟然如此了解，一个个用语重心长的口气来劝慰我，试图让我回想起我根本不曾做过的事情。

我觉得自己好像被曝光在无影灯下，被人从四面八方看着，大家都在评头论足地说我，我在这灯光之下越来越小，越来越小。

"她已经说过没记错了，你们还问什么?!"一声犀利的呵斥打断了那窃窃私语般的议论，我想看向说话的人，奈何眼中全是泪水，什么也看不见。

其实，不需要看见，我记得他的声音。

"支票是我们公司开的，是转账支票，已经写了收款人名称，旁人无法冒领，我回去跟老板说让他们重新开一张。"他的声音清清冷冷的，却带着不容置喙的威严。

我"哇"的一声大哭起来，便有温暖的怀抱把我包围起来，我听见老板的轰赶声："都回去上班，关你们什么事儿呢？"

人群退去了，我却还赖在他怀里不肯离开，任他哄小孩儿似的拍我的后背，我一边抽泣一边死死地抱住了他，把满脸的鼻涕泪水都蹭在他身上："你这个浑蛋，找到我了为什么不认我？"

他抱着我笑了："谁让你记不住我。"

我更紧地抱住他，生怕他跑掉一般："我丢了你的电话，可你为什么不给我打电话？"

他叹息一声，从钱包里取出一张旧旧的字条，展开给我看："笨蛋，你给我的手机号少了一位，我用尽了排列组合的方法也打不通，让我说你什么好……"

我笑嘻嘻地看着他钱包里的照片，说："这张照片把我拍得真漂亮，连我自己都没认出来。"

我们俩正聊得开心，身后传来老板阴沉沉的声音："上班时间不要谈情说爱！"

六

茫茫人海，穿越人群，冥冥中的缘分让我又遇到了他，我站在他面前，抬起头，踮起脚，眯起眼睛，一拳重重地打在他头上——

"把我们俩的账清零！我这个月怎么又扣钱了？"

"那扣的是保险！你转正了知道吗？"

我心中满溢了无与伦比的开怀，这一次，我的努力终于得到了认可。对于支票的那件事，后来出纳小蒋偷偷地找老板归还了，她说是她记错了，回去翻东西的时候无意中找到了，不过我早听说她在公司散布于我不利的谣言，起因或许是因为，她追求帅哥四年了都没有结果……

我跟帅哥的感情有增无减，老板一直让我劝他回来工作，但他坚持在外打拼靠自己。说实话，他真的是个很努力的人，每天早出晚归忙着谈业务，但还好，他始终能抽出时间陪我，即便脸有倦色，在看到我的时候，那双眼睛也总能闪烁着开心的光芒。

不过最近，我发觉他似乎有些不对劲起来，虽然他尽力掩饰，我还是能发觉他的不适，我经常能看到他忍耐疼痛的样子，直到疼得满头是汗也一声不吭，我很心疼，强拉着他去医院检查，检查之后，医生的建议是：马上手术。

当天他就住院了。我忙前忙后办理各种手续，又给他买了许多好吃的，请了假守在他身边，第二天他被推进了手术室，我在外面等得心焦似焚。

时间一分一秒地流逝，我坐立不安，担心得不行，终于做完了手术，却看见他紧闭着双眼，脸色苍白地被推出来，我急匆匆地跟进了病房，他还是闭着双眼，睫毛轻轻地颤动着，如风中飘摇的蝶。

我等了好久好久，好像有一个世纪那么久的时间，他终于动了一下，睁开眼，眼中有短暂的空白，我兴奋地凑过去看他："帅哥，感觉怎么样？"

他清澈的眼睛愣愣地直视我，过了半晌，他眼中满是迷茫："你是谁？"

这三个字如同炮弹一般击中了我的心，我的眼泪马上就涌出来了，抱着他的胳膊哭喊起来："我是小琬，我是你女朋友啊！你不记得我了吗？你别吓我啊！"

　　他任我摇着，看向我的眼神里，始终是没有焦距的迷离。

　　我哭得声嘶力竭，一路跑向主治医生的办公室，进了门就大吼："你怎么做的手术？我男朋友失忆了，不认识我……"

　　医生好像忍无可忍地攥紧了拳头："这位小姐……我们做的是阑尾炎手术！"

　　我一愣，马上咬牙切齿地跑回病房去，只见病床上的贱人蜷缩成一团，他上气不接下气地招呼我："快去找医生，我好像笑开线了，血流出来了……"

　　笑死你算了，浑蛋！

七

　　帅哥一直对我记不住他这件事耿耿于怀，时常拿出来作为我不够爱他的佐证，我自然是不会苟同的，而且他经常跟我上演忘记了我的狗血戏码，哪怕是头撞在桌角上这种小事也要跟我演一演，自然，聪明如我，再没被他成功骗过。

　　我跟他说我有人脸识别障碍症，他非说我脑子不好，每天给我砸七八个核桃补脑，即便如此我也还是我，记性不好、粗枝大叶一身的毛病。结婚后的几年，每天他回家我都会以满脸谄媚的笑容迎上去："欢迎光临，请问这位客官，是打尖还是住店？"

　　每次我这句话换来的都是他明媚的笑容，他是我最熟悉的陌生人，每次见面都会怦然心动，让我，再爱上他一次。

　　然后我就会听到稚嫩的童声说道："爸爸，妈妈的脸又红了。"

有一种思念遥不可及

他的世界本来只有1和0，但因为她，有了五颜六色的光影变化。

摄影 李海亮

方小茹：一

凌晨一点半。

方小茹目光呆滞地盯着电脑屏幕，双手按在键盘上，偶尔翻个白眼儿思索一下，接下来便是十指如飞地敲打，时钟的嘀嗒声伴随着用力敲击键盘声，是这个深夜里唯一枯燥不变的动静。

窗外传来野猫的长啸，一声接一声地高亢嘹亮，在这个春意盎然气氛销魂的季节，有人两耳不闻窗外事，一心只写消遣书。

方小茹保持着现在的姿势已经三个钟头了，这三个钟头她写了8000字，这个晚上的战果还算可观，一天两更的誓言得以完成。她伸出酸痛的手腕，握着鼠标在"保存"上点击了一下，然后关上了文档，又关了电脑。

洗完澡收拾好的时候已经是凌晨两点多了，她吹干了湿漉漉的头发躺在床上，一双布满血丝的眼睛呆呆地望着大花板，方小茹的脑袋嗡嗡作响，眼睛酸痛，心脏忽忽悠悠好像瞬间停止了跳动，又马上跳得飞快。大脑好像一滩幽静清澈的湖水一样，瀑布哗啦啦地、源源不断地冲进来，潭水清澈得如同一面镜子。

明天约了妈妈逛街，早上十点到商场，她现在必须睡着。可越是这么想就越无法入眠，方小茹在心里默默地数羊，她觉得数的羊已经挤满了新西兰牧场，却仍是睁着酸痛的眼睛望着窗外阴暗的天空直到泛起鱼肚白，这才迷迷糊糊地进入梦境。

她梦到了自己笔下的故事情节，她化身为女主角，与男主角和男二号在异度空间周旋，时而危机四伏，时而柔情蜜意，忽然碰撞出新的点子，她想用笔记下来碰撞出来的情节，四处找纸笔也找不到，就在这时候，电话铃响了。

嗡嗡作响的手机铃声把她从梦境带回现实世界，她疲倦地眯着眼睛接了电话，妈妈的声音爆发出来："小茹，你干什么呢？不是说好十点商场见吗？现在都十一点了，你在哪里？"

"妈，我困着呢，再睡一会儿，今天不逛了。"说完她挂断了电话，一头倒在被窝儿里，又打起呼噜来。

再醒来的时候听见厨房里叮当作响，饭香充溢鼻端，她走下床，妈妈在厨房为她做饭，煤气灶上咕嘟咕嘟的热汤香气四溢，她咽了一口口水，发觉昨晚十二点泡的方便面已经彻底淹没在强大的胃酸里了，她现在早已经饿成了非洲难民。

饭刚上桌她就大口吃起来，滚热的饭菜烫得她不敢闭嘴，食物滑下食道的满足感又让她停不下来，看她饿鬼似的吃饭，旁边的妈妈叹息一声："小茹啊，找个正经工作吧，你这么下去什么时候是个头？"

头？怎么会有头？她已经和网站签了约，正在写的小说马上就要上架了，好不容易积攒起来的人气，她才刚刚看到希望，这个时候，怎么能说"到头"这种话？

就是因为在家里爸妈总是唠叨，她才会搬出来住，自在逍遥，想写到什么时候就写到什么时候，再也没有耳边的聒噪，但同样的，深夜里桌边的一顿夜宵也失去了。

"妈，行了。我心里有数。"

妈妈帮她洗了衣服，收拾完狗窝一样的屋子之后叹息着走了，方小茹摸着满足的肚子开了电脑，打算把昨天刚刚码上的字搬到网上去。

哎？不对！

昨天熬了三个小时的辛劳成果，不见了！文档仍旧停留在她白天写的地方，她熬夜写出来的8000字，全都不翼而飞！

方小茹觉得头"嗡"的一声大了，眼前一黑，险些晕倒在笔记本电脑上。

方小茹：二

方小茹运用了全方位立体的搜索方法寻找失去的8000字，可是它们就跟人间蒸发了似的，一点儿踪迹也找不到。

方小茹想了想，翻出手机来拨了一个号码，那是她高中同桌秦渊的，秦渊人称"电脑小神童"，据说他三岁开始拆电脑，六岁组装电脑，十岁会编程，十六岁无所不能，他和她考入同一所大学，时常吃饭聊天儿谈理想，方小茹的这台笔记本电脑，还是他帮忙买的。

一个电话叫来了正在外面吃午饭的秦渊，他捧着一盒吃了一半的盒饭就进了屋："小茹，这鸡腿特好吃，我还有一半没啃，你要不要尝尝？"

秦渊居然举着鸡腿放在她嘴边作势要喂，方小茹哪里有这个闲情雅致啃鸡腿啊，果断打翻在地还给了他一脚："少废话！快看看我的小白怎么了！"

秦渊眼含热泪地看了地上的鸡腿一眼，乖乖地坐在电脑椅上查看起电脑来。

还没动电脑，秦渊就看见电脑屏幕的左下角处有一个瞪死鱼眼挖鼻孔，看向自己的目光很不友善的卡通形象，不由得惊呼一声："这……这……这是什么东西？"

那个卡通人物见他大惊小怪的样子"哼"了一声，一脸鄙夷地朝屏幕左边走下去，渐渐隐没不见。

方小茹拍拍他的肩膀："坂田银时啊！你没看过《银魂》？他可是我现在最喜欢的人物形象啦！"

"不是这个！这个东西难道不是病毒吗?！"

她学着银时的表情鄙夷地挖着鼻孔："正规网站下载的人形宠物哎，我每天都跟他说话的，你敢动他一根汗毛我打死你。"

秦渊喊了一声冤："你到底是让我来帮你修电脑还是要修理我？"

"少废话，马上帮我找找那不见的8000字。找不着这些字我接着写下去的动力都没有了。"

秦渊得令，仔仔细细查看起系统来。他用随身携带的U盘下了三个杀毒软件在电脑上，但无论怎么查，都没有半点儿病毒木马的迹象。

Word文档记录也查过了，仍然是一无所获。秦渊把能想的办法全都想了，最后向后倒在椅背之上："小茹，我对不起你，实在……找不到了。不如我把地上的鸡腿洗一洗热给你吃谢罪吧。"

方小茹一个爆栗子凿打在他头顶算是回复。

送走秦渊，方小茹坐在电脑椅上对着电脑看了许久，忽然觉得之前写过的那8000字好像是一场梦境似的，虚无缥缈地在笔记本滚烫的硬盘里蒸发了，挥了挥衣袖，一朵云彩都没有留下。

她不甘心，凭着印象又开始写了起来，写了大概3000字她小心翼翼地点了保存，再惴惴地打开，刚刚写的那3000字，安然无恙地躺在文档里。

方小茹心下安慰，点了个外卖吃完之后，看了一会儿热播偶像剧，又玩了几把小游戏，时钟已经指向十一点，她又打开文档继续写了起来。

一直到凌晨两点，又写了颇为可观的5000字，她保存之后关闭了文档，刚想关机，又不放心似的再次打开文档。

之前写的3000字和新写的5000字都好好地在呢。

她顿觉放心，关了电脑睡去了。

然后第二天日上三竿再开文档时，绝望的哀号响彻整个小区："我的5000字！5000字不见了！"

秦渊：一

秦渊觉得自己好委屈：明明在得到消息后第一时间赶来了，却仍免不了被面前的死宅女一顿修理，理由是没有修好自己的电脑。

其实他真的是尽力了。但即便是他，使尽了浑身解数，也找不出这里面的缘由。

于是他只有把电脑重新做了系统，重新安装了软件，然后他竟然看见一个卡通人物笑眯眯地背着网球拍从屏幕下方跳了出来！

"怎么回事？明明刚才重做了系统啊！大哥，你从哪里蹦出来的？"

方小茹欢欣雀跃地冲着电脑屏幕上的卡通人物打招呼："不二君，你今天也很帅气哦！"

明明她只是说话，可屏幕上的那个人物竟然做了一个"这也没什么"的表情，还朝方小茹竖起了大拇指。

这个根本不对啊！秦渊惊恐地指着屏幕喊道："这……这……这是什么东西？"

"不二周助，我最新喜欢的卡通人物！"方小茹满脸鄙夷地看着他，"你不会没看过《网球王子》吧？"

"不是这个！是重装了系统，这个程序怎么还在？"

"你刚才安装软件的时候不小心装上了呗。"方小茹满脸警惕地瞪着他，"你敢动他一根汗毛我打死你。"

"小茹，这东西明显是病毒……"

"闭嘴。"方小茹打断了他的话，对着屏幕上的卡通人物露出了花痴的笑容，"不二君一定会守护我的对不对？"

帅气的卡通小人儿笑着点头。

笑着……点头了！点头了！这东西怎么会知道主人说什么？！

秦渊从电脑椅上滑倒在地：电脑成精这种事情，他根本修不了！

见他拔腿要逃，方小茹恨恨地揪住他："你得把这个问题解决了！不然以后再丢怎么办？不许跑！把电脑给我修好！"

秦渊眼中含泪连连摇头："陛下，臣妾做不到啊！"

电脑屏幕上的卡通小人儿，腹黑地眯起眼睛，露出了一个高深莫测的微笑。

秦渊：二

为了解决这台灵异的笔记本电脑的问题，秦渊这天留宿在方小茹家里，搬了个小凳子坐在她旁边，一边打着哈欠一边看她写小说。

"对对，再保存一下，然后发给我。"他摆弄着手机接收一拨她新出炉的1000字，又让她重启电脑，再看文档还在不在。

每1000字一保存，如此一直折腾到凌晨一点，秦渊有点儿熬不住了，每打一次哈欠都好像吃了一口芥末似的眼泪汹涌，方小茹很体贴地让他睡在书房地板上，施舍给他一床被子。

秦渊就那么睡在了地上，睡了一会儿，他蒙眬眬地翻了个身，觉得黑暗中似乎有什么光线，睁眼望去，电脑不知什么时候已经开了，映入眼帘的正是方小茹熬夜写完的那篇文档，Word界面里，光标自己飞快地挪动，目之所及的文字大片大片地被删除，就在他发愣的时候，电脑删完了几段之后，自己关机，熄灭了屏幕。

黑暗中的秦渊吓出了一身冷汗。

第二天早上，方小茹从房门里出来上厕所的时候被吓了一跳，秦渊裹着被子坐在她卧室门口，一双眼睛布满血丝，见她出来，他大吼一声："方小茹，把你的电脑扔了！马上！"

方小茹一脚踢开他："想都别想！小白是我男朋友！"

秦渊急忙把自己所见跟她讲了，方小茹仍然不以为意，打开电脑，果然文档少了一部分，他们对照之前发到手机里的文字细细查看，发觉晚上十点是个分水岭，晚十点之前的文字，都好好地保存着；十点之后的文字，全都被删除了。

发现了这个规律的方小茹抱着电脑狂吻："小白，你是担心我熬夜短命吗？小白，你果然是爱我的！"

秦渊分明看见电脑屏幕上的卡通人物红了脸，做出一副要推开面前人的表情，那困扰和害羞并存的模样忽然让他觉得，电脑成精这事儿也不是那么令人害怕了。

小白：1

在二进制的电脑世界里，一是1，二是10，三是11，四是100，以此类推。

和人类世界不同，电脑的世界非黑即白，程序指令是比圣旨还要重要的东西，主人的命令高于一切，每台电脑都要无条件遵从。

那，有没有例外的情形呢？

说实话，小白也不知道自己是为什么而存在的，当他发觉自己是一台电脑的时候，特意扫了一眼屏幕右下角的日期：2012年12月21日。他通过摄像头看见一个女孩正在卖力地在他身上敲打，面孔痴迷得近似扭曲，口中还念念有词："就算世界末日也不能阻拦我写作！小白，这最后一刻我誓与你共存亡！"

小白？原来他叫小白，是一台崭新的笔记本电脑。他的主人是一个视写作为生命的癫狂女子，她发起狠来可以一天一夜不吃不睡不停地写字，他的身体被用得滚烫，都开始疲惫得想要自动关机了，可这个可怕的女子还在双眼冒光地写结局，简直太可怕了！

说什么机器成精了是惊悚片，人类发起狂来根本就是恐怖片！

他虽然觉得很热很累，但看到主人那么拼命，就决定暂且咬牙忍耐一下好了。

慢慢地，他对主人也有了一些了解，这个每天和他深情对视超过十五个小时的女子名叫方小茹，如今已经大四，在考研无望、工作无门、找对象也没有着落的现实之下，她把自己全部闲的蛋疼的精力都放在热爱的写作事业上了，她努力朝着自己的梦想进发，但每次投稿都石沉大海杳无音信，偶尔得到几个"抱歉，您的稿子不适合我们，请转投吧"的回复就乐不可支觉得好像跟过稿一样让她欢欣鼓舞。方小茹坚信这是自己此生奋斗的事业，洋洋洒洒写了几百万字，却一分钱也没卖出去。

说实话，身为一台性别为男的电脑，每天被主人强行写下无数情情爱爱的文字是一件十分痛苦的事情，但好在方小茹是一枚怪胎，她写得累了就会跟电脑说话来鼓舞自己的士气，比如：

"小白，我觉得你就好像是我男朋友似的。不，男朋友也没有你可靠，我今年的收入就全靠你了，我们再努努力，加油！"

小白，你觉得我这里写得好不好？嗯，我也觉得不错！加油！

小白，我今天的衣服好看吗？算了，我知道你只爱我的内涵而非皮囊，总有一天我们的实力会被别人认可的，加油！"

一般他都是倾听，很少说话。可就有这么一天，这丫头在网上看到了一个测试电脑男女的帖子，便心血来潮地把指令输入文本文档，然后改了后缀名点击运行，他一阵恶寒，却不得不按照程序说出了那几个字："I love you.（我爱你。）"

这可乐坏了这个死宅女，她抱着电脑就是一顿猛亲："小白！我就知道你是男的！我就知道你爱我！"

我爱你个毛线啊！他气得恨不能骂出来，却感觉身体温度瞬间升高，然后"啪"的一声——

他自动关机了。

小白：10

小白觉得自己似乎生病了，他自己下载了许多杀毒软件给自己反复体检，他检查了自己每一处空间，明明是没有异样的，可是为什么一遇到方小茹，他觉得自己就不像是一台电脑了呢？

天热的时候方小茹光着膀子在他面前上网，他会温度升高死机；天冷的时候方小茹瑟瑟发抖地躲在毛绒睡衣里，他自动升高温度给她取暖；方小茹黑着眼圈熬夜写稿，他竟然会有时看着她失神而忘记自动保存；方小茹半夜泡方便面当夜宵，他在计算这一顿她吃了多少防腐剂进入身体，要多久才能排出去……

他开始在她时常浏览的网站旁边做手脚，什么熬夜变丑、熬夜易老、熬夜导致心脏病猝死等一系列耸人听闻的标题，但方小茹看也不看，照样一宿一宿地通宵，后来他幻化成她喜欢的卡通形象，以电脑助手的面貌出现，每天看到她显露倦容时就走出来，做一个睡觉的动作。

虽然效果不明显，但小茹多多少少还是听一些的，她已经从熬通宵到熬半夜，不得不说是一大进步。

但她的身体仍是渐渐垮下去，她有时候写着写着就捂着胸口眉头紧蹙，他知道，她的心脏本来就不十分健康，长期黑白颠倒的生活更加剧了这个问题。

小白觉得，电脑冷酷无情坚决执行程序的时刻来临了。

每晚十点后的文档，他会自动开机删除掉。一个字都不剩，一点儿备份痕迹都不留，彻彻底底地删除掉。

看着小茹肝肠寸断仰天大哭的样子他有点儿心软，但仍是坚决地坚持执行这个他自己定下来的程序。

在那位所谓"电脑小神童"秦渊的帮助下，方小茹终于开始正视熬夜写下的稿子存不住的问题了，虽然他有点儿担心自己会被她从窗户丢出去，但冲着这些年的感情来说，或许她会给他留点儿面子……

"小白！你醒一醒啊！不要逼我把你卖给收破烂的李大爷！"方小茹一口咬在键盘边缘，留下两排清晰的齿痕，"我们约好了要写出别人认可的文字啊！我今天必须把这段写完！你要是不从，我们就分手！能买到的新欢有的是！"

他冷冷地闪了一下屏幕，然后自动关机。

方小茹果然开始浏览起购买新笔记本电脑的网页来，每当她挑好了一台电脑放在购物车里，他就冷冷地闪一下屏幕，然后自动关机，这回，连自动保存文档他都懒得恢复了。

方小茹被他虐得一把鼻涕一把泪，最后抱着他痛哭流涕："我错了！小白！你原谅我吧！我答应你十点前睡觉！我再也不另寻新欢了！你把我之前的那一万字还给我吧！"

他轻轻哼了一声，慢慢开了机，把回收站里的文档翻出来给她，方小茹如获至宝，抱着屏幕亲个不停。

唉，愚蠢的人类。

他红着脸，这样想道。但即便如此，每当收破烂的李大爷在窗外叫喊"废旧电脑高价回收"的时候，他还是会有些紧张。

方小茹：三

拜小白所赐，她的生活终于开始有些规律了。她的网文如愿以偿地上了架，每个月的收入有二三百块，这些钱，买点儿方便面、姨妈巾什么的，还是勉强够的。

方小茹仍然每个月从爸妈那里拿一千块的生活费，妈妈托人给她找了一份工作，她不想去，找了个理由就推脱掉了。

妈妈送来生活费，又做了一桌好菜，看着小茹狼吞虎咽的样子问道："小茹，你是不是有男朋友了？"

小茹把嘴里的东西咽下去，点头："是啊。"

妈妈两眼放光："是谁啊？介绍给妈认识！"

方小茹指着自己桌上的笔记本电脑，今天的卡通人物形象是卡卡西。"就是他啦。"方小茹不紧不慢地喝了一口水，"小白，是每天都陪着我的男朋友。"

方妈妈看着屏幕上跟她打招呼的卡卡西，长长地叹息一声，起身就走了，临走前，她跟小茹说道："工作的事情你考虑一下，那份工作虽然薪水不高，但还是能学到东西的。小茹，你一个人生活没规律，不如搬回……"

方小茹已经走进卧室倒在床上，迷迷糊糊地就要睡着了。

妈妈只得停了唠叨，轻叹一声关上了门。

屏幕上的卡卡西若有所思地放下手中的书本，似乎也轻轻地叹息了一声。

方小茹醒过来第一件事是喝水，第二件事是上厕所，第三件事就是坐在电脑前写稿，挪动鼠标之后，黑暗的屏幕点亮了，她看见卡卡西举着一张牌匾，上面写着："亲爱的，去工作吧！"

对于这台电脑时常的古怪行为，小茹已经见怪不怪了，她把光标挪到卡通小人儿身上，光标就变成了一只小手的形状，再轻点左键拉起，小人儿就被拽了起来，她在空中画了三圈，用力将他扔了出去——

卡通小人儿被摔出了屏幕范围，手中的牌子"当啷"掉在屏幕上，转瞬间就不见了。

哼，她还会被一台电脑要挟不成？笑话。

方小茹的上架作品完结了,收益仍是不理想,加上卖的各种版权也不过寥寥两千块而已,对于这半年的消耗来说,实在是杯水车薪。

正在她烦闷的时候,秦渊过来探望她,拎了一袋子好吃的不说,还表示过两天同学们要搞一次毕业旅行,去郊区爬山,还有篝火晚会烧烤。方小茹正好心情不好寻不到人生目标,决定参加。

爬山这天她背了小白一起,走几步就气喘吁吁的,看着同学们一个个健步如飞悉数超过了自己,班长便留下一句"最后一名有惩罚"后逃之夭夭。她气得紧跑两步,双脚却如灌了铅一般缓了下来,整个人如同七八十岁的老人沿着石阶慢慢地走。

"我扶着你吧。"秦渊的声音传来,她忽然觉得很安心,慈禧太后一般伸出手让他扶着,一步一步地往上走。

"电脑我帮你背怎么样?"秦渊体贴地问道。

方小茹停下脚步,上气不接下气:"不……小白会……会不……高兴……"

秦渊忍不住笑了,继续扶着她一起上山,在这时他的电话忽然响了,接通之后竟然是班长的声音:"秦渊,你在哪儿啊?我们都到山顶了,野餐的面包、火腿肠、矿泉水呢?我们又饿又渴,你人呢!"

秦渊看了看四周,声音中有点儿抱歉:"我们还在半山腰,要不你们再等一会吧?"

"你们?"班长的声音变得十分严肃,"秦渊,你是跟方小茹在一起吧?集体活动你怎么能借机献殷勤呢?你背着大家的粮草来跟方小茹同学二人世界卿卿我我?这样好吗?我们都要渴死了……"

方小茹心中满是愧疚:"秦渊,你先走吧,别等我了。我一个人慢慢上去。"

班长在电话那端接着咆哮:"你看你媳妇儿都这么说了,你就快点儿顾及一下我们二十多条人命吧!别为一棵歪脖树放弃整片大森林啊!不然你们的喜酒我们不喝了!红包也泡汤!泡汤!"

另一端传来许多人附和的嘈杂,方小茹苦笑一声,示意他快点儿走。

秦渊还是不想抛开她,直到她把胳膊从他手里挣脱出来,装作一脸轻松道:"我一个人正好可以坐在石头上乘个凉!一直爬山我都要累死了!"

见她这样,秦渊便也不好坚持,他一步三回头地上了台阶,还不忘嘱咐她:"有事给我打电话!QQ也行,我手机在线!别逞强,不行我一会儿下来接你!"

她挂着不在意的笑容朝他挥手,直到他健步如飞的身影消失在上一个拐角,这才停下脚步,扶着山壁喘粗气。

秦渊离开的那个瞬间,方小茹听到自己心底好像有什么坍塌的声响,他不在身边,她似乎连登顶的力气都没有了,又爬了几级,她看见山壁另一端有一块平滑的石头,于是把背包放在石头下面,取出笔记本放在膝盖,插上无线网卡,借着头顶绿树的阴凉,很自在地上起了网。

她身后就是峭壁,郁郁葱葱的树林看起来不那么让人害怕,却并不表示不危险。

她打开自己专栏的地址,开始查看最新的读者留言,其中有一条标题吸引了她:"写得好难看!果断弃了!"她忙点开内文,却发觉内文也只是这一句话而已。

哪里难看你告诉我嘛……我改还不行吗!她心里如同压了一块石头似的抑郁不已,可最让人伤心的是,这条评论下面还有其他人的留言,意思大概是:虽然没什么意思,但至少更新很快,消磨时间的话还凑合,谁叫我文荒呢……

她的心漏跳一拍,好像置身云端迅速坠落般,呼吸急促,却总好像有一口气闷在胸口喘不上来,她眼前一黑,什么都看不见了,整个人再也无法维持平衡,就这么直直地向后倒下去——

身后是百尺峭壁,她看不见自己是怎么跌落的,心脏病发的眩晕感和坠落的感觉相差无几,而当她再睁开眼时,只能看见刀刻一般的山壁在面前,身下窸窸窣窣的,有什么刺得她火辣辣的疼,整个人痛得动弹不得,也不知道是哪里骨折还是什么,她伸出手去摸头顶黏糊糊的地方,放在眼前一看,全是深红色黏稠的血液。

"救……命……"她气若游丝地呼喊，但这微弱的呼救声被山风带走，根本无人听见。

笔记本电脑落在她脚边不远处的树枝上，刚才的下坠让它屏幕碎裂，却没有让它关机。透过蜘蛛网似的裂痕，它的屏幕仍然亮着，她的QQ上有头像在闪烁，那是秦渊在找她。

"小白……救……"她说完了这句话，意识如同沉入了深潭，陷入一片混沌。

在她合上双眼的时候，她没有看见，电脑自动打开秦渊的弹窗，蹦出对方的留言：小茹，打你手机也没接，在哪儿呢？我去接你。

电脑自动在下面对话框中打出一行字："我坠崖了，快来救我。"

秦渊很快回复："你在哪儿？我怎么能找到你？"

电脑停顿了大概有一秒钟，然后打出两个字——

秦渊：三

秦渊在工作人员的帮助下从悬崖下去救出了奄奄一息的方小茹，在医院紧急抢救了八个小时后脱离危险，医生说幸亏来得及时，不然她头上的伤很可能致命。

方小茹坠崖导致脑震荡和身体三处骨折，还好身体脏器没有大碍，三天后她苏醒过来，面对哭成泪人的爸妈和一直守护在身边的秦渊只说了两个字："我饿。"

方小茹狼吞虎咽风卷残云之后，第二句话说的就是："我的小白呢？"

秦渊编了个瞎话，说电脑坠下了悬崖摔碎了，找也找不到了。方小茹听了之后陷入沉默，很久都没有说话，低下头，两行泪水从脸颊淌下，滴在洁白的病床上。

秦渊回想那天在QQ上与电脑的对话，当他问怎么找到小茹的时候，电脑只打了两个字：

浓烟。

他的直觉意识到这不是小茹在跟他对话，于是问道："小茹在你旁边？"

对方回复："小茹喜欢你。你要好好照顾她，让她去工作，别再熬夜。"

然后，小茹的头像迅速地暗淡下去。

秦渊和所有同学开始搜索小茹的踪迹，他们叫了救援队一起寻找，忽然听见有人大呼一声："看！那里有黑烟！"

他循声望去，果然看见山下有一股黑黢黢的烟扶摇直上，他和救援队一起赶过去，果然发现了小茹，在她旁边，一台笔记本电脑冒出滚滚浓烟，屏幕爆裂，键盘机身被烧得面目全非。

秦渊用衣服扑灭了笔记本电脑的火，把它的残骸收入背包。

小茹出院之后，秦渊找过很多修理电脑的朋友想要复原这台电脑，但他们发现这台笔记本电脑是从CPU（中央处理器）开始燃烧的，CPU是电脑的心脏，按理说温度绝对不可能高到足以燃烧的地步，但这事情真的发生了。

心脏受损的电脑无法修复。

秦渊想起这台电脑最后一刻对自己说过的话，他去找小茹告白，终于如愿以偿地成了她的男朋友，他劝说她去工作，工作之余仍可以写自己爱的文字，小茹终于被他说动，去了一家公司做前台接待。

方小茹对待工作认真而且热情，她又寻找到了实现人生价值的方式，但她的电脑丢了之后，却很少写东西了。

秦渊鼓励她坚持自己热爱的东西，小茹沉默了一会儿对他说："我真的，挺想小白的。"

小白：11

她就那样躺在他身边，他眼睁睁地看着她身体的血液在流淌，却什么都不能做。

不，他还能为她最后做一件事。

其实他在心里是感谢她的:谢谢她对他的陪伴和关爱,谢谢她唤醒他的意识,谢谢她令他原本枯燥的每一天,变得生动起来。

他的世界本来只有1和0,但因为她,有了五颜六色的光影变化。

给秦渊发出求救信号后,他升高自己的温度,让那团火在身体中心燃烧,浓重的黑烟升起,他找出之前她设置的那个程序,最后一次运行,那富有磁性的男声低低地说了一声:"I love you."

他听见有人喊:"看!那里有黑烟!"

屏幕在那一刻彻底黑暗。

只是他的这句告白,她再也听不到了。

方小茹:四

方小茹很久没有写东西,因为每当手放在键盘上敲击的时候,总会想起她最好的伙伴小白,而从此以后每一台电脑,都不是小白。

小白再也不会出现了,她总会想起小白和自己的对话,让自己去工作,强迫她早睡,这样的一台电脑,好像从人间蒸发了一般退出她的生活,好像,从未出现过。

她失去了她最好的朋友。

在秦渊的鼓励下,她又开始写作,但速度很慢,她大概需要一个月的时间才能完成一个短篇,终于她的文字被一家杂志社刊登,她把杂志放在小白曾经躺过的桌上,在心里默念:"我们的实力,终于被认可了呢。加油。"

虚空中,似乎传来谁低沉的呢喃:"I love you."

相爱恨晚

他注定和她拥有不一样的人生,他和她的距离,并不是第一名和第十名的差别,而是隔着千山万水的广度、千差万别的宽度。

一

当崔晓绿蓬头垢面地在床上写东西写得日月无光,那个被怀疑停机已久的座机忽然响声大作,她拎起话筒,把它夹在脸颊和肩膀之间,还未说话,对方已经大吼起来:"死驴你手机又不充电!要不是老娘有你家电话,又差点儿跑了你这头漏网之驴!"

齐宏靓是她四年的室友,广电专业,自从进了电视台做策划,女汉子的风范变本加厉,每日大呼小叫颐指气使,工作起来不要命,比起现在,晓绿真怀念从前和她一起抠脚搓澡的单纯岁月。

"半小时后台里见!急!抹把脸过来就行了,我给你化妆!"宏靓的声音听起来有些气急败坏。

"又是啥节目啊?"她摸了镜子看了看自己,嗯,不错,熬夜写稿的成果——黑眼圈十分明显,又要浪费宏靓不少粉底了。

说起客串节目,晓绿可是有心得,有宏靓这样的死党在电视台工作,她隔三岔五就去救场,比如电视台拍摄短剧的编剧兼跑龙套,养生节目里当个抬不起胳膊的病人,选秀节目台下聆听演唱潸然泪下的观众……反正多没下限的节目她都上了,虱子多了不痒,什么奇葩节目她都不放在心上。

"有缘相遇。"

有点儿耳熟。哎,这个不是他们台里最近最火的相亲节目吗?上电视征婚……晓绿觉得只要不被熟人看见还是挺好的。和以往不靠谱儿的节目不同，孤陋寡闻如她都知道这节目里还真有几位优质男神，最近收视率正在飙升，"男神九号"据说各种高贵冷傲，海归资历，刚刚接手了老爸的公司，可谓热门人物。

每天昏天暗地不问世事，崔晓绿一想到今天可以见帅哥，心里居然燃烧起一簇期待的小火苗。

她收拾了一下就去了电视台，从妆容到服装甚至于早餐都被宏靓解决了。

"老规矩，走个过场就行。反正也不会有人选你。"说完这句话，她就被推到了舞台后面。

音乐、灯光，action（开始）。

好吧，又是跑龙套的活儿，没关系，这种事情她早已轻车熟路，抬腕看了看手表，下午两点钟整，五点钟老妈给她安排了个靠谱儿的相亲，吃的是本市高档的海鲜自助餐，相亲对象肯请女方吃这么好的见面餐，其他条件想也差不到哪里去。

没关系，反正很快就会结束。

一段有关她的VCR（视频片段）开始放映，都是闺密齐宏靓大学时的素材，每次宏靓拍作业，她都是模特儿，被朋友卖得多了，还真有几个拿得出手的短片。

这次她的定位是，知性才女型大龄剩女。

那段无懈可击的VCR看得她自己都要流泪了，完美如斯，她都有把自己娶回家的冲动。

"下面我们有请崔女士！"

她昂首挺胸从帷幕后走了出来，哟呵，面前一圈九位男士，乍一看各有千秋，晓绿一心二用，一边熟练地编着兴趣爱好一边端详帅哥，一直看到八号都有点儿失望，心里暗暗嘀咕："也不怎么样嘛……"

"除了写剧本呢，我个人比较喜欢音乐和读书，陀思妥耶夫斯基……我了个去！"

"咔！"导演皱眉，"说什么呢？"

"九……九……"崔晓绿看到九号的时候瞠目结舌,"俞安轩!"

没错,那玉树临风站在九号桌后,比她记忆中更加帅气白净,眯着一双笑眼,正朝着她轻轻招手的,不正是她的高中同桌俞安轩吗!

也是她的宿敌。

二

崔晓绿听见自己下巴传来"咔吧"的声响,九号男神对她颔首微笑时,场上的灯已然灭了一半。

她在最开始还没看清楚人的时候就已经按照跟宏靓约定好的脚本选了最中意男嘉宾,就是为了让她早早退场,之前她的那个选择,应该不会错吧?

反正她选的那个人,肯定不会选她就对了……想到这一点,她觉得心里稍微安慰了一点儿。

反正俞安轩跟她合不来也不是一天两天了。

高二的时候,她被调到跟俞安轩一桌,不知有多少女生羡慕她的座位——俞安轩凭借外表俊朗、成绩优异、冰山气质一举拿下校草宝座,只可惜这些虚名,对崔晓绿毫无意义。

她在座位上贴了张字条:旺铺出租,并列下清单标注租借时间和费用,此举激起轩然大波,字条挂着没等超过两节课,竟然有外班女同学拿着现金要交易,当时就被任课老师给撵出去了。

后来的结果是,晓绿一分钱没赚到,倒是交给班主任老师一份长达五千字的检讨书。她以为老师会给她调座位,谁想老师就这样一直让他们同桌直到毕业,后来在一次同学聚会中,班主任对她坦露心迹:"那时你一颗心都掉钱眼儿里捞不出来,哪里有心思早恋?"

确实,和俞安轩同桌两年而不为其美色所诱,估计只有崔晓绿一人有如此定力。她这人生来对美食、美景、钱财毫无抵抗力,唯独帅哥这种生物,从来不在她的关注范围之内。

对于租借座位一事，俞安轩没有发表任何意见，晓绿曾天真地以为，这个男生真是宽宏大量的好青年……

很快，她就认识到自己的幼稚和肤浅。

一次周三下午班会的时候，班主任让全班同学提建设性意见，一向寡言的俞安轩竟然破天荒地举手要求主动发言，在全班同学期待的目光下，他站起身来，轻轻说了一句："我要换座。"

晓绿愣住了："为……为什么啊！"

俞安轩取出手机，点开一段视频，沉重的鼾声传出来，画面上，崔晓绿的脸贴在课桌上，嘴唇被挤成了O形，长长的一滩口水映着她的侧脸，呼噜声均匀有力。

"崔同学午睡的呼噜声严重影响了我的学习，导致我这次期中考试成绩一落千丈。"他脸上没有一丝表情，神情十分认真。

"瞎说！这次考试你是年级第一名！比之前前进了两个名次！"晓绿不等老师允许就站起来反驳。

"可是总分比上次低了十分。"说到这里，他叹息一声，眉梢眼角中有说不尽的哀愁，"如果还和这种噪声同桌下去，我将会彻底失去学习的动力。"

"你……"全班同学加上老师全都笑了，崔晓绿气得肚子疼的老毛病又犯了，随手抓起身边厚厚一摞卷纸就朝他摔过去。

于是这第一次交锋的结果是，她因殴打同学被找了家长，她午睡打呼噜的糗事尽人皆知，此次一战收获了两篇五千字的检讨书共计一万字，以及跟随她两年高中时光"呼噜王"的外号。值得一提的是，拜俞安轩所赐，她时常腹痛的毛病愈发严重而去医院检查了一下，竟然是慢性阑尾炎，害得她在医院打了一周的吊瓶才好，晓绿一直认为是同桌害得她病情恶化花了许多钱，对他的反感有增无减。

三

回首往事，苦不堪言。

她和俞安轩虽然同桌两年，但其实并不亲近，针锋相对是日常之一，自从和崔晓绿同桌之后，原本发言很不积极的俞安轩似乎变了一个人，每当晓绿回答完问题，他肯定要举手起身，或纠正或补充她的答案，令她颜面尽失。

班主任对此十分满意，认为晓绿是一条给优等生带来活力的鲇鱼，她的错误答案给俞安轩以动力，正如华生之于福尔摩斯，崔晓绿可谓名侦探柯南身边的毛利小五郎。

拼人气，崔晓绿自然是无法赢过俞安轩那一众粉丝团的；论家世，她爹是下岗职工，拼不过俞安轩的总裁老爸，那么，也就只有学习这一条扬眉吐气的出路了。

她悬梁刺股，挑灯夜读，深知最短的木板决定整体高度，于是专从自己不拿手的数学、英语下手，如此两个月之后，期末考试成绩出了，她的数学、英语果然有了飞跃性的提高！比期中成绩提高了整整十分！而看看俞安轩，他的成绩只提高了五分而已。

可是谁能告诉她，为什么即便如此，他还是第一名，而她反而从第二十名落到了第二十二名的位置！

直觉告诉她，这样当面锣对面鼓地竞争，恐怕不行。幸好她头脑聪明，很快在下一学期调整对策，她的目标只有一个，就是超越俞安轩，而她的有利条件就是——近水楼台先捣乱！

"俞同学，给你推荐一本书……"她四下张望，确定没有看到班主任，才小心翼翼地递过去一本《犬夜叉》。

俞安轩挑了挑眉，抬眼看她，两人相视了大概十秒钟之后，他微微笑了一下，伸手接过，露出整齐洁白的牙齿："谢谢。"

时光交错，彼岸传来的，仍是这一声似曾相识的对话。

"谢谢。谢谢崔小姐对我的认可，本人受宠若惊。"俞安轩早已没有了青稚，西服笔挺，英气十足，现在是男嘉宾和女嘉宾的互动时间，他眉眼含笑，如春风拂面："您最喜欢陀思妥耶夫斯基，我们似乎兴趣相投，能否与您探讨一下《罪与罚》中的女性形象塑造及其社会意义呢？"

我呸！我怎么知道?！崔晓绿脑海中一片空白：除了漫画和游戏，我们俩有相投的兴趣吗！

身经百战的她怎能被这一个问题所击倒，她回报以微笑："我觉得这个话题在现在不适合讨论，俞先生如有兴趣，节目之后我们私下沟通可好？"

私下谁跟你沟通这个，哼。崔晓绿在心里冷笑一声。

四

万万没想到外表冷漠的俞安轩有一颗闷骚的心。高三那年，晓绿推荐的所有漫画他竟然全都看了，甚至于跟她一起追了几百集的《名侦探柯南》，见他如此毫无防备，晓绿又拿出珍藏的游戏光盘，更跟他大谈DOTA（远古遗迹守卫）的好处，彻底把优等生拖下水。

结果很快就见了分晓，模拟考试的成绩出了，俞安轩仍旧是全班第一名，而崔晓绿跌出了班级前三十。

多么痛的领悟。她深深觉得害人之心不可有，本想用糖衣炮弹瓦解敌人的斗志，没想到自己先一步被腐蚀得落花流水。

似乎是讨论漫画和游戏时看出了她的低落，俞安轩主动提起为她补习功课，两个人定好每天中午在葡萄架下的石桌上学习，而这项福利也不是免费的，俞安轩表示，如果晓绿成绩进入班级前十，就要请他在本市知名西餐厅大吃一顿。

晓绿咬牙含泪答应了。

于是之后的每天中午，校园幽静的一角，翠绿的葡萄藤下，男孩女孩坐在石桌椅上温习功课，旁边放着课本和午饭，不时传来的抱怨声和鸟鸣一起吹进风里，传得很远很远。

他们中午一起吃饭学习的事情很快传遍校园，崔晓绿折下俞安轩这朵高冷之花的谣言四起，于是有女生组团前来质问晓绿为何染指校草，她被问得一愣，然后立马摇头否认："我们俩是敌非友！"

于是，相爱相杀的谣言传播得越发汹涌。

又一次模拟考试的成绩很快出炉了,崔晓绿榜上有名,不偏不倚,她正正好好是那红榜上的第十名。

她难以形容心中复杂的心情,把自己十个手指头咬了个遍,最后捂住脸蹲在墙角干号起来。

脑袋上被挨了一下栗凿,清冷的声音传来:"别装了。我已经订好位置,这周日就去。听说有新菜芝士焗澳洲龙虾,我定了一只。到时候带五千块钱来应该能够结账了吧。"

一听此言,她哭得更厉害了。

那一幕画面如此熟悉,好像发生在昨天似的。

"崔女士的职业是自由撰稿人?"九号男神始终保持微笑,令人看不透他心中所想,"可有代表作品让在下拜读一二?"

"这个问题,我们也可以私下再行探讨……"她应接不暇,暗暗擦了一把汗。

刚刚还说陀思妥耶夫斯基,如果现在探讨什么腹黑总裁看上你、私奔王妃上位记之类的题材,会不会有点儿不合时宜?

五

高三学习何等忙碌,即便如此,他们还是约定好周日一起去吃饭。

当俞安轩按时赶到的时候,看见西餐厅台阶上坐着一个哭得惨兮兮的女生,手里举着一杯快要融化的圣代,见他来了,献宝似的把圣代交给他:"俞同学,这家西餐厅停业了!我好说歹说,他们只卖给我一杯圣代,来,趁热吃吧。"

可能是晓绿哭得太惨,他也没在意圣代趁热吃这种bug(故障),接过圣代之后,他看了看玻璃门把手上挂着的"暂不营业"木牌,不觉皱起眉头。

"真是没办法啊。"晓绿忙扯住他的臂弯就要走,"好遗憾啊好遗憾,我请你去吃麦当劳补偿好啦……"

俞安轩似乎笑了一下,但那笑容太快她没捕捉到,还没来得及走远,餐厅的门被推开了,一个服务员满脸堆笑地走出来:"少爷,都到了怎么不进来?"

崔晓绿几乎一口老血喷在服务员脸上。

于是崔晓绿就这么被笑脸相迎地推了进去，临进门前，俞安轩不忘轻轻摘下门把手上的简陋木牌，牌子上的油漆字迹未干，似乎还粘在了他手指上一点点。

她好不容易拣到合适的牌子，自己用刷子写的字，木刺扎得她手到现在还痛，但这些痛苦都比不上此时此刻的肉痛！

服务员看向他们俩的眼神很是暧昧，一副十分了然的神情，满桌子上足了好菜，龙虾就来了两个，崔晓绿一边数着菜，一边捂着流血的钱包，心如刀绞。

可让她惊奇的是，这顿饭吃完了，也没人来催买单，她和他聊完了游戏动漫，眼看日落西山，仍然没有一丝一毫付账的意思。

"那今天就先到这里吧。"他穿好外套就往门的方向走。

她跟在他身后，一边走一边战战兢兢地捂着钱包四处看，一直到推门出去，也没有一位服务员来催账。

这顿饭……就这么完了？

"那……我就……"晓绿小心翼翼地在门口看着对方的脸色，"回家了？"

"嗯。"他低下头看着手指。

她转身走了几步，忽然听到他在身后唤她一声："我说……崔晓绿啊。"

"哎?！"她吓得跳了起来。

俞安轩低头搓着手指上的油漆，问道："你能告诉我这玩意儿怎么洗掉吗？"

她长长舒了一口气："用……用汽油……"

"哦，谢谢。再见。"

六

黑暗之中，俞安轩面前的灯还亮着，像黑夜海面上孤独的灯塔。

崔晓绿透过那一抹光亮，恍惚间似乎回到了高三的那一年。

离高考还有两个月，再没有人传播崔晓绿和俞安轩的绯闻，大家都忙得天昏地暗日月无光，崔晓绿也一样，每天翻书做题忙得姓什么都忘了，但众人皆忙，唯有同桌例外。

俞安轩每天发呆的时间多了起来，经常是视线飘向不知名的地方，时常看着她的眼睛欲言又止，崔晓绿忍不住问他："你每天这么悠闲，不用高考吗？"

"高考？"他挑挑眉，好像在品味着一个与己无关的词儿似的，"哦，可能不必考了。"

他模棱两可的回答让她如堕烟海，没多久，他约晓绿在两个人学习的石桌附近见面，说是有话跟她说。

可能是最近几天紧张的学习让她觉得腹痛的老毛病有点儿变本加厉起来，一上午精神恹恹的，中午的时候，疼痛的感觉已经让她走路都有点儿困难了，她看了看表，还是决定忍着疼去赴约。

赶到约定地点，俞安轩早已站在石桌后面，那穿着白衬衫的少年背对着她，挺拔得如同一棵小树，带着庄重的态度。他头上的葡萄藤绿叶浓密，遮住刺目的阳光，晓绿盯着那一簇簇绿叶在心里想：这些去年栽种的葡萄枝繁叶茂，不知何时才能结出果实来？

晓绿坐在石凳上，虾米似的微微弓起了身子。

"我可能不参加高考了。"他转过身来，双手插在裤兜里，垂下眼帘看她，"我爸让我去英国留学。"

那浓密睫毛下的一双眼睛好像浸在山泉里的漆黑石子儿似的，晓绿竟然一时间忘记了疼痛，看着他笑了："哇哦！英国哎！"

她开心的样子就好像自己也能出国留学似的。

俞安轩眼中似乎闪过一丝失落，顿了一下，他问道："听说你打算报考×大？从模拟考试来看，你希望很大。"

晓绿笑得没心没肺："是呢！我也觉得差不多能考上。"

"那你是希望我跟你一起考×大，还是……去英国留学？"他忽然问道，眼眸深邃灿若星子。

"哎？"晓绿被他说得一愣，马上做出了选择，"×大有什么好啊！当然是出国留学啦！一般人可是去不了的，我羡慕死了！"

"哦。是吗？"他淡淡地说道，转过身迈开脚步，"谢谢。那，再见吧。"

不知道为什么，他转身离开的这一刻，她疼得几乎无法忍受，攥紧了拳头："哎……我……我……"

只是俞安轩并没有听见这句话，他的白色衬衫在她眼中渐渐模糊，晓绿朝他的背影挥了挥手，忍着疼痛在心中默念："再见。"

七

除了九号，其他男嘉宾的灯全灭了，导演走上台在俞安轩耳边说了些什么，只见他轻轻摇头，嘴角含笑。

他为什么还不灭灯！

时光交错，赫然今日。

"好的，节目进行到最后一个环节，男女嘉宾互选，我们先来看看，崔小姐选择的意中人是……"

崔晓绿的心一下子提到了嗓子眼儿，耳边还在回响上场前宏靓的最后一句交代："记得选九号嘉宾！他是最不可能选你的人！至今为止，他的灯从来都是第一场就灭掉！"

"九号！太巧了，这就是命中注定的缘分吗？"主持人的声音宣告了她的不幸成真。

九号男神的灯一路亮到最后，他清了清喉咙，略微低沉的声音通过话筒扩音，满场皆闻："崔晓绿，我等的就是你。"

崔晓绿最终赢得了九号男神的青睐，他从神坛走下，带着盈盈笑意朝她走来，对她伸出了手，眉目如画，唇润齿白："好久不见。"

的确是好久不见。距离高中毕业，也有四年了吧？她望着他伸出的手发愣，抬眼看他,满是不信任:"你是不是在耍我?"

全场哗然。

八

九号男神羽扇似的睫毛好像静止了一般,他定定地看着她:"我是认真的。"

晓绿想了想:"可是我五点钟还有一场相亲,吃的是本市最好的海鲜自助餐。"

俞安轩抬起手腕,露出格拉苏蒂的腕表表盘:"已经五点一刻了,他肯等你多久?从电视台去那里,开车十五分钟,公交车三十分钟。这个时间打不着车,以你的习惯,一定是乘公交,而我,是不会开车送你的。"

晓绿脸上露出惋惜的表情。

那天在葡萄藤下的分别,令崔晓绿付出了惨痛的代价。她本可以在俞安轩离开之前求他带自己去医院,可她自己也不知道为什么,要忍着那样的疼痛,直到阑尾炎恶化成穿孔的严重局面。

那本来应该是很疼很疼的,可为什么她能忍着那样的疼痛从教室赶去葡萄藤下赴约,对他微笑,和他聊天儿,在他走了一段时间之后才找到能够求救的老师送她去医院。

她自己也不知道,怎么会忍得了如此剧烈的疼痛。

抑或因为,将他生生推离自己,是比阑尾炎更加痛苦的事情吗?

她死也不承认。

阑尾炎穿孔引发了腹腔炎症,她高烧了三天才退,每天不停地吊水,躺在床上动都不能动,眼看高考迫在眉睫,她强撑着还未痊愈的身体勉强考试,却仍是影响了发挥,只考上了一所本市的师范院校。

大学毕业之后,她在家附近的一所小学当了老师,工资不高,幸好有寒暑假期,闲来的时间她就做起自由撰稿人来,小说、散文、专访、剧本全面发展。

这些年，她不是没想过俞安轩。

多少次她梦见他站在那葡萄藤下，白衬衫晃花了她的眼睛，她不止一次地抓住他的手，对他说："不要去英国，留下来！"

也不过是梦而已。

她心里很清楚他们不属于一个世界。她在他书桌里找漫画书的时候曾经发现过英国大学的介绍，是关于酒店管理专业——俞安轩家里有连锁大型酒店，他的父母对他报以怎样的期望，她猜都能猜得到。

他们曾经一起吃过的那家西餐厅价格贵得让人咋舌，一杯圣代要59块，是她省下来的一周午餐费用，那顿饭之后，她才知道那家餐厅，也不过是俞安轩父亲酒店延伸产业的沧海一粟。

他注定和她拥有不一样的人生，他和她的距离，并不是第一名和第十名的差别，而是隔着千山万水的广度、千差万别的宽度。

她的父亲下岗，每天靠修理自行车维持生计，母亲多病，每个月都需要大笔医药费。她从初中就开始去亲戚家开的音像店帮工，帮忙打扫帮忙记录租书租碟，靠杯水车薪的报酬补贴家用。

他们注定不会有结果。平心而论，起初她对他确实并无好感，但随着了解的加深，随着他们有了共同的爱好和话题，好感的种子就在心里扎下根了。稚嫩的情愫不过是一点儿萌芽，娇嫩得无法禁得起现实的冲击。她只能把对他的感情当作发炎的阑尾，狠下心切掉，从生命中剥离。

只是不曾想，这个过程，竟然如此疼。

那个时候，没有经济根基的她，情字于她而言，是一件极为奢侈的事情。但她也不知道为什么，即便离开了校园走上社会，也再没有成功开始过一段感情。

而想不到，那个经常会进入她梦境的人，今时今日，和她梦中青葱少年的样子相差甚远，他再次出现在她眼前，朝她伸出了手。

面对这只伸过来迟了四年的手，刺眼的追光灯照得她眯起了眼睛。

九

在本市最高档的海鲜自助餐厅里,崔晓绿一边把基围虾塞进嘴里,一边听面前陌生的大汉把牛吹得天花乱坠,眼看有几点飞沫落在她手边的皮皮虾上,她用力剥开虾皮,手指疼得不行。

"崔小姐,我等你等了一个钟头,知道这一个钟头让我损失多大吗?起码十万块啊!"

"电视台录节目,一个钟头十块。"她把皮皮虾的肉啃干净,又抓了一只扇贝。

大汉完全听不出她言语中的讽刺,自顾自说道:"以后我们俩结婚,你别去干那种抛头露面钱又少的工作了,我妈说娶个当老师的媳妇儿体面我才来的。"

她喝了一口水压下满口海鲜,继续啃起螃蟹腿。

晓绿都不知道为什么自己要拒绝日思夜想的意中人而选择来和这个暴发户大叔相亲,看那稀疏的地中海和大腹便便的样子,应该大她十五岁不止吧?

她仍是忍不住想起俞安轩,面对他时隔四年伸过来的手,她没有握住,而是退后一步,摇了摇头说:"对不起,你虽然很好,但我们并不合适。"

全场哗然。九号男神唯一一次选中意中人的结局竟然是最后关头被发了好人卡,如此劲爆的发展,估计下次开播时必然引起轩然大波。

下台的时候,宏靓嘴角带笑,朝她竖起了大拇指,重重比画三次,她知道,那是给她点了三十个赞。

说实话,她并不是仅仅为了节目收视率和噱头才做出的这种选择。在俞安轩伸来手停滞的那三秒钟,她的追忆匆匆回溯过四年光阴,记忆中那个不苟言笑的内向男孩和此时此刻微笑迷人的男子,始终无法重合在一起。

不是他了。面前这个光芒万丈如偶像剧里走出来的男神,不是她所认识的俞安轩。

即便他再完美,再优秀,头顶有着再多的光环,她看向那一双深黑眸子中时,仿佛视线都要被他吸进去,那一泓秋水,她看不懂,猜不透。

虽然她在心中无数次地期待与他重逢，但重逢这日来临时，梦境与现实的巨大反差让她从心底生出一股失望来，此时站在她面前的俞安轩，不过是个陌生人罢了。

心里空空的，任她如何往肚子里塞海鲜，也无法弥补这股浓重的失落。

耳边唠唠叨叨的吹牛话语忽然一变："哎，哥们儿，你谁啊？"

"不好意思，女朋友跟我闹脾气，她其实不该来。"那声音如此熟悉，仍如四年前那般，丝丝缕缕地渗入她的心田，"大哥，麻烦让个地方好吗？"

"开什么玩笑！"大汉霍地站起，指节掰得咔咔作响，转向晓绿质问，"妹子！到底怎么回事？他哪儿来的？"

崔晓绿慌忙将俞安轩扯到自己身边，一把抱住："哈尼，对不起！我错了，我再也不跟你闹脾气了！下次绝对不敢了！"

大汉气得不行："你这人怎么这样！有这样的小伙儿还不知足？还妄想脚踩两只船！"

"大哥，别自作多情行吗？"人家只想踩你的脸，不想踩你的船。她在心中默念。

在俞安轩买了单之后，大汉终于愤愤不平地离去了，临走前还不忘抛下"你们耽误我赚三十万块"的豪言壮语。

送走相亲对象，晓绿长舒一口气："浑蛋，你欠我一次救命之恩。"

俞安轩笑了："大恩无以为报，以身相许行吗？"

"想得美！"红晕燃烧上她的脸。

于是她和他继续奋战桌上堆积如山的海鲜，崔晓绿觉得食欲好极了，胃里好像有一头春天醒来、饥肠辘辘的熊。

十

高二那年，班主任把他和一个话痨女生分到一桌。

起初他是很不屑的，没想到这丫头第二天就来了一出"旺铺招租"，差点儿没把他鼻子气歪，如此目中无人挂招牌，当他是假的？

以眼还眼，他用手机拍下她午睡的销魂姿势，特意在班会上当着众人面播放，看她气歪了鼻子的样子，终于有了点儿报复的快意。

后来她因为生气腹痛加剧住院，他身边的座位就那么空置了一周，期间还有人悄悄地拿了钱问是否招租，他气得一个白眼儿把对方吓走了。

那时候看着身边的空桌，他心里真有一点儿愧疚。

之后她回来上学，大有跟他搞好关系的诚意，更黄鼠狼给鸡拜年一般借给他漫画书，那时他就了然，这个丫头是想用糖衣炮弹瓦解他的意志。

可是有什么关系呢，他只用上课一部分时间听课便能记住，从不温习功课，业余有大把的时间，正好可以借此消遣一下，何乐不为？

于是他看动漫打游戏，和她天南海北地胡侃，却渐渐发觉这个丫头，也挺有意思的。

他们其实有很多共同爱好，他本是挑剔的人，难得有人与他如此意趣相投，所以当发现晓绿为成绩下滑而苦恼时，他义不容辞地帮哥们儿补习起来，去父亲开的餐厅吃饭的事情，他压根儿就没想过让她掏钱，不过是开个玩笑而已，去不去，还不一定呢。

三月春光，阳光明媚，他和她坐在葡萄藤下温习，淡淡的午日阳光映在她红扑扑的脸颊上，竟也挺可爱。

她终于如愿进入了前十名，他鬼使神差地订好了餐厅位置，还精挑细选了菜品，一心想给她个惊喜。

却不想这顿饭给了他惊喜，原本只是觉得崔晓绿是个可爱的女孩，那天之后，他发现，自己是真的喜欢上她了。

原本憧憬的留学计划竟然因此而踌躇了。他试探她的口风，只要她一句留下来，他就会跟父亲坚持不去英国，跟她考同一所大学。

而她的回答，让他觉得一切都是一厢情愿，他心灰意冷，终于坚持了最初的决定。

四年光阴荏苒，他也曾交往过女朋友，只是再没有一个女孩子，能够填得满他的内心。

再回到家乡，无意间在本地电视台一宗养生节目上看到了崔晓绿，她一脸苦相，一只胳膊好像脱臼了似的："医生，这腱鞘炎困扰了我七八年……"

当时他正在自己家餐厅喝咖啡，一口卡布奇诺就喷了出来：四年前一起打游戏的时候动作夸张得跟做广播体操似的，在这儿装什么病人！

后来断断续续发现这个频道里有崔晓绿客串，他翻到抽屉深处电视台发来的节目邀请，一个计划在心中形成：这是能最快联系到她的方法。

在节目上，他几次谈起自己的初恋同桌，表示来这里就是为了找她，本以为她会通过节目组联系他，却不想，崔晓绿自己送上门来。

即便被当场拒绝也没有让他改变主意，继续录制完节目，他开车就来到她相亲的地点，挤走了相亲对象再次提出和她交往，而她却面露难色："我以前是喜欢过你。可这么多年不见，我不了解现在的你哎。"

"没关系，我会让你再喜欢我一次。"

"这一次，就是一辈子。"

不是每一次相逢
都要**相爱百年**

他明白她的想法，他尊重她的选择。只是在离开时，他想起自己曾经因她而流的两滴眼泪来，或许在这世上，能够自由牵动他情绪让他轻易落泪的，只有她。只是这些缘由，她再无从知晓。

摄影 李海亮

一

雾霾。一个人影从混沌的路口走过来，再近些，可以看见女子漆黑的长发披肩，洁白的长裙似乎要溶化在雾色里。

一辆车子从她身旁驶过，后车窗滑下，一位男子伸头问道："请问前面是哪里？"

女子笑了笑，纤长苍白的手指指着前面："安然殡仪馆。"

车子里的人有点儿疑惑地说："来回好几遍，还是走不对。"

女子的笑声在静谧中越发刺耳："前面五十米左边小路就是，我在这儿一年了，还不知道？"

话刚说完，车窗迅速地封上，轿车直直朝前方疾驶而去，她听见油门轰到底的声响。

"小心前面——"

后面的话没有说出口，就已经听见砰砰的撞击声，可怜殡仪馆路口的歪脖树今年第四次被撞。

难道她的措辞还不够婉转？

都怪她，没事提什么在殡仪馆待一年这茬？对方肯定以为她在里面躺一年跑出去透气……

赵佳童，S市大学播音主持专业大三学生，在校期间苦练基本功，业余时间在外兼职接活儿搞主持,她在这家殡仪馆兼职葬礼主持已有一年,因她普通话标准,煽情功力足,每场下来不仅家属哭得撕心裂肺,就连不熟的来宾也忍不住落泪。最夸张的一回,角落里的保洁阿姨哭得一把鼻涕一把泪,抓着她非要预约,说等阿姨死了之后也要主持成这个效果……

赵佳童往来殡仪馆和学校之间,难免天晚才往回赶,有回路上遇上不三不四的小混混儿,她垂着黑漆漆的长发低头抬眼瞪着那人露出眼白,阴森森地说别挡我我要回家,吓得对方屁滚尿流地跑了。

往事不堪回首。

她朝前面走过去,车子正撞在歪脖树上,前机盖升起白色的烟雾,她轻轻走过去,在后车窗只露出一颗脑袋,好心地问:"左边就是安然殡仪馆,我能帮你们吗?"

后座上的男子看了她一眼,失声喊了一声:"妈呀——"

赵佳童扶额头痛:她这辈分长得也太快了。

二

林诚之跟赵佳童的第一次见面真算不上愉快。

那天他和家人去参加一个远房姑妈的葬礼,**雾霾太重**,路上来回几次都没找到入口,前方不知何时出现了个诡异的白衣少女,妈妈说别跟她说话,他却坚持要问一下,结果那女生一开口更加阴森了,爸爸本能地加速,在雾霾里撞上了一棵树,还好没受伤,正当他们惊魂未定时,后车窗忽然出现一颗人头——

人头说话了!

他承认自己不是个胆大的人,但在女生面前如此丢脸,真是第一次。

姑妈的葬礼上,他又见到了那个女孩,她还是一身素净的白裙,站在灵堂正中颇有点儿仙女气息,他自己都在疑惑之前到底怕她什么呢?

可能在那阴霾的、能见度不过100米的阴森小径上,就算是九天玄女也会变得像九尾狐妖吧?

她的声音好像有魔力，主持词一字一句戳中了他的内心，虽然他跟姑妈从小到大没见过几面，但听到那些煽情的语言，一滴眼泪冷飕飕地划过他的脸颊，他用指尖沾了一点儿，若有所思。

三

面前这位学长，十分眼熟，但她想不起来。

赵佳童有一点儿人脸识别障碍症，看过的脸过目即忘，这个特点让她在殡仪馆的兼职完全没有做噩梦的经历，但劣势也很明显——比如今天这只热情洋溢地伸到她面前的手掌。

"又见面了！"对面这人白嫩的娃娃脸配上炯炯有神的大眼，很像韩国某组合的成员之一，按理说，这样校草级的帅哥她不可能忘记啊……

对方看出她眼中的迷茫，笑了笑，眼窝处弯出两个调皮的卧蚕："上个月在安然殡仪馆，我跟你问过路。"

"哦……"上个月跟她问路的没有八个也有五个，谁让那家殡仪馆位置不好找呢。

"我是问过路后撞上歪脖树的那个。"见她仍是一副迷糊表情，他笑意更深。

"啊！"赵佳童如梦初醒，"喊'妈呀'的那个？"

学长的脸上有一丝窘迫。

彼时，他们两个人置身于学校的见面会会场，他坐在台上，她站在台下，投影机打出"热烈欢迎优秀毕业生林诚之回访母校"，女生们窃窃私语地议论着他帅气的外表，而对于他的成就，大家似乎都没太关注。

好像就是美国的什么麻省理工的高才生，得了什么什么奖，拒绝了那边的盛情邀请回到家乡得到了一份高薪的工作……

欢迎会结束她跟着人群往外走时，他叫住她，人潮还未散去，院长仍是满脸堆笑。

然后有了刚刚的那一席对话，转瞬间气氛有点儿诡异的味道。

院长马上换上严肃的表情吼一声："胡说八道什么呢！"接着堆起笑意望着高他一头的林诚之，"这孩子不是我们理工院的，什么都不懂，你别放在心上。"

确实。她是传媒学院的。今天室友说这边有帅哥看叫她来陪，她本不想来，但是室友开出条件说只要她陪同就请吃校门外的香烤鱼丸，于是她来了。

林诚之似乎对她挺有兴趣，弯弯的好看的眉眼看着她："师妹今天有时间一起吃饭吗？"

"我要吃校门外的香烤鱼丸，五串。"饥肠辘辘的她将内心所想脱口而出。

"好的，现在就吃。"林诚之收拾了东西就跟她一起走出教室。

身后似乎传来院长跌倒的声音。

四

赵佳童食言了。因为她发现五串鱼丸根本不够，正在犹豫的时候，林诚之已经把自己手里的两串递给了她。

她很清醒，绝不会因为帅哥的请客而迷昏双眼，更不会被对方迷人的笑容摄去魂魄，她斜着眼睛看他："你请客是不是有事？"

她讨厌绕圈子，于是单刀直入。

"被你看穿了。"林诚之笑着说道，"我想请你做主持人。"

她微微挑起了眉毛，嘟囔着说道："一顿鱼丸就顶主持费用也未免太……"

"不，费用我两倍付你，只要你保质保量完美发挥。"他又递过来一串鱼丸。

"主持什么？"她接过鱼丸，忽然觉得这串比之前的都沉。

"婚礼。"

婚礼！她虽然专业性足够，但这方面的经验少得可怜，如果她一个不小心，用葬礼的风格搞砸了，新郎新娘不得追着她砍十条街吗？

"师兄,要不这鱼丸钱还你,婚礼这块我经验不够……"虽然这从天而降的肥肉就在嘴边,但她不敢吃。

　　"没关系,我看好你。"他云淡风轻地说道。

　　赵佳童咽了一口唾沫:"你一辈子的大事,还是找个经验丰富的主持比较妥当……"

　　他看了她一眼,眼神中有些嗔怪:"谁说是我的婚礼了?"

　　她一时间摸不着头脑:"那是……"

　　林诚之笑了,擦了手拍她的肩膀:"是我前女友的婚礼,你随意发挥,不要有压力。"

五

　　林诚之的前女友比她想象中的还要出色。她叫于兰,名字虽然普通,但美得光彩四射,她话不多,开口必定切中要害,据说是名牌大学研究生,是个美女学霸,追求者难以计数。

　　也只有如此完美的女子,才能令优秀的林学长念念不忘。

　　和于兰见面的时候,林诚之也在旁边,他很热情地把她引荐过去:"我的这位师妹可不得了,虽然没毕业,但主持绝对一把好手!"

　　于兰不疑有他,笑着说:"既然是你介绍的,一定没问题。"于兰希望她能先把婚礼的串词给她,然后婚礼前一天晚上彩排,一切按照流程走,井然有序才不会出错。

　　林诚之看向她们两个人的笑容,不知道是不是心理作用,赵佳童总觉得他上翘的嘴角有点儿像偷鸡得手的狐狸。

　　之后赵佳童和于兰又碰了几面,准新郎也来过。他外貌远远不及林诚之,但十分细心体贴,虽然忙,却也抽了时间来沟通。

　　串词修改了几轮,于兰终于满意了,赵佳童虽然不在行但尽量配合,好在于兰虽然要求颇高,但十分通情达理,很容易接受新颖的提议,两个人谈完了正事，赵佳童作为女人的八卦属性实在按捺不住："学姐，你为什么跟林师兄分手？"

于兰脸上仍是扬着淡淡的笑，指着桌上她们喝剩下的两只水杯说道："如果我想喝橙汁，林诚之会说一大通勾兑饮料有害健康的话，给我端来一杯矿泉水。我虽然最后也会喝矿泉水，但我知道，我想要的是橙汁。"

赵佳童觉得自己有什么东西好像懂了，又好像没懂似的。

"林诚之是我的矿泉水，我现在的爱人是橙汁。"于兰脸上的笑容十分温和，好像在讲心灵鸡汤，"选择爱人如人饮水，冷暖自知。"

不是他不好，不是她不懂珍惜。赵佳童知道他们是和平分手，知道这世上即使优秀如林诚之，也会有不得不放手的理由。

所以他才找个葬礼主持人来给他前女友主持婚礼？

太阴险了……

六

"我阴险？"研究院的独立办公室里，林诚之的西服外披着白色大褂儿，坐在办公桌后面，摘下眼镜抬眼看了她一眼，"我好心给你找活儿你还诽谤我阴险？"

"你明明知道我是干什么的！如果我搞砸了，岂不是更惨？"

于兰学姐是那么智慧温暖的人，她就是太相信林诚之才会让自己这个半吊子主持如此重要的终身大事，她都不敢想象现场哭倒一片的场景了。

"你就那么没自信？"林诚之波澜不惊地看着她，"如果你不行，那算我看走了眼，你就活该做一辈子葬礼主持人！"

"你才一辈子做葬礼主持人呢！不要太小瞧人！"她气得一掌拍在他的桌案上。

"哦，你可不要辜负了我的推荐啊。说起来……晚上有空吗？一起吃饭商量下主持的细节如何？"

她此时此刻正在气头上呢,他这句话刚说出口,她立马反击一句:"去吃本市最贵的海鲜自助!"

他脖子都伸过来了,当然要狠狠地宰!

这一顿海鲜大餐吃得她心满意足,也让林诚之对她的食量刮目相看,不过这顿饭貌似除了谈天说地侃大山之外,并没有谈及什么婚礼的细节。

他开车送她回学校的途中,她忽然觉得腹部一阵绞痛,到一间公共厕所后攥着一包纸巾就飞奔下车。

酣畅淋漓的抒发之后她觉得通体轻松,但外面响起了嘈杂声。

一个衣衫褴褛的醉汉借着酒意跟林诚之要钱,被断然拒绝后开启碰瓷讹人模式,不停地把头往车子的挡风玻璃上撞,一声比一声沉闷,醉醺醺地叫嚷说不给钱就撞死在这里。

林诚之取出电话要报警,而此刻,幽静的小巷中,昏暗的路灯下,出现了一位白衣少女。

少女捂着脸朝着他们的方向慢慢走来,醉汉似乎也用余光看见了她,气氛一时间变得有点儿诡异,他停止了撞击玻璃的动作,回过头,醉眼蒙眬地看着她。

她走近,忽然松开手,浓稠的鲜血粘着什么东西从脸上不停地往下掉,她满脸满手是血,失声喊道:"救命!救命!"

醉汉瞪圆眼睛夺路而逃,鞋子掉了也丝毫没影响速度,很快消失在小巷的尽头。

林诚之犹豫地走近,试探地问一句:"你……是赵佳童吧?"

赵佳童瞪他一眼:"快拿湿巾给我,头发都被番茄酱粘住了。"

七

林诚之觉得赵佳童真的应该去应聘恐怖片女主角,她只需要化简单的妆就能达到吓人的效果,比如刚才,他明明有心理准备,但是她打开双手的那一刻还是被震了一下。

"我还不是为了帮你？"用完了一袋湿巾后的赵佳童终于恢复本来面目，白皙的素颜颇让人心动，林诚之感叹一声："贞子卸了妆，也蛮清秀的嘛。"

"正常人谁会把番茄酱带在身上！"他笑道。

害得他很长一段时间都不想吃番茄酱了，尤其是带番茄肉的那种……

"番茄酱是我的防身武器。有时候下班晚，我也怕怕的。"她用最后一张湿巾仔细地撸着头发说道。

"遇到恶人这些完全不顶用，女孩子晚上最好不要外出，如果一定要出门……"说这话时他想了想，停顿了几秒钟之后说道，"随时可以找我，我护送你。"

赵佳童低下头没回话，林诚之也没再言语，两个人之间的氛围竟然有点儿尴尬，就这么一路回到了学校，她下车后轻轻地关上车门，跑上了宿舍楼。

那之后他们没有再见面，直到半个月后，于兰的婚礼上。

婚宴上，林诚之坐在新娘同学那一桌，身边的同学和他热络地聊着天，他淡淡地回应，一直把视线放在台上。

赵佳童在背板后偷偷地看他，心里好像有一百只兔子在乱蹦。那天之后，她每每想起林诚之，心底都会涌起很奇妙的感觉，那种感觉有点儿像她第一次主持，很紧张却又很期待，心底还有一丝暗爽，复杂交织的一团郁结在心里，挥之不去。

林诚之的视线忽然投过来，她惊慌失措地躲到背板后，装作无事似的摊开手心的小字条又温习起婚礼的串词。

时间到了，开场音乐恢宏大气地响起，她最终从幕后走到台前，望着台下黑压压的宾客，久违的紧张感朝她涌来。

人群之中，她捕捉到他的眼神，和煦地带着点儿笑意地望着她，帅气的大眼睛和弯弯的卧蚕让她心跳瞬间加速，她大脑一片空白，卡了三秒钟，直到来宾交头接耳她才如梦初醒，把开场白说了出来。

这次主持内容全都是她自己写的，她打听了新郎和新娘的故事，每字每句细细推敲,和于兰商量了好几次才最终定稿。

无论结果如何,她都已经尽力了。

赵佳童不是个幽默风趣的人,她一时间无法达到于兰想要的诙谐台风,只能发挥优势。于是这场婚礼走煽情路线,新郎新娘的爱情故事和感恩父母的情怀让所有人都潸然泪下。

婚礼出乎意料地成功。她照例收获了现场宾客们的眼泪,婚礼后竟然有大妈握着她的手说:"闺女,我儿子结婚也找你,一定要这种效果!"

她虽然一战成名,但她分明记得,刚刚在台上主持的时候,台下林诚之眼中,悄然滑落的泪水。

想到那一滴眼泪不是为她而流,莫名的失落在心底弥散开来。

八

婚礼之后他邀请她出去玩,她决定去游乐场开心一天。林诚之十分有风度,明明有恐高症,还是跟她登上了跳楼机,上下惊险了一番之后,跳楼机好像出现故障似的停在几十米的高空,时间就凝滞在这十几秒中了。

"赵……赵……"身旁,林诚之虚弱的声音响起。

"什么?"

"有句话不说……我怕……没机会了。"他艰难地把手伸过来握住了她的手,"做……做我女朋友吧……"

"这个……"她还在犹豫,跳楼机已经重重坠下去,对方颤抖地高喊:

"啊——"

林诚之在厕所里吐了十分钟,脸上的憔悴之色令人心疼,看见她站在门口担忧地望着自己,他露出了一丝笑意:"刚才我的提议,你考虑的怎么样?"

她愣了愣,脸上有点儿火热,掩饰地低下头:"时间太短,让我好好想想啊。"

他有点儿不好意思地低下头:"也是。你还想玩什么,我陪你。"

话虽然这么说，但赵佳童没敢让他再陪着，她独自去玩惊险刺激的机动游戏，他就站在下面看着，然后陪她去玩下一个游戏。

最后两个人来到鬼屋，林诚之的胆量还算可以，没被阴森森的环境和演员吓到，倒是赵佳童好奇心发作，蹑手蹑脚地拉开鬼屋的棺材时，里面的工作人员被她吓得"嗷"一声跳起来。

第一次，赵佳童也开始怀疑自己是不是气质真的有问题。

身后的林诚之早已经笑得前仰后合。

一天游玩结束，赵佳童抱着林诚之打靶赢来的大毛绒玩具，想想寝室里实在放不下，决定暂且把它寄存在林诚之家中，在确认了他父母都在家的情况下，她抱着玩具走进了他家。

林爸林妈都是文质彬彬的知识分子，她有点儿羞赧地用玩具挡住半张脸，走进他的卧室里站着，仍没有放手，好像玩具是她的面具似的。

林诚之也有点儿脸红，说去给她冲一杯果汁，就出去了。

他出去，她的心才稍微安稳一些，开始打量着他卧室的陈设，整整齐齐的书架上，有一个精巧的笔记本很不搭地随意横放在书本上，她好奇地走过去，拿起来一看——

扉页上写着：致我深爱之人。于兰赠。

日期是两年前。

好像有一道炸雷在她头顶轰开似的。

那样完美的于兰，仿佛是横在他们之间的喜马拉雅山，任她志存高远，却也不敢登攀。

九

那之后，赵佳童仍当作没事似的和林诚之吃饭聊天儿。她觉得，人太过执着过去不是一件好事，虽然有千般好的珠玉在前，但林诚之的未来还是未知。

直到那天。

那天是情人节,她答应了他的邀约,说好在中心广场见面,偏偏他来迟了一些,她就在广场边的橱窗前跺着脚呵着手等,等着等着,就在橱窗的电视里看见了林诚之。

怎么就这么巧呢。

地方台为这位青年才俊做的专访节目,她竟然在这里看到了。他刚刚出现的时候她的心跳了一下,心想,这真是缘分啊。

节目是最近做的,她甚至看到了自己送他的领带夹在镜头前熠熠生辉。那是一个月前她给他准备的生日礼物。

心里有点儿甜滋滋的。只是这浅浅的喜悦很快就被接下来的采访内容打断。

当主持人问到林诚之的感情生活时,他微微愣了一下,有点儿不好意思似的说道:"也没什么。我曾经有过相处多年的女友,不过,她已经嫁人了。"

再没其他。这个话题很快被他转移了,继续唠叨起无关痛痒的其他信息来。

她当时如同被一盆凉水从头浇到了底,装作沙子进眼一般揉了揉眼,冷丝丝的泪水抹了满脸。

他说,也没什么。难道在他心里,她终究是不如那个已经嫁了人的前女友?

林诚之从远处朝广场走过来,四处张望又看表的样子,似乎对于这次迟到有些在意。

她连忙跑到小胡同里,逃也似的,没头没脑地往前走,忽然电话响了:"对不起,路上塞车,让你久等了。我到了,你在哪里?"

她捂着鼻子:"我已经走了。"

"你鼻子怎么了?"

她揩了一把脸上的泪,用力吸吸鼻子:"我感冒了,不舒服,先回了。"

他那边滞了一会儿,说道:"你注意身体。"

她想,即便他再好,也是时候放手了。她虽然不比于兰完美,但也有尊严。

赵佳童删除了一切林诚之的联系方式,他也几次找上门来,她一直躲,直到一回实在躲不过,在众目睽睽之下,她用力推开了他,冷冷地说:"我对你没感觉。别再找我了。"

他也是自视甚高的人，觍着脸找她这几次已经几乎用尽所有的自尊，而如此面对面断然拒绝，他终于也可以死心。

再纠缠就不好看了。

他很有风度地对她笑了笑："给你添了麻烦，抱歉。"

然后转身离去。

其实，不过是情分浅罢了。

她不肯给他机会爱她，即便他能追回她，也追不回她的自信，追不回她对他的信任。与其让她竭尽心力地去努力超越珠玉在前的于兰，她宁愿选择在这风景锦绣的起步上中断。

他明白她的想法，他尊重她的选择。

只是在离开时，他想起自己曾经因她而流的两滴眼泪来，或许在这世上，能够自由牵动他情绪让他轻易落泪的，只有她。

只是这些缘由，她再无从知晓。

那之后的五年，他们再没有见面，直到林诚之的婚礼上。

十

此时的赵佳童已经是远近闻名的婚礼主持人，她剪了一头干练的短发，要煽情能煽情，要搞笑能搞笑，卖得了萌要得了宝，因为太抢手，出场费用已经是本地主持人的顶峰。

能配得上本地才子林诚之的婚礼司仪，非她莫属。

林诚之的新娘是他的助手，各方面都平平。两个人的爱情虽没有轰轰烈烈，却稳定如磐石。

林诚之平日里行事高调，但他的这位爱人，却从来都没有亮相过，婚礼彩排上有工作人员问他为何对另一半如此低调，他说："正因为爱她，所以不让她受到一点儿委屈，尤其是来自媒体舆论的口舌之灾。"

不远处赵佳童低下头装作调试话筒，开了又关，关了又开。

婚礼那天气氛很是热烈，赵佳童妙语连珠，全力主持了一场精彩的婚礼，在场宾客都脸含笑意，而在如此欢乐的氛围中，没人察觉到新郎扬着笑容的脸上，一滴泪珠夺眶而出，飞快地从脸颊滑过，坠在满是红纸亮片的台上。

赵佳童背过脸，生硬地挤出一个掩饰的笑容，装作没看见。

有时一个犹豫的错过，就是百年。

消失在平安夜的 **番茄鱼片**

他是喜欢热闹的狮子座，她是安静的巨蟹座；他热情阳光，无拘无束，她没事爱幻想，骨子里忧郁；他是活力四射的太阳，她是神秘内敛的月亮。狮子座和巨蟹座的不合，可能就在这里了吧。

一

这次常涵正买的是一只安德鲁貂,熊猫色。他选中它的理由是它当时正在安静地睡觉,乖巧得人畜无害,粉色的小鼻子轻轻翕动,长长的身体蜷缩成一团。"它看起来很暖和。"他笑着说道,不禁摸了摸自己纤长的脖颈儿,"冬天快来了,让它缠在脖子上,就等于拥有一条自动加热的貂皮围巾了。"

听听,活的貂皮围巾,多拉风。

陈多多把小貂从笼子里抱出来,小家伙仍在她怀里安睡,好像未满月的婴儿:"小熊很乖的,但它怕生,你要有耐心,好好照顾,时间长了它就会黏着你了。"

常涵正笑着摊手:"又不是我照顾。"

呵,对啊。这只貂是他买来讨新女朋友欢心的,新女朋友叫什么来着……不重要,小丽、小桃、倩倩、雨儿……管他呢,她只是个宠物店的老板而已,他买宠物,她赚利润,如此而已。

"本店售出的宠物,一概……"她把小熊放在新笼子里,不知道是不是因为照顾这只小家伙久了,她好像把它也看成了家人一样,从此分离之后可能再也见不到了,一想到这里,她就忍不住有点儿鼻酸。

"知道啦,不退不换。"常涵正弯着腰打量抚摸小熊的她,忍不住笑着刮了刮她的鼻子,"丫头,哭什么?是怕我虐待它还是……我有了新女朋友你吃醋?"

"美得你咧！你敢对小熊有一点儿不好，小心我……"陈多多做出扬起拳头的动作，朝他落下来，却轻轻地搁在他的肩膀上，羽毛一样。

"知道啦知道啦！唠唠叨叨的跟我妈一样。我是那么没爱心的人吗？"他伸手揉乱了她的短发，"十多年了，你还不了解我？"

了解。当然了解。他的性格，她再了解不过。他绝对不是没有爱心的人，正相反，他的爱泛滥得如同尼罗河，汹涌时淹没一切，离开后也留下了丰厚的土壤，滋润出植被无数，郁郁葱葱，亭亭如盖。

即便是和他分手的女生，也很少有恨他恨得咬牙切齿、不共戴天的，在处理感情问题和后续事宜上，常涵正的手段堪称完美。

他一般比较中意温柔、可爱、有爱心的女孩子，所以每交一个女朋友，他都会来她的宠物店买一只宠物。

这些年她自己也不记得卖给他多少宠物了，一如她记不住他交往过的女朋友。

"小可一定会喜欢的。"常涵正小心翼翼地捧着笼子，里面的小熊懒洋洋地翻了个身，露出肉桂色的小肚皮，继续酣睡，他看得忍不住笑了起来，从笼子缝隙轻轻地摸了摸它的小脑袋，"真是个可爱的小家伙。"

他正要离开，陈多多忍不住说话了："小可……是什么样的女孩子？"

"嗯？"他微微愣了一下，狭长漂亮的古铜色瞳仁微微朝右上方扫了扫，看了她一眼，笑了笑，瞳仁微转，朝左上方转去，"她不算特别漂亮，也不十分聪明，但她善良可爱，很会为别人着想，很会照顾人，我……很喜欢吃她做的东西。"

"哦。"她低下头，眼睛结了一层雾气，把貂粮塞进他手里，"不要喂小熊乱七八糟的东西，它只吃这个！"

"嗯，放心吧，我记住了。"常涵正提着笼子走出去了，多多看着他的背影，狠狠地揉了揉眼睛。

二

陈多多自认为，她也是很善良、可爱、为别人着想、很会照顾人的类型，而且她记得常涵正曾经时常来她家里蹭饭。

她和他两家是世交，两家父母是住在一个小区的老邻居，从小多多就和常涵正玩在一起。他长她一岁，以哥哥自居，而他也确实十分照顾她，每当有调皮的男生来欺负她，他都会义无反顾地把她护在身后。

所以当她进入他所在的那一所小学之后，班上有男生欺负她，她马上就跑到常涵正班上，哭哭啼啼地扯着他的衣角告状，而之后的剧情发展大都是常涵正以高一年的优势打掉小男生的乳牙，然后自己被班主任罚找家长，最后被他爸爸胖揍一顿收尾。

那些年，她一直把他当作自己的保护伞，无论遇到什么事，只要跑到他身边，她敏感多疑的神经都会得到安抚。

陈多多不是一个容易打开心扉的人，她有一层厚厚的保护壳包裹着自己，她缺少安全感，需要经过时间的历练才会信任一个人，正是因为如此，她对他的信任和依赖几乎是与生俱来的。

对她而言，他已经是她的家人。

初中时，虽然他们不在同一个学校，但学校相距不过一条街，晚自习放学后他都会准时地在校门口等她。每每有同学问学校门口那个等你的帅哥是谁啊，多多总会满心自豪地炫耀道："我哥。"

她待他也和家人一般，他接送她回家的这么多年，晚饭都是在她家解决的。多多爸爸要忙着宠物店的事情，多多妈妈的厨艺不敢恭维，吃得常涵正龇牙咧嘴。然后在一个暑假里，多多下了功夫练就几道拿手菜，找他来试吃问评价，常涵正嘴里塞满了她做的菜只是点头。

以后他就像长在她家一般，时常来蹭饭吃。众多拿手菜里，他最爱她做的番茄鱼片。

尤利鱼剔去鱼骨，肉规整雪白，没有一根细刺，用刀片成整齐划一的鱼片，用盐和料酒腌好，油锅烧热，鱼片粘淀粉下锅炸至金黄捞出，留底油将葱姜爆锅，加番茄酱和糖，下鱼片翻炒几下出锅。

吃得常涵正差点儿把舌头咬了一起吃进去。

每当吃这道菜时他都开心得跟什么似的，不止一次地对她说："以后我要是娶了你，肯定是因为这道菜。"

"呸！你想得美。"她作势要抢他盘中的美食，毫无悬念地被他一筷子拦了下来。

这样单纯的日子一直持续到高中。常涵正上了高中之后就很少来她家里吃饭了，那时她已经初三，正是忙碌的时候，但仍担心他。一天她特意抽时间做了一份番茄鱼片，用饭盒装着，不敢扣盖，怕蒸汽塌软了不好吃，就那么端着跑到他家，敲开门，常爸爸带着点儿遗憾地说："他不在家，跟同学出去玩了。"

后来她考上他所在的高中才知道，他是经常找女同学出去玩了。

倒也没和女同学怎么样，只不过是一起约了去游乐场或者动物园，也有其他男生在场，但主角总是他和不同的女生。他身边总是不乏形形色色的女孩子，多多的闺密偷偷跟她说："哎，你知道你哥那人吗，他啊，有点儿太来者不拒了。"

是啊，哪个女生对他有一点儿好感，他就跟她暧昧着，不挑明那层窗户纸，就跟普通朋友没两样——结伴出去玩儿结伴补课，一路同行送对方回家，其他什么也没有。过阵子再换个女生，都是差不多的套路。有时候赶上几个女生都约了他，就一群人一起出去，那场面，有点儿像古代皇帝去泰山祭祖，身后跟着一群嫔妃似的那么壮观。

他如此坦荡，倒让说风言风语的同学们觉得自己思想下作了。常涵正看似多情，却没对任何一个女生怎么样，男女同学交往严守界限，发乎情止乎礼，连手都没碰过一下，怎么能说人家滥情呢？

那些传言传着传着就没趣了，唯一觉得心里难受的，也只有陈多多一个人而已。

因为高中之后的每天放学，再没有那样一个人，每天接送她去上学回家，然后晚上吃着她做的番茄鱼片，对她说："嘿，以后我要是娶你，肯定是因为这道菜。"

常涵正十八岁那年的平安夜，他办了一个Party。他们初中的时候开始兴起过这洋节日，平安夜这天全城都张灯结彩、热闹非凡。这天刚刚下了一场雪，冷得好像户外的铁栏杆都冻成一坨了。多多特意做了一饭盒番茄鱼片去找他，贴着不锈钢饭盒的手心滚烫，暴露在外面的手背冰冷，她忍受着这样的痛苦快步跑到他家。开门的是他本人，脸上贴着长长短短的纸条，屋里男生女生一屋子人热情高涨地打牌，不时传来女生开心的尖叫声，她怯怯地把饭盒递给他："今天平安夜……"

屋里传来同学们的声音："喂，轮到你出牌了！"

"等会儿！"他回头大喊一声，又转过头看了看她手里的鱼片，有点儿不好意思地挠着头，"还特地送来了啊。不就是一盘菜吗，这么麻烦干吗。"

她心里一冷，手微微有点儿颤抖："我想你好久没吃了，就……"

他后面的催促声更大了，他有点儿着急，对她摆了摆手："多多，我现在已经不爱吃这个了。你快点儿回去吧，赶紧回去。"

然后他关了大门。

她呆呆地捧着一盒鱼片，慢慢地蹲在了他家门口，脑子里全都是他刚才说过的话：

"我已经不爱吃这个了。"

她背靠着冰冷的墙，脑袋低到膝盖之间，一直等到鱼片冻上了一层霜，他也没有再打开门。

她好像一朵从枝头摘下的花，枯萎在这个寒冬的角落。

三

从那之后，她再也没主动找过他。

她是个识趣的人，即使愚钝如她，也再清楚不过他这逐客令背后的含义。虽然家还是一样近，虽然他们在同一所学校，但他们毕竟都拥有了各自的朋友圈子。她无法走进他的世界，也不了解他和他的朋友们的想法。和他们比，她太闷了，她可以周末整天待在家里不出去，可他不行，他是个闲不住的人。

他是喜欢热闹的狮子座，她是安静的巨蟹座；他热情阳光，无拘无束，她没事爱幻想，骨子里忧郁；他是活力四射的太阳，她是神秘内敛的月亮。狮子座和巨蟹座的不合，可能就在这里了吧。

以前怎么就没发现星座个性不合呢？陈多多心里也嘀咕，也许他和她注定就应该是兄妹之间的情谊，她的要求高了，想要的多了，就发觉很多地方都不如从前那么契合了。

考大学报志愿的时候，常涵正竭力跟她推荐自己所在的学校，理由是有他罩着，不会有不三不四的男孩子来骚扰。那时她干笑了一声，一句话在心里没有说。

你觉得你自己是什么样子的男孩子呢？

她的性子一向倔得很，偏偏考去了离他很远的城市，四年里，她没有交过男朋友，生活也枯燥得只与书本为伍。

其实常涵正的担心是多余的：她太安静了，安静到没有男孩子来追求她。

大学毕业后，她回到家乡，帮父亲打点宠物店。她是很享受这种工作的，有时候比起人，她更喜欢跟动物在一起，因为在动物面前她不必把自己层层套在厚重的螃蟹壳之下，内心最柔软的地方，她只在家里和信任的人面前绽放。

她接手宠物店后不久，常涵正也回到了这座城市。他时常来她店里跟她聊天儿，言语间还是如从前一般亲昵，只是她，仍是与他刻意地隔着一层厚厚的壳，再回不到从前。

来了几次之后，常涵正再出现在自己面前的时候，买下了一只没什么品种的土狗。这只狗是多多收养的流浪狗，她给它取名叫木木，木木跟她亲得很，也不知道常涵正哪根神经搭错了非要买它不可。他坚持要买，说女朋友是个有爱心的人，一定会给它一个温暖的家。话说到这步，她实在没理由不卖，就这样看着木木眼中含泪地被抱走，心里好像被刀子剜了似的难受。

之后，他又从自己这里买走了猫、鹦鹉和巴西龟，还有，一只安德鲁貂。这些宠物虽然都有点儿小缺陷，但因为养得久了，个个都是她心头的宝。

如果买家不是常涵正,她一定不会割爱。

外面下起了沥沥细雨,天色已晚,路上行人渐渐稀少,看样子是不会再有客人了,她收拾好东西,关灯打烊。

在关大门的时候,她好像听见了一声熟悉的低泣,转过头寻觅,在小巷子的阳台下面,比较干爽的地面上,有一团黑色的、瑟瑟发抖的影子。

她打开手机的手电筒照过去,那团东西传来尖厉的叫声,颤抖不已。

"木木?"多多吃了一惊,几步走上前去伸出手,"是你吗,木木?"

冰冷的刺痛传来,那团黑影受惊似的逃走了,只留下她手指尖渐渐漫出的血痕,在这样漆黑的雨夜里,深得如墨一样。

四

不到一个月,常涵正又来到店里,一边与多多有一句没一句地闲扯,一边看她店里各种各样的动物。

"又换女朋友了?"多多蹙了眉头。

"多多,你……"他似乎看中了店里养了很久的龙猫,因为耳朵有一点儿残缺的关系一直没有卖出去。它性格敏感,只跟多多亲近。

"我不会再把动物交给你了。"多多的声音难得地冷峻起来,"前阵子我看见木木在外面流浪,是你抛弃了它。"

"我不是故意的。"常涵正回头看她,目光中有一丝慌乱,"抱它回家的那天,木木在进门的时候挣脱逃走,我找了很久……"

"动物不是你用来讨好女人的工具!它们也是有感情的,你不能给它们幸福的生活为什么要带走?你这个人怎么一点儿责任感都没有?"她的情绪忽然激动起来,全身都颤抖了。

"对不起……"他似乎完全不知道如何安抚她,和其他女生在一起的巧舌如簧好像都派不上用场,"木木是一个意外。我从你这里买的所有动物,都好好地照顾着……"

"你走！"多多将手中的食盆摔在地上，深褐色的狗粮骨碌碌滚了满地，"我不接待你这样自私的顾客！"。

"对不起！我走我走，只要你别生气！"常涵正满脸愧色退出了宠物店。

多多弯下腰，脸藏在臂弯之中，肩膀不停颤抖，泪水满面。

她自己也不知道是在为什么而激动，到底是因为常涵正买走了店里她最心爱的动物，还是因为他弄丢了木木，抑或是，他为女朋友买宠物讨欢心这行为本身？

她擦去脸上的泪，呆呆地坐在店里直到天黑，决定提前十五分钟关店。关店的时候，她看见店门前的路灯下，静静地躺着一团污糟糟的东西。

她慢慢地走上前去，低下头看那一团东西。

是木木，它死了，身体僵硬，张着嘴，好像很痛苦的样子。

临死的时候，它可能想起了她，想起了她曾经给予它的温暖和爱，那感觉应该就像此时此刻，她回想起从前，常涵正把她挡在身后保护的情景。

他曾经对她说："以后我要是娶了你，肯定是因为这道菜。"

她全身滚烫，指尖传来钻心的疼痛，那是半个多月前被木木咬过的伤口，一直没有愈合，此时此刻，又流淌出血来。

多多全身都传来一阵触电似的痉挛，在这寂静的夜里，她倒在明亮的路灯下，和那只无家可归的流浪狗一起，躺在冰冷的马路上，任身边车水马龙，人来人往。

迷蒙中，她看见了常涵正，时间倒流回那年的平安夜，她端着一盒热腾腾的番茄鱼片站在他家门口，惴惴不安地敲了敲大门。他打开门，独自一人走出来，对她粲然一笑道：

"多多，我等你很久了，快进来，可别冻着了。"

她欢天喜地地进了门，把那个严寒的冬季，永远地关在了外面。

从此，她的世界中再无严寒。

五

常涵正在给巴西龟喂食，鹦鹉在他头顶飞来飞去，聒噪地叫着："多多，多多。"

这只笨鹦鹉就只会说这一句话，不过也够了，这一句话就没有枉费他这么久的教导。猫咪嫉妒地在他脚边蹭来蹭去，小熊像围脖儿一样吊在他的脖子上，可真暖和。

只可惜丢了木木。它好像只跟多多亲近，刚把它抱回来的那天，刚一进屋，他还没来得及关门，木木就从缝隙跑掉了。他想木木一定是回去找多多了，但他住的地方离宠物店太远，木木很难找得回去。

他心急如焚地四处寻找，木木没找到，却听说这附近有不少疯狗咬人咬狗的事情。被咬的人去打了狂犬疫苗，被咬的狗变成疯狗就被抓走了，还好没有造成人员伤亡。只是这件事已经惊动了打狗队，最近时常有警察在小区巡视，他真的有点儿担心木木被抓去。

这么一连找了好几天，他甚至去打狗队那里看过，也没有发现木木。他想，木木应该已经离开了吧，或者被好心人收养了。它是很乖的狗狗，只是受过伤害有点儿敏感罢了。

这一点，有点儿像多多呢。

他从来都没想过伤害多多。从小到大，他一直做她的哥哥，一直保护她，生怕她受伤害。多多是个很好的女孩子，温柔善良，很会照顾人。他喜欢她的厨艺，尤其是她做的番茄鱼片，那味道，是妈妈也做不出的温暖。

初中时他每天接送她，每天晚上厚颜无耻地在她家蹭饭，只是没想到上了高中，他的事情被同学们疯传，说他有个指腹为婚的小媳妇儿，每天围着媳妇儿转，晚上还去老丈人家吃饭。

他对这些传言起初是不屑，但听得多了，心里难免不舒服起来。

他并不是总围着她转的，他心怀坦荡，没有什么非分之想，只是基于哥哥照顾妹妹的温情。要勉强说他有所图，也只是贪图她那一手好厨艺罢了。

他不想再听见那些谣言，即便他无所谓，也不想让多多因此受到影响。她是个心思细腻敏感的女孩子，如果知道了这些传得荒谬的谣言，真不知道会怎么想。

于是他开始渐渐疏远她，其实心里也是想试试，他也可以跟其他异性成为朋友的。他和一些女孩子相约出去，但从未逾越过朋友的界限。他是个喜欢热闹的人，经常约一群同学一起玩儿，偶尔他会想起多多，想如果她也在该多开心啊，可每次他都把这个假设给否决了——多多那么安静美好的女孩子，怎么会喜欢他的热闹？

那年平安夜，一群朋友在他家打牌玩得昏天暗地，却听见敲门声，他打开门一看，多多颤抖着捧着一盒番茄鱼片。

屋里已经传来了起哄的声音，他忍着心疼只想让她快点儿走："你快点儿回去吧，赶紧回去。"

他甚至撒了谎，说他已经不爱吃这个了。

关上门的那一刻，屋里的起哄声更响。一个男同学满脸调侃，表情里带着一点点嫉妒，贱贱地说："哟，又是你那小媳妇儿啊，她可真贤惠，洗衣、做饭、铺床、叠被……"

这人的话刚说出口，就引来满堂笑声。常涵正愤恨地吼了一声："你胡说什么！"

对方完全没注意到他语气中的愤怒："哟，还不好意思了呢，趁人没走远快把她拉进来给哥们儿认识认识啊……"

话音未落，常涵正已经一拳捣在他脸上。两个人扭打在一起，桌椅倒了一片，旁人慌了手脚忙拉起架来，场面乱成一团。

那天之后他才意识到，陈多多对他而言，是不一样的。她已经渗透到他的肌肤、毛孔和骨骼里，和他的家人一样融入了他的生活。即便他认识再多的女孩子，其中也没有一个能替代得了多多。

他计划大学之后对她表白，让她做他的女朋友，可多多的态度一直很冷淡，他曾经几次想见她，都被她冷冷地拒之门外。上大学时，她更是去了距他千里之外的城市。

每次在电话里，她都似乎没什么耐心一般急于收线，让他实在没有表白的契机和勇气。

这么一拖,就拖到了毕业后。得知多多回到了家乡,他也回到同一个城市,时常来到她的宠物店,借着买宠物的契机,和她有一句没一句地搭讪。

其实,他哪里有过女朋友呢。他从未有过一场真正的恋爱,那个名为"女朋友"的头衔,他一直为她留着。

他从她这里买去的,都是她的心头肉。他在等待时机成熟,把她从她的壳里拉出来的时候对她表白,带她去自己居住的地方,问她:"你愿意做这些动物的女主人,跟我一起照顾它们吗?"

如果她说好,那该是多么棒的结局啊。

他抚摸着已经跟自己混得熟络的小熊,心想,或许明天可以探探她的口风。

六

多多毫无征兆地发火了,堵住了他接下来想说的话,他的计划全被打乱,心乱如麻。

他被赶了出去,在宠物店外游荡,一根接一根地吸着烟,心想:怎么办?她生气了,我该怎么让她原谅我?

天渐渐黑了,烟已经抽光了。常涵正看了看表,多多应该还有十五分钟闭店,于是他到后面的超市里去买烟,在结账的时候他想好了补救方法——不管三七二十一,送她回家的路上先告白了再说,哪怕被拒绝了呢,男子汉大丈夫还怕这个不成。

做好决定之后他把烟揣在兜里,步履轻快地朝她的方向走去,却看见宠物店门口有人群议论纷纷:

"救护车来了就没了,年纪轻轻的,真可惜。"

"听医护人员说是狂犬病呢,没法治的。"

常涵正僵直了身体,一动不动,路灯下,他的影子被拉得很长很长。

脑电波

她想跟他分享食堂里她喜欢的其他菜,想问他喜不喜欢偶像的新专辑,想和他交流读后感,想坐在他身边一起看湖边的风景,从落日夕阳到星光满天,对他说,你眼中的海洋,比这夜空更璀璨。

摄影 李海亮

一

　　陈灵手里握着安眠药片,去拿水杯时,稍微犹豫了一下。

　　这段时间的失眠煎熬让她满身疲惫,最近一周只断断续续地睡了十个小时。为了能够安然入睡,她试了很多办法,中药、按摩、音乐……无论什么偏方都不能治愈她的失眠症,原本她只是神经衰弱,睡眠不佳,最近临近期末,考试压力太大,她的焦虑让失眠症状一步步恶化。

　　没办法,她只能去医院让医生开了安眠药。

　　她打心里害怕对药物有依赖,可是如果不吃,每夜睡不着觉的日子实在是太难熬了。她揉了揉疼得突突直跳的太阳穴,眼睛酸涩得眯了起来,心下一横,把药品丢进嘴里,就着手中的水一饮而尽。

　　她躺在宿舍的床上,拿出手机等着睡神的光临,双手不由自主地打开手机相册,手指飞快地在一堆照片中滑讨,最后停留在一张照片上。

　　照片上是一个男孩的侧影,朝阳映在那棱角分明的脸上,挺拔的鼻子如同美术生临摹的大卫雕像。男孩的嘴角似乎隐隐地带着一丝笑意,穿着白色短袖衬衫,整个人如同奔跑在草原上的小鹿,满是青春活力。

　　只是看着这张照片而已,她好像都能嗅到他的发丝飞扬出来的洗发水味道,清爽地扫着她的鼻子。

　　眼睛不由自主地打起架来,她马上意识到自己是快要睡着了,男孩的照片暗了下去——

真好。她想，终于要睡着了，今天会做个什么样的梦呢？

意识陷入短暂的黑暗之后再度明亮起来，她发觉自己还躺在寝室的床上。毫不费力地起身四处看看，室友小花还没回来，转过身，她看见了床上躺着的自己。

那个女孩合着眼帘，呼吸均匀，可以看到眼皮下的眼球急促地运动，她发出轻轻的鼾声，手中握着的手机屏幕还亮着，一眼就能看见男孩开朗的笑颜。

这怎么回事！

下一刻她忽然意识到，自己应该是在做梦，或者说是被鬼压床了。传言中的鬼压床不过是睡眠瘫痪的症状罢了，虽然意识醒着但身体动弹不得，这种经历她也是体验过的。

于是她躺回去，用尽力气动手指，想试试看能不能关上手机屏幕。

肌肉好像僵硬住了一样，根本不受她的指挥，任凭她怎么驱动，手指头仍然纹丝不动。

果然是睡眠瘫痪症呢。她在心里笑了一下，感觉有点儿苦涩：本以为吃了安眠药能够陷入深度睡眠，没想到竟然还是睡眠瘫痪，她的意识就那么不容易沉睡吗？

她再次站起来，感觉自己的意识好像在寝室里游荡。忽然她听见门响，随着哗啦啦的钥匙声，小花的头发湿漉漉的，拎着洗澡用具推门就扯着嗓子喊："灵灵都怪你不跟我一起去洗澡，我在澡堂摔了一跤到现在屁股还疼！"

她自然是无法回答的，没有得到回复的小花探头看了一眼，发现她已经睡着，忙轻手轻脚地走进洗手间，用梳子梳起头发来。

陈灵忽然想起自己手机的屏幕还亮着，于是马上回到床边关掉了手机。

在关手机的时候她有片刻的愣神儿：我在干什么啊？我明明就睡着了，在幻想中关掉手机，有什么用？

这根本不可能嘛……

忽然她感觉意识渐渐软了下去，眼前的景物朦胧褪色，下一刻，她感觉自己好像融化在空气之中了。

二

醒来的时候，手机还在胸口。

陈灵睡眼惺忪地揉了揉眼睛，发觉四处一片黑暗。对面床上传来小花的鼾声，她听见小花翻了个身，嘴里嘟囔着："不吃了不吃了，好撑！"又继续沉沉睡去了。

真是让人羡慕的睡眠啊。

陈灵坐起身来伸了个懒腰，觉得头疼眼酸的问题解决了不少。这场觉虽然在开头意识是清醒的，但到后来确实是真的睡着了，她不禁有点儿开心。

现在几点了呢？也不知道这一觉睡了多久。她拿起身边的手机按了一下导航键，想看看时间。

手机屏幕仍是一片漆黑，直到她按了开机键才发现，手机刚才是关机了。

关机了……谁关的？

她一时间也记不清楚，开机看了时间发现已经是凌晨五点钟，于是换好衣服下楼，打算去校园里转一转。

早晨的校园有不少人在晨练，陈灵记得很清楚，在篮球场北边第一个篮球架那边，有个人会固定在那里练球，无论天气如何。她记得有一次下大雨，那男生全身都湿透了，漆黑的头发贴在脸边，专注地投球，篮球应声落入篮筐，他脸上露出淡淡的笑容。

那时她撑着伞走过去，他专注的侧脸印在脑海中，再也挥不去。

从室友小花那里她知道他叫林森，是大她一届的学长，计算机专业，校篮球队队员，至今仍是单身。

为了他，她每天都早早地起来，躲在树后面看他练球的样子。后来她发现她不需要躲起来，因为林森练球的时候十分专注，根本不会察觉到她的存在。

她这阵子失眠也没有缺席来偷看他，甚至在看到他的时候，她会忘记头疼的苦恼，觉得他是自己唯一的安慰。

虽然她一直躲在树后，虽然她很清楚，他越走越远的身影，不会回过头来看她。

清晨的薄雾中，男孩矫健的身体在篮球架下运动。他的身体轻盈且敏捷，篮球自他手中脱出，在空中划出优美的弧线，准确无误地进篮。

笑了，他又笑了。林森在练球时，脸上时常会勾起若有似无的笑意，他真的是彻底沉醉在篮球之中了。他认真投入时候的神情，最帅气。

时间差不多了，她转身悄悄走开，去食堂打早餐。和往常一样，她为小花打了一份，然后拎着早餐快步走出食堂。

她习惯低着头走路，走到门口时，眼前晃过一个熟悉的影子，那身衣服分明是刚刚注视的那件。她的脸颊瞬间红了起来，呼吸急促，恨不能马上逃离这令人窘迫的境地。

她朝左边走，正巧对方也往左边闪，她忙转向右边，对方也心有灵犀地躲过去，两个人如此往同一个方向躲了三次，到底还是轻轻地撞在了一起。

他身上有阳光的汗味，以及淡淡的肥皂香。

林森有点儿尴尬，不好意思地摸了摸鼻子："对不起……"

陈灵慌乱地抬头看他一眼，正对上他带着点儿窘迫的眸子，心脏紧张得几乎停止了跳动，她连"没关系"都来不及说，慌忙从他身边夺路而逃。

一路小跑。

三

陈灵曾经无数次地在心里骂自己懦弱胆小，她那么多次在清晨氤氲的雾气中看他矫健的身姿，却从来没有一次敢走上前去跟他说话。

她本就是极度内向的人，再加上一看见他就心跳加快，满腹纷乱的思绪堵塞大脑，她根本不知道说什么。为这事儿小花笑话她已经不是一次两次了，可是，她又有什么办法呢？

班上三十位同学，她只有小花一个朋友，其他人大多是泛泛之交。其中有五六位同学，她一句话都没有交流过。

她不喜欢暴露于众目睽睽之下，不喜欢被人注目，如果可以，她宁愿做一个透明人，静静地观察他人，不必费心找与他人的共同话题，不必讨好任何人。

课堂上，老师从来不会让她回答问题。因为她站起来只会脸红，红晕一路蔓延到耳朵根，如同煮熟的螃蟹一般。她结结巴巴，却说不出一句话来。

如此几次，她越来越紧张，老师也不再点她的名字，免得她尴尬，也节省大家的时间。

比如这次写作课上，明明她的作文分数最高，但朗诵范文的，却不是她。

现在站在讲台边绘声绘色地朗诵着自己的文章的，是班长钱云珊。云珊长得不错，性格外向开朗，虽然成绩并不是最好的，但她拥有出众的人际交往能力，大一开学伊始就经常出入辅导员老师的办公室，深受老师喜欢，不过一周就当上了班长。现在她正进军学生会，在体育部发展得风生水起。

这位钱云珊，算是陈灵的半个"情敌"。

云珊和每个体育部的成员都混得相当熟，篮球队更是她主要的活动范围。林森在篮球队虽然不算风头最盛的，却是外形颇为出众的。钱云珊时常和林森促膝长谈，关系十分熟络，那情景有时候陈灵看见了，也只有远远艳羡的份儿。

她永远无法做到钱云珊那样长袖善舞。钱云珊想知道什么讯息，只需开个玩笑就能问出来，而陈灵哪怕是想知道林森喜欢吃什么，都无从打听。

陈灵正在胡思乱想的时候，钱云珊已经读完了作文，赢得满堂喝彩，有男生在下面起哄道："精彩，简直是我听过的最好的作文了！"

她把头埋了下去，将作文本合上，深深地藏进书包。

班上的男生说完这话之后，钱云珊笑着不说话，只是将眼神淡淡地往她这里瞟过来。

陈灵觉得那眼神中有一点儿挑衅的意思。

身边的小花在她耳边不开心地低语:"第一名明明是你嘛!老师刚开始上课的时候都说了,这帮人还说,故意的吗!"

陈灵苦笑了一下,摇摇头,还是什么都没有说。

多年来她已经习惯了被人忽略。考试时她得了第一,那么风头就会顺理成章地被第二名领走。在旁人眼中,第一名是她的自带属性,若是她发挥失常跌了下来,班上就会有人窃窃私语:"陈灵最近是不是出了什么事?"

大家把她看作普通人的代价,就是无视她的成绩。一切她性格中无法理解的因子,只要用"天才都是古怪的"就能解释得清了。

对于她的个性,大家给予了各种看似合理的解释,但很少有人会试着了解她。

越是被孤立在外围,她就越想把自己厚厚地包裹几层,深深隐藏起来。

想到这里,她心里又有几分焦虑,她很想找个地方睡一觉。

四

陈灵回到寝室,连饭都不吃,吃了药就一头倒在床上,不过几分钟,她就安然进入睡眠。混沌的意识没有停留多久,很快她就又陷入睡眠瘫痪阶段,感觉自己好像轻飘飘地走在屋子里,看见小花敷着雪白的面膜嘟囔:"灵灵,不吃饭就睡下真的好吗?"

反正也无法进入深度睡眠,她索性走到玄关处,门边的鞋架看起来许久没有擦的样子,她随意伸手摸了一下,明明摸到了,却没有任何触感,但她很快发现摸过的地方有半截钉子,手也微微渗出了一点儿血。

果然,她是在做梦吧。

但这种梦境却和现实生活中的一样逼真,她好像是沿着自己的记忆一路走出门外,不需要推门就来到走廊,走下楼梯,出了宿舍,她忽然很想在记忆中的校园四处逛逛。

图书馆,教学楼,文体馆,操场,她又习惯性地走到篮球架下面,看着一群不认识的男孩在练习篮球，听见其中一个人说："嘿，知道吗？林森学长退出篮球队了。"

她一惊，整个人好像被唤醒了似的战栗起来，好像一股电流通过了身体，下一个瞬间，她在床上睁开了眼睛。

她还在宿舍里，坐起身来，看见小花敷着面膜吃着方便面："灵灵这么快就醒了？你才睡了半个小时啊。"

指尖传来的刺痛让她不由得将视线挪过去，发现手指竟然在流血。她心事重重地走下床，来到玄关的鞋架旁边，低下头检查，发现鞋架上蒙着的厚厚的灰尘中，赫然有一个熟悉的手印在上面。钉子旁边的血迹，和梦境中一模一样。

这……怎么可能？

她趿拉着拖鞋就跑下了宿舍楼，一口气跑到操场另一边的篮球场上。刚才在梦境中见到的几个男生还在，她气喘吁吁地奔过去，顾不上害羞，张口就问道："林森学长退出篮球队了吗？"

那几个男生被她问得面面相觑，其中一个人抓着头发说道："是啊。刚刚我们还在讨论这件事呢。这是篮球队的内部消息，你怎么会知道？"

她怎么会知道……她也想知道，她为什么会知道！

五

脑电波实体化。

陈灵查阅了无数资料，最终给自己下了这样一个结论。她的脑电波的强度和活跃程度远超常人，智商颇高，但也因此造成入睡困难。医生开的安眠药从另一个层面激发了她的大脑皮质的潜力，导致她的脑电波可以突破实体而活动，但活动范围不超过200米，而且，脑电波实体化时如果受到了伤害，会把这层伤害传回身体。

陈灵的世界观被自己的这项新技能刷新了，她一直以来梦寐以求做个隐形人的梦想竟然实现了，难不成这个能力也是因为她的超强脑电波凝聚力成真后的结果？

　　虽然这些都无从考证，但发现新大陆的陈灵对睡觉这件事上了瘾。除了上课，她所有的时间都用在睡觉上，当身体陷入睡眠时，她的脑电波空前地活跃起来，她偷偷地溜出去在学校里巡视，她可以大张旗鼓地走在任何人群之中，而不必觉得有一分一毫的害羞。

　　她在学校里寻觅林森的身影。她跟在林森身后上自习，跟着他去食堂，跟着他坐在学校人工湖边看落日，他发呆的时候，她就站在他对面端详着他。

　　经过这一段时间的跟随，陈灵知道他们都喜欢吃食堂的烧茄子，都喜欢看着湖心那一片郁郁葱葱的小岛，喜欢同一位歌手，看过同一本书，玩过同一款手机游戏，在同一家网站的论坛上匿名闲逛而不留言……他们之间有这么多共同之处，点点滴滴的生活细节都如此接近。有时候她会恍惚地想：他是不是世界上的另一个她？

　　越是跟随在他身边，陈灵就越来越不满于单方面的注视，她想跟他分享食堂里她喜欢的其他菜品，想问他喜不喜欢偶像的新专辑，想和他交流读后感，想坐在他身边一起看湖边的风景，从落日余晖到星光满天，对他说，你眼中的海洋，比这夜空更璀璨。

　　这天她照例在学校里寻找林森的影子，终于在小树林边的长椅上看到了他。她刚想开心地跑过去，却看见钱云珊兴高采烈地朝他挥手，他的脸上有温暖的笑，让出身边的位置拍了拍，钱云珊笑眯眯地，坐在了他身边。

　　他们两人很亲热地在谈着什么，林森的脸上有淡淡的红晕，似乎是害羞的样子，钱云珊笑得甜甜的，唇边两个深深的酒窝，看起来漂亮极了。

　　陈灵停下脚步，不敢走上前去听他们说什么。下一刻，她在寝室中醒来。

　　小花不在寝室。最近几天陈灵一直睡觉，小花被冷落了一阵子就跟隔壁寝室的姐妹们玩在一起，这个时间应该还在食堂。

　　陈灵枯坐在床边，忽然觉得很饿。她草草地泡了一袋方便面吃下去，忽然发觉，自己已经有一个星期没有好好地吃过饭了。

这阵子沉浸于这种状态之中,连唯一的朋友都失去了,而喜欢的男生和其他女生暧昧,她就只会做缩头乌龟。天哪,她到底在做什么啊?

吃着方便面,她忽然觉得这段时间的委屈全都涌出来了,一边默不作声地吃着面,一边眼泪止不住地流。

门开了,是小花回了寝室,她打开灯时吓了一跳:"灵灵,你这是怎么了?"

陈灵好像见到救命稻草一般扔下方便面就抱住了她:"小花,我再也不睡觉了。你别不理我……"

六

小花当然不会因为这段时间的冷落而不理陈灵,她只是觉得陈灵这段时间的作息太诡异了,每天饭也不好好吃,回寝室第一件事就是吃药倒头睡觉,这么下去好人也扛不住啊。

陈灵不再吃安眠药,凭着自己的力量入睡。刚开始入睡仍是很困难,她要在床上翻来覆去烙几个小时大饼才能勉强睡一会儿。后来她加入了班级的女子篮球队,每天都要练球运动,回到寝室累得不行,吃过饭一头栽倒,竟然也能甜甜地睡个好觉。

陈灵虽然还是挺内向的,但比从前开朗不少。一直以来是她太小心翼翼,给自己太多压力反而不知道如何跟同学搞好关系,现在她放下了,也不在意别人的看法,做事随性许多,竟然也聚拢了一些同学,结交了几个朋友。

这天课间她正和同学们讨论问题,钱云珊朝她们走过来,伸手递给她一只信封,什么都没说就走了。她好奇地打开来看,里面有一张纸条,上面简短地写着:

陈灵:

你好!今天晚上(周五)操场西北角见面好吗?我有话想对你说。

钱云珊交给她这个是什么意思?她想起云珊和林森曾经一起并肩坐着的情景,心里有点儿不是滋味,却仍然抱着一线希望:这封信……有没有可能是林森给她的？

她去问，钱云珊笑嘻嘻地说道："这封信是我小学同学让我帮忙转交的，他比我小一岁，算是我弟弟，从小和我一起长大，人很好的！"

旁边有人起哄："人好你怎么不自己留着？"

钱云珊瞪了起哄的人一眼，脸上泛起一丝红晕："我喜欢比我年纪大的不行吗？"

比钱云珊小一岁……陈灵原本带着一点儿希望的心顿时沉了下去——不可能是大他们一届的林森学长啊。想想也是，钱云珊也是喜欢比自己大的男孩子，林森这样优秀的男生，她又怎么舍得介绍给别人？

那张纸条被陈灵丢进了垃圾桶，她把这件事告诉了小花，小花气得牙痒痒："今天我还看见钱云珊跟林森学长在食堂，是他帮她打的饭！她这存心是占了好的给自己，把烂桃花往你那儿引，别搭理她！你就不去！偏偏不让她如愿！"

她确实也不想去。再说这张纸条只是一份邀请，她有不去的权利吧。

那天晚上地面湿漉漉的，陈灵看着雨点儿敲击着寝室的玻璃发呆，她想了许久，把安眠药丢到床底下。

她决定再不吃这药了。

是梦，终究有要醒来的一天。与其执着恋着不该恋的人，不如早些抽身，现实起来，将精力转移到现实。

那样执拗的疯狂，有一次就够了。

七

谁也没有想到第二天宿舍楼发生了大火。陈灵所在的女生宿舍是新楼，没有受到火灾的太多影响，但是紧挨着的男生宿舍旧楼就遭了殃，旧楼每间寝室都铺了地板，堆积的杂物也多，火势很快蔓延，阴霾的夜空下，一幢四层楼很快陷入了火海。

幸好里面的同学都反应迅速地跑了出来，有男生拎着室友们的四部笔记本电脑一口气从楼顶跑了下来,把贵重物品都清点好之后,他忽然狠狠地拍了一下脑门儿:"不好!老四还在里面!"

其他人顿时傻了眼。

那男生疯了似的往里面跑:"老四!醒醒!别睡了!快起来——"不等他跑到门口就被其他同学拦腰抱住:"你不想活了?这种事应该让消防员来做啊!"

消防员已经在路上了,能够听见急促的警笛声音,但此时的宿舍楼已经彻底燃烧起来,玻璃瓣里啪啦地碎裂,几条火龙在窗口呼啸,看得人触目惊心。

"老四在里面啊!"那个男生哭得捶胸顿足,"他吃了感冒药就睡着了,是我忘了他!都怪我!林森,你要是有了什么事可怎么办!"

林森。

正门有人拦着不许进入,但在无人察觉的后门,已经有人偷偷地闯了进去。

半分钟之后,昏迷着的林森被人用连接在一起的衣物绳索从三楼放了下来,一分钟之后,赶来的消防员在宿舍三楼的阳台上,发现了昏迷不醒的钱云珊。

她的身上有轻微的烧伤,在医院诊治了两天。

在医院探望她的人群中,林森是其中一个,他看着她,问道:"你冒着危险跑到寝室来,是不是为了救我?"

钱云珊低着头,脸红了,她很低很低地点了点头,没有说话。

一向内敛的林森哭了,他紧紧地握住她的手,沉默许久。

钱云珊出院那天,林森骑着单车来接她,她红着脸坐在自行车后座上,小手轻轻地揽住他的腰。

从此校园里又多了一对养眼的眷侣,俊男美女的组合成了学校里一道新的亮丽风景线。

而此时此刻,八卦着学校最新绯闻的同学们,几乎都没注意到,陈灵请了一学期的病假,而在她的病假单事由一栏,分明地写着:烧伤。

八

童话中的小美人鱼救了王子，却没人知道。

那天宿舍失火，陈灵的耳朵捕捉到了一个名字，林森。听到这两个字，她头也不回地跑回了女生宿舍。

从她们的宿舍楼，有一种方法可以到隔壁的男生宿舍。陈灵所在的寝室玄关有一扇窗户，从窗户到旁边的大阳台上，在阳台上起跳，大概下坠三四米左右的距离，可以落在旁边宿舍楼的阳台上，在那个阳台隔壁，就是林森的寝室。

她曾经跟着他停在门口，目送他走进寝室。

身子轻飘飘的，比以往更容易落在对面的阳台上，从空中落下的时候，她的身体没有任何感觉，就那么从火舌乱窜的走廊穿过去。在走廊里，她看见昏倒在地没能爬进寝室的钱云珊，略微犹豫了一下，迅速把她拖到没有浓烟的阳台上。做完这些，她冒着更大的火势重新回到走廊，推开第一扇门，滚滚浓烟之中，她看见了躺在床上，睁不开眼睛正在剧烈咳嗽的林森。

她关上寝室门阻挡火势，快速地将寝室里没有燃烧的床单系在了一起，一端与钢铁床脚紧紧地绑在一起，另一端在林森腰上系了好几圈，最后把一截床单放在他手里。

"你……咳咳咳……"林森似乎察觉到不对劲，"怎么进来的……"

她把他推到窗边，帮助他出了窗户，自己拉着床单绳索的这一端慢慢地放下，绳索的另一端实在很沉，但她咬着牙，把绳索在自己腰上转了几圈慢慢地送下去。火势越来越大，她感觉得到身后有火追赶着，身上的绳索也着了火，她毫不在意地伸手拍灭。

她看见林森已经降到二楼，忽然听见头顶的电线传来"吱吱"的声响，一大片火花在她的头顶绽放——

那样耀眼夺目的火焰，照得四周如同白昼。

林森顺利地从寝室逃脱出来，不等他落地，就已经有几个哥们儿在下面接着他了。最后的半层楼他是掉下来的，还好不高，他也没受什么伤，落地时他的几个室友把他紧紧抱住:"老四!太好了!你没事太好了!"

他回头望着床单编织的绳索的另一端,原本天蓝色的床单漆黑一片,明显是被烧断的。

林森推开身边的人,对赶来的消防员大喊:"上面还有一个人!快!快救救她!"

消防员赶到他所说的屋子里时,屋子里满地狼藉,却没有一个人。但他们最终在阳台上发现了仍在昏迷着的钱云珊。

林森看着被推进救护车紧闭双眼的钱云珊,神情专注而沉重。他当然不知道,此时在距他一百米不到的女生宿舍里,小花打开寝室门发出的尖叫声。

陈灵满身伤痕地昏倒在自己的床上。

九

陈灵受了很重的伤。她双腿骨折,后背大面积烧伤,整个人躺在重症监护室里,昏迷了三天之后,终于醒来。

没人知道,为什么她只是躺在没有火的寝室里,竟然会伤成这个样子。当时小花回寝室时被眼前的惨景吓坏了,慌忙拨打了120,但医生的诊断比她看到的更严重——她后背的皮肤重度烧伤,惨不忍睹。

无论父母和朋友们怎么追问,她都一声不吭,绝口不答。

她严重的伤势成了一个谜。换药的时候,陈灵疼得浑身颤抖,指尖死死地抠进了床垫里,豆大的汗珠从额头滴落,却是哼也不哼一声。

她接受了两次植皮手术,医生说手术很成功,再休养一个月就可以出院了,但还是要定期来做康复治疗。

她已经半年多没回去上学,从小花口中她得知了林森和钱云珊交往的消息。得知此事的时候她的脸上没什么表情,只是看着窗外远处的绿草如茵出神。

小美人鱼为王子失去了声音,最后整个身体还化作了海底的泡沫,但王子最终也不记得她。

王子，仍是属于公主的。那一对相配的璧人，才是众望所归。

想到这里，她轻轻地笑了一下，牵动着脸部的肌肉疼得抽搐，泪水淌了下来，她自我解嘲地想：真是好疼啊。

太痛。痛得无法言说。

十

那次大火之后，林森再也没有见到那个偷偷看他练球的女孩子，他知道她叫陈灵，是钱云珊的同班同学。

后来他也渐渐地不再练球。

但他偶尔会想起曾经那段美好的记忆，想起那个羞涩腼腆的女孩，躲在树后看他练球。每次发现她来，他的嘴角都忍不住挑起一丝淡淡的笑意，手中拍球的力度也重了几分。他甚至曾经刻意耍帅，雨天带球退到三分线外，潇洒利落地准确投入篮筐，扬起一片水珠，水珠落在地上，却好像在他的心里荡起涟漪。

她每天都来篮球场偷看他练球，风雨不误。

其实他对篮球的兴趣也不是很大，当初加入篮球队也是觉得好玩儿，最开始他还挺有干劲地练习，时间久了有点儿懈怠，但有人这样注视着他，他也就一直坚持着训练下去了。

到后来他明明退了篮球队，却不知道为什么还是继续早起练习。起初他自己也不太理解，后来有一天，那个每天来看他的女孩忽然不来了，他心底竟然莫名地失落起来。

他青梅竹马的玩伴钱云珊长他一岁，但他上学早一年，钱云珊高考时复读一年，入学后反而是他的学妹。那天他去找云珊吃饭，竟然发现那个女孩和她是同班同学，名字叫作陈灵，成绩很好，性格孤僻。

他真的觉得这是天注定的缘分，就有点儿害羞地拜托云珊帮他介绍陈灵认识，钱云珊脸上虽然有淡淡的失落，但也答应了。

他想问陈灵为什么看他打球，又为什么忽然不来了。为了表示感谢，他还特意为云珊打了饭。

云珊帮他转交了纸条,那天他在操场等了半宿,天忽然开始下雨,他本想回去取伞,又怕走了之后女孩来了找不到他,就咬着牙等:也许一会儿就来了呢。

他一直等到宿舍关门,女孩也没有来见他。倒是他因为淋了半夜的雨而感冒病倒了。

没想到这一病赶上了火灾,他吃了药睡得很沉,等被浓烟呛得醒过来之后,早已经分不清东南西北,连呼吸都艰难,还谈什么逃生。

他依稀看到有人走进屋子,手脚麻利地把床单连起来当作绳索,那人好像完全不怕烟也不怕火,把他推出窗子之后慢慢送出绳索。他的眼睛被熏得流泪不止,看不清那人的长相,却在心底里有一丝似曾相识的熟悉感。

当钱云珊受伤的消息传来,他什么都明白了。

虽然他对钱云珊没有太多男女之情,但这一次他是真的被打动了,这个世上还有谁会为了他,连自己的安危都肯舍弃,不顾一切地扑到大火之中救他呢?

他让自己忘了陈灵,强迫自己不再关注她,他不想再负了待他这么好的云珊。

虽然如此,但他偶尔也会想起陈灵,想起她躲在树后看着他,小鹿一般清澈的眼睛。

大学毕业的前一天,他在电影院门口等云珊,人群之中,一个脖颈儿缠着白纱的女孩从眼前经过,他愣了一下:这人长得像他时常会想起的陈灵……

可她为什么会受伤?

他不禁挪动脚步向前走了几步,试图追上她,身后却响起恋人云珊的声音,他的胳膊被紧紧抱住:"等了多久?我已经买好票啦!"

就这样一个踌躇的距离,那女孩的身影被汹涌的人潮淹没,再寻不见。

青春是一只飞走的鹦鹉

　　17岁，直率的17岁，好像拥有了整个世界的17岁，似乎一切可能都可以成真的17岁。那时候我们都觉得，只要心中有这样的梦想充实着，只要我们为之努力着，就没有达不到的目标，没有成不了真的梦想。

楔子

啾啾站在高高的五楼阳台上，轻松地唱着歌。

我赤脚站在楼下呼唤它，但无论我怎样声嘶力竭地呼喊，它只是神情淡然地看着我，然后扑扇翅膀朝天空飞去。

那抹翠绿色的小小身影最终消失在灰白色的阴霾天空之中，我站在黎明的光里，露水沾湿了睡衣。

啾啾走了，从此彻底从我的生活中抽离。

终于，我和他的关系就如同啾啾一样，消失在这初秋的季节里，一去不回。

一

受不了老妈的唠叨，我硬着头皮去了相亲的茶楼。据介绍人透露，这次的相亲对象与我同年，个人工作虽然一般，但家里条件很是优越，父母家底甚厚，有车有房外加两个门市，他虽然不善言谈，人品却是不错的，即便相亲不成，权当做个朋友也不坏。

约在下午六点三十，我六点四十五才到。在约定的地方拉开椅子，对方抬头的那一刻，竟然是一张有些熟悉的脸。

"黎小慧？"他有些惊讶，忍不住笑了出来。

我思索了三秒之后指着对方："你是……刘铮？"然后我便笑了起来，"当年我们还一起打过篮球呢，你不是篮球队常务替补吗？"

他点头，起身为我用热水涮了茶杯，又倒了一杯香气袅袅的普洱："我那点儿三脚猫的功夫，就别提了。真没想到在这里见到你。"

我解下围巾，看着窗外的风雪，忍不住感叹一声："快十年了吧。"

于是，一场以结婚为目的的相亲会，竟然变成了叙旧的同学聚会。许多旧时的回忆被勾起，从老师的出糗谈到春游的畅快，我们谈得兴致勃勃，他忽然提起了一个名字：

"还记得程宇吗？那时候他和你关系不错呢。"

我忽然就沉默了，转头望着窗外渐渐停息的雪，有点儿出神。

"程宇是我哥们儿，我记得那年暑假他送过你一只虎皮鹦鹉，"刘铮似乎没发觉我的表情变化，仍沉浸在回忆之中，"那只鸟儿后来怎样了？"

"飞走了。"我看着窗外的路灯，在纷纷扬扬的白雪包围之下渐渐朦胧，"再也找不回来了。"

他"哦"了一声，然后语气中带着点儿淡淡的追忆："还是我陪他去鸟市挑的呢，那时候，他对你真的……"

后面的话我就没再听下去了。

二

高一刚入学的时候我被一个男孩子拦住，他满脸的笑有种谄媚的味道，凑过来对我说道："这位同学你好，我们做朋友好吗？"

我抬头瞪着他大概三秒钟，狠狠一脚踩在他脚上，大喊一声："神经病！"

我们的相遇真是太不浪漫。

在初秋凉爽的天气里，长空碧蓝，我站在学校的葡萄架子下，在踩了对方一脚后，又抡起书包朝对方砸了过去，然后我听见一声"扑通"倒地的声响，忙不迭地夺路而逃。

当我悲痛地发现这个贱人是我的同班同学的时候，有种想撞墙自尽的冲动，每天上课下课唯恐避之不及，直到有一天他把我结结实实地堵在了学校停车棚，一脸大义凛然地瞪我："黎小慧，为什么总躲着我？"

我把书包抱紧在胸口，退后一步瞪着他："再过来，我要喊人了。"

他马上做出了老鹰捉小鸡游戏里母鸡的姿势，对我说道："我只说一句！黎小慧同学你要不要加入篮球队！我们就需要你这样的后卫！"

我低头看了看自己抱在胸口的手，狠狠地瞪他："我是女生怎么能参加你们男生的篮球队！"

他脸上带着慷慨就义的悲壮："下个月我们要跟外校比赛，你穿上男生队服，剪了头发，没人看得出来的！"

我瞪了他五秒钟的时间，然后抡起手里的书包朝他的头狠狠扫过去："浑蛋！"

士可杀不可辱。程宇被我一书包打在地上，很长时间里都迷迷糊糊得不知道发生了什么，而我把书包背起来，骑着自行车哼着小曲儿回了家。

一个月后，我听说我们学校的高一篮球队惨败而归。那几天，程宇每天都把头缩在校服里，倚靠在最后一排的角落，好像蒙了尘的旧物，没有一丝一毫的存在感。

我忽然有点儿可怜起他来。我也是曾经做过篮球队队长的人，初三那年我们校队最后一次比赛，我用尽全力，却仍然无法挽回失败的命运。那场比赛我抱着怀里的球哭了，那天的雨很大，我在心里对自己说，这是我最后一次打篮球。

看着躲在壳里的程宇，我忽然想起了自己。

那天中午下课后，我走到角落，伸手拍了拍他的头，用挑衅的目光看着他说道："比一场吗？"

他愣愣地看着我，木然地点头。

三

　　不是我自吹，初中的时候我打篮球的体力和技术，放眼整个学校都很难找到匹敌之人。男生发育比女生晚，我又是勤奋锻炼的人，时常被本校男生嘲笑为"超男"，即，超越男人的存在。

　　不过我没想到竟然会败在毫无斗志的程宇手下。他虽然表情是呆若木鸡的样子，可速度非常快，带球配合天衣无缝，我刚刚趁机抢下球要投篮就被他盖了火锅，这家伙简直就是篮板下的王者。

　　跟他过招儿我没有一点儿胜算，当我累得气喘吁吁的时候，他已经轻松运球到三分线外，姿势标准地投篮，球在篮筐边缘戏剧化地转了两圈，然后，命中。

　　"你们怎么能输？"我擦去额头的汗看他连续进了三个三分球，简直是百发百中的绝技。

　　"我一个人有什么用。"他说完这话又是一记投篮，球砸在篮筐里却跳了出来，我抢过球又投进去，命中。

　　他有些颓然地看着滚到脚边的球："其他队友，连你都不如。"

　　这话我怎么听起来都没有半点儿赞扬的味道，走到他身边捡起球朝他砸去，他条件反射地接住，我恨恨道："别歧视女孩子！"

　　他一怔，忙连连摆手，球也掉在了地上："没没没，我绝没有半点儿歧视你的意思！我当初找你就是想让你入队帮忙！我看过你初中三年级的比赛，你很厉害，我是说真的！"

　　我把球捡起来，看着他笑道："我可以陪你们练习，但绝不能代替男生上场。规矩就是规矩，作弊犯规都是绝对不能允许的，明白？"

　　刚刚的运动似乎让他的心情恢复了一些，这几天盘踞在他头顶的低气压似乎消散了，他看着我笑了，露出一口洁白整齐的牙齿："谢谢你陪我练球，我无以为报，不如……"

　　我手里的球差点儿就砸在他脸上了，结果他后四个字是："请你吃饭！"

　　程宇很显然低估了我的饭量，面对一桌狼藉他有些不好意思地翻了翻钱包，然后并不急着付款，而是偷偷地摆弄手机。不一会儿他出了一趟饭店，我看见他的死党刘铮带着笑容把几张票子塞进他的手里，再回来的时候他就很理直气壮，招呼服务员埋单的声音也雄厚不少。

吃人嘴短，从那以后我时常陪篮球队练球，也结识了不少好哥们儿。课余时间和大家一起练球聊天儿，似乎他们越来越不把我当女生看待，倒是程宇有几分良心，时常嘀咕："好好的小慧被我们一群人耽误了找男朋友真是十分不好意思。"每当此时总会有好事者调侃他："那你做她男朋友不就好了？"

一般话说到这里就没后续了，因为程宇总是红了脸把球准确地砸在说话人的脸上，被砸者总是发出一连串凄厉的哀号。

他做到这一步，自然没有人能够劫后余生把话再说下去了。

我总觉得，程宇在心底估计把我和洪水猛兽划为一国的了，要不然别人一拿我们俩开玩笑，他怎么就一副深仇大恨吃了多大亏似的模样？

既然他心有芥蒂，那我又何苦热着脸贴上去。于是我再也不找他单独切磋，去篮球队的次数也少了很多。终于有一天，他又像刚开学时那样，冒冒失失地在车棚堵住了我，看着我，似乎措了一番辞，才结结巴巴地问道："怎么不来篮球队了？"

我笑了笑："没不来啊，上周不是刚去过吗？"

这话让他窒了片刻，又继续追问："不，我的意思是，最近你来的次数比以前少了……"

我笑得越发开朗："你们男生篮球队我去那么勤做什么？你还真当我是男生了？"

他被我噎得一时间说不出话来，我推着自行车把呆若木鸡的他留在原地，轻快地飞上车，哼着小曲儿骑走了。

四

接下来的日子没有什么不同，我依然没有男朋友，程宇依然打他的篮球，唯一谈得上是好消息的，是在他的训导之下，那一群非常业余的队友们终于有了点儿球感，出去比赛的时候，也不至于比分输得那么悬殊了。不过值得悲叹的，恐怕就是程宇的学习成绩了，那并不能用"一落千丈"来形容，因为他起点不高，但一场期中考试下来，绝对可以用"惨不忍睹"来形容。

而且……这家伙居然有个位数的成绩！英语考出了9分的创历史纪录得分！

老师找来了他的家长，训斥他的时候就在办公室里，程宇低着头，不时被他爸推一把打一掌，可他的腰板儿，却一直挺得绷直。

这次谈话的结果是让我和程宇结成了学习小组，并且被调成了前后桌。班主任老师在将这个任务交给我的时候，语重心长地拍了拍我的肩膀说道："黎小慧，让你帮助他不是因为你学习最好，只是你们是一起打篮球的好哥们儿，你的话，他至少能听进一二吧？"

老师真是个实诚人啊。既然被如此拜托了，我也不敢有辱使命，每天和他研究学习绝不厌烦。每次他想跑出去打篮球，我总会抱着书本在他面前站定："作业做了吗？单词背了吗？"

而他，就算再灵敏、再强壮，想要在狭窄的过道里绕过我出门投篮，那也是绝不可能的。

后来他终于认命了，老老实实把课业做完之后才去玩球，若是遇上我心情好，也会陪他练一会儿。

后来程宇的成绩从倒数第一提高到倒数第十，程爸爸高兴得不得了，特意来学校对我大加表扬，当他的大手重重地拍在我的肩膀上时，我有点儿分不清这是感谢，还是惩罚。

他的成绩慢慢水涨船高的时候，他一手操练的篮球队的整体水平也在提高，偶尔和外校比赛也会赢一两次。每次赢的时候程宇都会像个白痴一样把满是汗味的球衣朝我甩过来："小慧小慧我们赢了啊！"

高二之后文理分班，我选择了文科，他还留在理科班。那年我们班级发起了一次暑假旅行，老师和同学们一起到大草原上骑马、滑草、吃烤全羊。晚上大家围着篝火跳舞,我抱着膝盖坐在火堆边,星星点点的火光不时飘出来,噼里啪啦作响,萤火虫一般围着人绕圈子。

程宇不知何时坐在我身边,也学我抱着膝盖:"小慧,你有什么梦想吗?"

我看着熊熊燃烧着的火焰,低声说道:"有的……你呢?你有什么梦想?"

他笑了起来:"那我说了你就要说哦。我的梦想就是,自己组建一个篮球队,跟大家一起参加篮球联赛!我知道我们现在差得很多……不过只要能进市16强就足够了!"

我忍不住笑出声来,他有点儿不服气:"我都说了,你呢?"

我伸开手臂,做了一个飞翔的姿势:"我想飞。"

他愣了一下,一时间不知道如何应答。

我继续说道:"白天我看见大雁在草原上飞过,我从小就希望能够像鸟儿一样飞起来,在那么高,从那么高的地方俯瞰,好像整个世界都在我脚下……"

他哈哈笑了起来:"你比我还不切实际!不过说得好像很难……你坐一趟飞机不就圆梦了?"

我装作生气扁了扁嘴,他红着脸对我小声地解释。我在听到他的话语后转开了视线,眼睛看着面前的篝火,一张小脸,也被映得红彤彤的。

17岁,直率的17岁,好像拥有了整个世界的17岁,似乎一切可能都可以成真的17岁。那时候我们都觉得,只要心中有这样的梦想充实着,只要我们为之努力着,就没有达不到的目标,没有成不了真的梦想。

17岁,无论是多么荒诞的梦,都不会被嘲笑。

五

旅行后没过多久,程宇就风风火火地把我找了出去。我来到约定地点,看见他把一个硕大的笼子往身后藏着,可笼子里上蹿下跳的绿色小精灵还是出卖了他。我走过去,好奇地伸头细看:"这是什么?"

"我捡的,送给你!"他把笼子放在我的手上,脸红红的,眼神飘向别处,并不看我。

我还来不及继续问话，他就已经转身跑掉了："你要好好对待啾啾啊！"

好像是回复他似的，笼子里的虎皮鹦鹉，声音嘹亮地叫了一声。

于是我就这样迎了只活宝回家。

啾啾起初是不太会飞的，跌跌撞撞地从炉台磕到地板，时常在屋里飞着飞着就"啪叽"一声撞在玻璃窗上，刚开始听到它幼小的身子撞击硬物的声音感觉很疼，后来慢慢也习惯了。

不过一个星期，啾啾就已经能矫健自如地飞来飞去，穿梭于门缝、书架。绿色的啾啾对一切绿色的东西都有好感，蔬菜只吃绿色的，水果只吃非果实的梗叶，吃过谷子之后就再不肯碰小米一下。这只小畜生被我宠上了天，每天都蹲在我卧室的台灯上非常清晰地念自己的名字："啾——啾——"

啾啾特别黏人，每天都要把我的左右肩膀踩个遍，我伸出手它就蹲在我手上听我唱歌。有时候忙着看书冷落了它它还不乐意，非要蹲在我肩膀上用破锣嗓子唱只有它自己才知道的小情歌，于是我只能把它关在笼子里放到阳台上，堵上耳塞做作业。

再开学之后，我和程宇就离得很远了，甚至不在同一栋教学楼。偶尔体育课的时候都在操场活动，他每次看见我都会挥着手臂朝我笑着，好像一棵沐浴在阳光里的向日葵。

我偶尔和他们一起玩篮球，大多数时候我只是场外啦啦队的角色，给他们买矿泉水，递擦汗手巾，和程宇聊啾啾，用相机拍下啾啾的丑态，让他笑得前仰后合。

有时候周六没有补习课，我会把啾啾装在笼子里拎出来，放在篮球场边看着他们练球，我喊加油，旁边的啾啾也吱喳乱叫，上蹿下跳。

为了迎战高三的篮球联赛，高二那年的暑假他们铆足了劲儿地训练，开学后，在一次友谊赛中，程宇抢篮板的时候被对方一肘打下来，又被另外一个人撞上，两个人一起跌落下来的时候，他的身体在下面，膝盖磕在坚硬的地面上，没有流多少血,可是他却站不起来了。

比这场赛时我在上补习班,没有亲眼看见,但听队里的人说,那天程宇努力了很多次都没法从地上站起,被送进医院的时候,他一直不停地问医生的,只有一句话:"一个月后我还能不能打篮球?"

诊断结果是,膝盖骨断裂、韧带拉伤,想要痊愈,至少也要四五个月的时间。

他们说,一向乐观积极的篮球队队长程宇那天哭了,他拉着医生苦苦哀求:"求求你治好我,一个月后我必须参加比赛,我们高中三年就是为了这场联赛,求求你,求求你了……"

他最终是满腔不甘地错过了联赛,篮球队里没有了程宇,却一路披荆斩棘打入了全市高中32强,但在晋级16强的那场比赛中遗憾败北。他希望打入16强的梦想,终于没能实现。

而接下来紧张的高三生活足以让所有人忘记这次小小的失败,千军万马涌上独木桥的那一刻,谁还会在意学校里一支小小的业余篮球队?

没多久我转了学,最终和程宇失去了联系。

六

后来我考上了大学,巧的是程宇跟我在同一个学校。他已经是比我高一级的师兄,只是他现在已经不打篮球,而是足球场上的守门员。

他的个子还是很高的,手长脚长,扑球时比常人更加容易,只是在他静默在球门边的时候,安静的眼角近似于沉闷。他再也没有当年在篮球场上的意气风发,整个人变得内敛而低调,获胜的时候也不会像其他人那样脱下队服甩着满场跑,相比活跃热血的足球队员们,他就像个格格不入的异类。

那一瞬间,我忽然觉得这个人离我很远很远。

这样沉默不语的程宇比从前更受女孩子的欢迎,她们热烈地追求他,她们爱他的沉默,爱他的内敛,爱他一个人时带着淡淡哀伤的气质。她们说,不知道为什么,就是觉得这个男生让人莫名地心疼。

不知道为什么,程宇每次看见我都好像不认识我似的,即使遇上,也是看也不看我一眼地从我身旁经过。他曾经交往过一个女朋友,巧的是她正好是我的室友。室友炫耀似的把他带来我们寝室内部聚餐会上,介绍我时,他静静地看着我,足足有一分钟的时间,只说了一句:"你好吗?"

可不等我回答,他便已经转过了头,将一杯啤酒仰头喝下。

那天的聚餐在他的沉闷阴郁中变得有点儿尴尬,室友很努力地寻找共同话题,可他从始至终都没有再说一句话。

然后第二天,室友蒙着被子在床上大哭——那天聚餐后,程宇便对她提出了分手。

而我和程宇便再次成了校园里的陌生人,即使偶然遇见,他淡淡的视线从我脸上扫过的时候马上转了方向,我们形同陌路一般,越走越远。

有一天在图书馆看书,我用代书板去找感兴趣的期刊,再回来的时候,座位上的作业本凭空出现了一行字:啾啾怎么样了。

我把那页纸撕了下来,在上面写了字留在原位。

我写的是:丢了。

我丢的不只是一只名叫啾啾的虎皮鹦鹉,还有我的青春,我的梦想,我曾经那段自以为是的爱情。这一切都随着那只鸟儿的离去而彻底消失,再寻不见。

后来我毕业了,我花了一年的时间都没能找到工作。然后我读了研究生,研究生毕业之后,我在一家证券交易公司做文员,每天做周而复始的枯燥工作,毫无任何技术性可言。

有一次公司举办运动会,我作为候补队员上场了,在只剩下最后五分钟的比赛里我连进两球,为我们队扳回了比分。领导和同事对我刮目相看:"啊,黎小慧,真看不出来,你竟然……"

后来我们部门主管为我安排了一次相亲,相亲前她把自己的一条长披肩借给我,声音很低地对我交代道:"第一次见面,怎么也得……给对方留个好印象。"

我笑了，眼里有一点儿无法挥去的湿意弥散开来。

七

寒暄结束，我在刘铮面前取下了披肩，笑着对他说："我怎么能欺骗我的老同学呢？我的伤，恐怕一辈子也无法痊愈了。"

刘铮静静地看了我一阵，对我轻声说道："其实……程宇他都知道。"

我微微愣住了，听他继续把剩下的话说完："他没有办法面对你，他不知道该怎么面对你，每次看到你的左臂都会提醒他的无能，从此以后他只把篮球当作一场游戏……他现在做汽车销售员，收入不错，女朋友漂亮，他已经很久很久不碰篮球了。你出事之后，他再也没用心打过一场篮球……"

我扶住额头对他做了个停止的动作："说好了不许告诉他的……为什么……"

对面的人递来一张柔软厚实的纸巾，我忽然发觉自己不知何时已经泪流满面。如果可以，我不想让程宇知道，那年他受伤之后，是我把长长的头发剪成半寸，女扮男装替他上场。我们披荆斩棘一路进入市32强，就在16强争霸赛上，我被对方恶意撞倒在地，左臂被人狠狠地踩在了脚下——

那是钻心入髓的疼，我当时就昏了过去，再醒来的时候，他们对我说，我的肘关节粉碎性骨折。

其实如果救治得当的话，还是有可能恢复的，但我偏偏遇上了一场缺失责任心的医疗事故，半年后我的胳膊越发恶化，转院之后医生尽力治疗却仍然遗憾地告诉我，我的胳膊永远只能这样了。

当你仔细看我的胳膊的时候会发现，上臂和小臂的角度很奇怪，而且我无法将胳膊举起与身体超过九十度角的高度。

我是个废人了。公司的同事们没想到一个连左手都无法举起来的残疾人，竟然可以用右手如此流畅地运球投篮。但，我知道我还记得，我的身体还记得，我永远记得那一段关于少年与梦想的故事。

我的高考志愿本来想报某所航空大学的空乘专业，毕业后便可以如愿以偿地做一名飞翔在天空上的空乘人员，但是我的伤，让我与这个梦想彻底断绝。

我是一只铩羽落地的鸟儿，从此不能飞翔。我不敢抬头看那片天空，我最后一次注视着天空是我在家养病的时候，父亲失手打坏了笼子，啾啾破笼而出，我从房间里冲出来，伸着右手招呼它下来，它只是低头淡淡地看我一眼，便扑腾着翅膀飞走了。

那一刻我想通了：至少我们之间，曾拥有过那片蓝天。

休养一年后的我为了寻找程宇特意报考了他所在的那所大学，可我却再也找不到当年那个执着于梦想的、满腔热情的少年。他对一切事物都抱着无所谓的态度，我知道，他是不敢再爱，不敢承受那份过于重视后怆然失去的痛楚，因为那种疼，是比骨骼断裂，更刻入骨髓百倍的痛苦。

再也回不来的时光，再也无法重来的17岁。17岁以后，我便再不敢有荒诞的奢望。

八

与刘锋见面的第二天，我竟然收到了他的微信，他跟我倒工作上的苦水，跟我抱怨公司难吃的午餐。我也轻松地跟他聊天儿，聊着聊着他就说：不如我们一起吃晚饭来补偿下吧？

然后便开始了自然而然的约会。

作为以结婚为前提的相亲交往，我很明白这样频繁见面的理由是什么，但我却不敢确定：如此平庸无常的我，甚至还带着无法愈合的残疾，刘锋为何还肯和我继续交往下去？

后来我们无意地聊天儿时，刘锋曾经问我："你知道为什么……我打球那么烂，还是要坚持参加篮球队吗？"

我想了想："是因为你是程宇的好哥们儿吧。"

刘铮的眼睛晶晶亮亮地看着我:"不是因为程宇,是因为……"他就这样定定地看了我一会儿,便笑着转了话题,"因为我傻乎乎地眼里只有一个人呗。"

我从心底里流淌出一股暖流,并不说话,只是握住了他的手。

我们交往半年后,刘铮邀请我去参加程宇的婚礼。他半开玩笑地对我说:"我是他的伴郎,你可别对新郎有什么想法哦。"

我忍不住笑:"事到如今他还在担心什么。"

程宇的婚礼是寻常得不能再寻常的婚礼,主持人操着一口浓重的东北方言插科打诨,差点儿把这场婚礼主持成了异彩纷呈的二人转表演,程宇跟大学的时候很不一样,整个人充满了谦恭,在给领导点烟的时候,他低眉顺眼的表情,像个刚过门儿的小媳妇。

一瞥,恍如隔世。

在轮到高中同学这一桌的时候,同学们起哄不已,不依不饶地出节目。更有人将我和他的陈年往事也翻了出来,他脸上有片刻的局促:"别乱说,小慧她……"

他晶亮亮的眸子望向了我,那一刻,我好像看到那双眼中闪着一丝莫名的波光,下一刻,他又恢复了在领导、同事面前的常态,圆滑世故地哈哈大笑起来:"当年小慧受伤的时候我可没有半点儿想法啊,不过我听说,是刘铮把昏迷的她抱去医院的!"

我忍不住惊讶地看向刘铮,却见那衣冠楚楚、丰神俊逸的伴郎红了脸,别过头去不接话。

在场的各位同学哄堂大笑,纷纷把火力焦点对准了我和刘铮,询问婚期的问题就抛了出来,纠缠不休。最后伴郎拗不过这群损友,回答了一句:"明年这个时候办!"大家这才满意地完成了一场八卦仪式。在欢笑中,程宇朝我走来,端着满满的一杯酒,和我碰了下杯,似乎很艰难地说了三个字:"对不起。"说罢,他仰头将杯中酒一饮而尽。

我什么都没说,也喝光了酒。

那杯酒很苦，苦得我们眼角边都泛起了湿意，我知道那并不仅仅是一杯酒，酒里有17岁那年我们一起追寻过的梦想，有17岁那年懵懂纯净的感情，有17岁那年傻傻的倔强坚持，还有17岁那年，我们一起养过的，一只名叫啾啾的虎皮鹦鹉。

我醉眼蒙眬中，似乎又回到了那年的暑期旅行，我和程宇围坐在篝火之前，噼里啪啦的柴火声在耳边喧闹，美丽的火光将那少年的眼眸映得亮晶晶的，女孩以为他嘲笑自己故意假装生了气，少年有点儿手足无措地连连解释："想飞很好啊……我没有笑话你……我怎么会笑话你……我……"

我看见他红了脸，眼中有闪亮的坚持，声音小却字字句句都很清晰："我除了篮球……最喜欢的，就是小慧你啊。"

那年他红彤彤的稚脸，一如今日，他微醺难言的酡颜。

今时今日，我在心里低声说道：再见，走出我心里的少年。

旧物收集者

这段记忆是我唯一能留给你的东西，或许以后我不能再记得你。即使分离，我也觉得能够爱上你，是我这一生最大的幸事。

一

吴菲菲又开始在旧货市场的地摊儿上淘货了。

她今年19岁，本地某大学大一新生，虽然年轻，却已经是圈内小有名气的作家。这个寒假她没回家，跑到学校旁边的旧货市场淘东西，遇上喜欢的就买下来，在寝室里把玩着不放，一抱就是一天。

然后第二天打开电脑，疯狂码字。

她有时写短篇，有时写长篇，在那些长长短短的故事之中寻找着感动别人和自己的情节。有人说她笔下的故事跌宕起伏、感人至深，有人说情节新颖、故事老练，有太多与她的阅历不符的细节，有人说必是有个团队在身后替她代笔捉刀，众说纷纭，莫衷一是，吴菲菲都丝毫不为流言所动，她只安静地写她的故事。

其实她有一个秘密，对谁都不能言说的秘密。

吴菲菲捧住一个掉了漆的搪瓷水杯，闭上眼睛，斑驳的场景如同电影默片一样映入眼帘：年老的母亲孤独地守在屋里，好不容易回来一次的儿子丢了她的搪瓷杯，换上一只进口保温杯。几十年的记忆一晃而过，儿子变成在襁褓中哇哇大哭的婴儿，年轻的母亲在事故中失去了丈夫，独自撑起一个家。

吴菲菲睁开眼睛，对摆摊儿老板说道："这个杯子我要了。"回去慢慢揣摩，还会有更多值得发掘的故事的。

这是她的秘密，没有人知道，她淘的其实不是旧物，而是回忆。

她有看到物品背后的故事的能力。那些凝聚着人们的回忆的东西，她只要碰触一下，就能看见过往之事，十年荏苒的故事她只需一天时间就能读完，再加一些合理的想象和铺垫反转，一篇小说，很容易就写出来了。

这个秘密她不敢对任何人说，对于正常人而言她是个怪物。自从父母知道她的这个能力之后，他们就不让她碰触自己的东西，再后来，妈妈悄悄地让菲菲帮她看一样东西，那是一只很寻常的打火机，妈妈问她看到了什么，她老实地回答说看到了爸爸和一个不认识的阿姨在一起。

之后，爸爸和妈妈就离了婚，她跟着爸爸生活。爸爸认为是她的古怪能力害得自己婚姻不幸，就把她扔给了奶奶，之后再也没来看过她。

她曾经问过妈妈，为什么不带着自己一起生活，妈妈说："带着你在身边，总觉得我好像一丝不挂一样，完全没有任何秘密。"那时妈妈已经有了其他婴儿抱在怀里，她看向自己的眼神中，疏离间，有着一丝看怪物的惊恐。

从那以后，她知道了大家都很不喜欢被人读到自己的故事。每个人心里，总有一处不想被人碰触的空间，他们叫这空间为隐私。

吴菲菲躺在床上把玩着那只搪瓷杯，正看到几十年前母亲养育儿子的各种片段，忽然眼前一黑，一切画面都瞬间黯然失色，彻底融化在黑暗之中，她又反复地摩挲了几次杯子，便有些失落地放下了。

这说明——杯子的原主人已经不在人世。她只能读到活着的人凝结在物品上的记忆，那人如果死去，杯子上的记忆也会跟着自然清除掉。

她还是有些不甘心——那搪瓷杯即便没有原主人的记忆，至少也会留一点儿经手人的琐碎印象，说不定，它上面还有什么能让她读出来。

视线在杯子呈现出来的画面上游走，她在一家装潢得很有味道的小店前面停下了，推开门，一张斯文白净的脸映入眼帘。

那是一个年轻帅气的男孩子，手里摆弄着一些旧货，看见来人，他绽放了一个温暖悠长的笑容。

记忆到此戛然而止，接下来的是一片空白。

吴菲菲愣住了。她从来没有遇到过这种情况。

二

吴菲菲读取物品记忆的时候只有两种情况，一是如同电影般的画面，二是主人死去，印记在物品上的记忆消失的长久黑暗。

可从来都没有过空白。也许这是一种新的情况？按理说这个杯子辗转到男孩手里，应该沾染了他的记忆才对，可是没有，在进入那家小店之后，接下来的片段全是空白。

她决定找到那家小店一探究竟。

她费了很大力气才寻到那家躲在僻静之处的小店，小店的招牌是很复古的木质本色，只简单地写着几个字：旧东西。

让人完全不知道这家店是做什么的招牌。她摸着搪瓷杯，反复比对画面中和面前小店的装潢——一样的石板台阶，一样破旧的玻璃门，一样的挂在门上随风摆动的褪色风铃……

正在犹豫间，清脆的风铃响了，有人推门出来。她抬头，正迎上那男孩温暖的笑脸：

"客人，可以进来看看。"

没错，就是这个男孩。吴菲菲握紧了搪瓷杯，有点儿腼腆地低下头，从他身旁走了过去。

该怎么跟他谈呢？说自己有看得到物品记忆的能力？问他为什么记忆到了你这里就生生中断？这怎么说得出口？

她站在这间很有情怀的杂货店里，伸手抚摸一只老式拨盘电话，发觉这看起来明明应该凝聚了很多故事和回忆的老物品，竟然是雪白一片，就好像午夜后没有节目的电视台，雪花在屏幕上闪烁，枯燥且单调。

她忽然起了好奇的念头，她要留下来，好好弄明白这到底是怎么一回事。

"我想在这里打工。"她抬起头迎上对方那双清澈的眸子，顿了顿，说道，

"不必付我薪水，供吃供住就行。"

本以为这样的提议可能会被拒绝，没想到对方上下打量她一遍之后，微笑地说道：

"可以啊。"

这、这么容易地答应了？正当吴菲菲四下张望应该找点儿什么活儿来做的时候，那个笑容温暖的大男孩迅速调整成老板模式，两只脚搭在桌上，头舒适地枕向椅背，似笑非笑地把自己的水杯递给她："怎么称呼你呢？新店员女士？"

吴菲菲红着脸接过水杯，去饮水机那里接了一杯水递给他，有点儿结结巴巴地做了自我介绍。大男孩对她笑笑："我叫薛岑，从今以后就是你的老板啦，请多指教。"

吴菲菲对他笑了一下，转身就去找抹布擦拭店里的物品了。

握着抹布在水龙头下洗的时候，她发觉自己的手心似乎还有汗意。对于这个叫薛岑的人，她打从心底里抱着一丝敬畏。

因为刚才她为他接水的时候，用力量试了试看上面的记忆，结果，不出所料，那个水杯上是一片空白。

明明是刚刚使用过的物品，怎么会没有任何痕迹！

三

这个叫薛岑的男生，不会在物品上留下任何记忆痕迹。虽然很奇怪，但比起她这位能够读取东西记忆的特殊能力者而言，还有什么不能接受的奇怪之人呢？

慢慢地，吴菲菲在店里越来越如鱼得水。不能看见对方记忆的这种情况让她很放松，因为从小到大，她最苦恼的事情就是不能随时随地自如地控制住自己的能力。

平时只要天气不是很热，吴菲菲都会戴着手套，能不借东西的时候，她都不会借东西，实在万不得已，她也会尽量不触发那项能力。

毕竟难免失手。让她印象最深的是，初中时有天忘记带练习册，她最好的朋友小芸很热情地借给她,她不小心看到了附着在书本上的记忆。

她看见小芸对对她有好感的男生说着话:"迟帅,吴菲菲这周六可没空呢,她约了隔壁班的某某,要不然我陪你去书店好不好?"

隔壁班的某某是半个小混混儿,风纪很差,但凡女生跟他有一点儿联系都会被认为是人品有问题。吴菲菲不明白小芸为什么这么说她,她们俩,明明那么要好……

但她终于明白了为什么对自己有好感的迟帅忽然疏远了她,并且和小芸走得很近。从那之后,她很少有全无保留结交的朋友。

对于认识的人,吴菲菲本能地抗拒读取他们的记忆。但在薛岑面前,她不必有任何顾虑,每天面对着空白一片的旧物,心里竟然有了轻松的感觉。也就是这个时候,她才觉得自己不那么像一个怪物。

每天都会有一些人来这里向薛岑兜售旧物,而他对于旧物的价格的评估似乎让她有些难以理解,比如现在,一位邋遢大叔神秘兮兮地从怀里掏出一串红宝石项链,吴菲菲虽然不辨真假,但项链漂亮的颜色和光泽还是让她不由得在心里赞叹了一下。

"要不是手头紧,这样的宝贝我也不会卖。这东西在市面上起码要十万块。"男人形容枯槁,压低了声音道。

薛岑来回打量了一番之后将项链放下,精致的面容上仍是一副温柔亲切的微笑:"五百块,先生。"

"什么?"男人瞪圆了眼睛,"你分明是打劫!"

薛岑笑了笑,示意吴菲菲接过项链。她缓缓地放在手里把玩,最新的记忆画面映入眼帘:一位贵妇刚刚走下车,一个男人冲过来一把将项链扯下夺路而逃,跑过几条小街小巷后,径直来到了"旧东西"店铺。

吴菲菲吓得手一抖,项链就掉在了地上,满地的红宝石已经散落骨碌碌地围着她的脚打转,她一句话忍不住就说出口来:"大叔,打劫的分明是你啊!"

男子的眼中有败露的慌张,项链也来不及捡就夺路而逃。他刚刚跑到门口就被薛岑从后面抓住了手腕,一个干净利落的过肩摔后懵懂地倒在地上。薛岑从口袋里掏出一叠钱,弯下腰轻轻放在男子的上衣口袋里,脸上仍是那温润不变的招牌笑意:

"客人,您忘了钱。"

男子惊惧颤抖地站起身来,确认他没有想抓自己的意思,才小心翼翼地推开门,大步跑了出去。

没想到薛岑竟然身怀绝技,但他既然有如此本领,为什么不把坏人送入公安局?

似乎是察觉到她的疑问,薛岑从地上捡起了散落的红宝石,交到吴菲菲手上:"故事要看完前因后果才好不是吗?"

"你怎么知道……"她满腹疑问地接过那些红宝石,接下来的画面淹没了她的思绪。

病床上虚弱的男孩子反复地问询身边形容枯槁的父亲:"爸爸,我好难受……妈妈什么时候来看我?"

父亲正是抢夺项链的男子,他无声地捂住脸哭泣起来。

画面继续倒叙回去,烈日下,父亲用尽全力搬了一天的砖,而这点儿钱对于治疗儿子的病简直是杯水车薪。

再往前转,妈妈抛夫弃子离开了家,而那个美丽的女人,分明就是男人抢劫的贵妇!

记忆继续回转到儿子没有出生的时候,青年男女正在热恋,男人从地摊儿上花五元钱买下一串项链送给女人,憨憨地说道:"我以后有了钱,一定给你买个真的。"

女人的眼中有转瞬即逝的失落,却仍接过了项链。

记忆读取结束,吴菲菲心中十分感慨,她把已不完整的项链丢给了薛岑:"老板,你是不是……我的同类?"

"不是。"他说。

四

他说他不是她的同类。吴菲菲心里有一丝说不出的寂寞和失落。

薛岑一手握着红宝石,一手对着电脑飞快地输入着什么她看不懂的代码。吴菲菲从来没有见过单手比她双手打字还快的人。

几分钟后,薛岑又把那些红宝石丢给了她:"店员,这个东西你可以随意处置了。"

只是几分钟而已,项链上的记忆……全都变成了空白。

吴菲菲瞪着眼睛看着薛岑:"你到底是什么人?"

薛岑仍是笑吟吟地看着她:"剪切粘贴的机器而已。我不像你,我不能读出东西上的记忆,但我能把这些记忆转换成代码。"

"骗人!刚才你明明知道……"

他站起来,把那只搪瓷杯放在她手上:"你不觉得……这个杯子上我留下的记忆很多吗?如果我真不想让你看见这一切,大可以将这些记忆全都抹掉,我做出了很多这样的东西,终于等来了你。在看到你的那一刻我就知道,以后我所看到的都不仅仅是代码,而可以是一个个活生生的故事。"

"你想通过我……读这些东西上的故事?"吴菲菲忽然觉得对方有点儿烦人,"凭什么?"

薛岑敛了笑意,第一次用严肃的表情看着她:"你不想知道……我为什么要剪切物品上的记忆吗?"

为什么……吴菲菲此时才来得及思索这个问题,但有什么理由能让面前这个男孩每天守在店铺里,只为了剪切各种旧物上的记忆?

薛岑简单地跟她介绍了一下自己的工作。他说他来自二百年后的未来,未来的人类发明了许多东西,科学家想要事无巨细地了解过去的历史,而他,则是被特意做出来的物品记忆"收集者",收集的方式是把所有经手的旧物上的记忆剪切下来发送过去,这些代码可以经由专门的机器读取还原,从而达到收集数据的作用。

"这些数据,有你根本想不到的用处。"薛岑定定地注视着她,"因为机器读取存在误差,在未来也有一些改变基因而特意做出来的记忆读取者,他们整天被囚禁在小屋中大批量地记录数据,这些人跟机器没什么分别,也不被当人看待。你试想一下,如果让未来的人知道你是几百年前就拥有这种能力的人,他们会不会把你作为研究对象来制造出更多更完美的读取者呢?"

吴菲菲觉得身体颤抖了一下,后退几步说道:"这才是……你的目的?"她的余光瞄到自己左边半米处的古董宝剑,如果用这个东西脱身的话……

"那把剑有三十斤重,别想了,你拿不动。"薛岑微笑了一下,"我只是想要找一个'山鲁佐德'而已。"

山鲁佐德?《一千零一夜》里为暴君讲故事的女子吗?

"我每天都在剪切这些枯燥的数据。我想要你为我先讲解一下,我每天剪切输送的,到底是怎样的记忆。"

说这话时,薛岑的脸上有一点儿寂寞,这种表情,吴菲菲再熟悉不过。

因为她时常会露出这种表情。

"被这样威胁,我也别无选择。"吴菲菲叹息一声说道,"不过我有个要求。"

"什么?"

她对着他那一瞬间呆愣的表情吼了一声:

"我要薪水!"

薛岑忍不住"扑哧"笑出了声。

五

吴菲菲真心觉得,给薛岑讲故事比打扫店铺要好过多了。

她本身就是个不错的叙述者,不同的故事她会用不同的腔调进行演绎,好笑的故事会逗乐儿薛岑,感人的故事会让他沉默,惊悚的故事会让他瞪大眼睛,跌宕起伏的故事会吸引住他的视线,不时地被催促一句:"后来呢?"

吴菲菲真心觉得写手不是最适合自己的职业,她如果去天桥底下说书,一定大赚。

薛岑曾经说过自己是被特意制作出来的剪切者,他的身体虽然是十九岁的少年,但大脑中早已经被植入了几万本专业资料。在未来的世界里,他不算是真正的人类,虽然比一般人都要聪明漂亮,却不会受到一点儿尊重。

他从未体验过父母的亲情、朋友的友情,以及……伴侣的爱情。

他明明在很多方面无所不知,却偏偏在常人所经历的,再平常不过的事情上,还不如幼儿园的孩童。

但在听过这些故事之后,他也开始理解了很多事情。没事做的时候,薛岑会把脚放在桌上,枕在椅背上向后仰,手里捧着吴菲菲的书不时地挑剔:

"这里的感情很单薄啊,完全没渲染好。男二号的心理活动不明确,他吃饱了撑的这样破坏女主的感情?这里的情节走向完全不合理嘛,你说实话,这里是不是你自己瞎编的?"

相处熟了之后吴菲菲有时候真想一把掐死这个话痨,可是这个家伙只用了一天时间就把她这几年写过的所有长篇、短篇小说全都看了三遍,而且能够倒背如流,这真是让她无地自容。

"虽然挑出了你的作品那么多毛病,但我觉得,情节还是不错的。"薛岑托着腮,漂亮的杏眼看着她。

吴菲菲被他似笑非笑地这么看着,小心脏忍不住漏跳一拍。

他继续说下去:"因为情节不是你想的嘛!哈哈哈哈……"

"够了!"她扔下拖把就想去掐他的脖子。

"菲菲。"薛岑收了笑容,一把抓住她伸过来的手腕,"你的文章还有个问题,你知道吗?"

"什么?"她瞪着他问道。

"你笔下的爱情……少了一种真实感。"他慢慢地把她的掌心摊开,伸出修长的手指,轻轻地摩挲起来。

吴菲菲觉得自己的脸瞬间红了，呼吸也有点儿急促，她不回话，只是那么瞧着薛岑把他修长的手指和她的手指交叉着，十指相扣地握在了一起。

"我们两个体验一下吧。"他抬眼看她，眼眸清亮亮的，白皙的脸上，缀着一点儿好看的粉红。

她没看错吧？这个家伙……竟然也会脸红？！

六

和《一千零一夜》的故事结局一样，吴菲菲在给薛岑讲述了几个故事之后，两人的感情也一路庸俗化发展了下去。

薛岑这个家伙做她的男朋友绝对是够资格的，他很聪明，很懂她的心，又十分温柔体贴，而且整个人本来就好看，稍微打扮一下，根本英俊得惨绝人寰。两个人手牵手去逛街、吃饭、看电影，薛岑帅得让所有经过的路人一脸血。

是的，所有路过的女生都会回头看一眼，眼中有艳羡、有桃心、有嫉恨交织在一处的复杂心思。一般路过的男生也会看一眼，看她的成分比较多，那讶异的眼神在吴菲菲读取来就是"这女生何德何能追求到这样一个男神做男朋友"？

好吧，吴菲菲每天都对自己催眠：我也很美，我才不在乎外人的眼神！

这个寒假的春节，吴菲菲和薛岑在店里一起过。电视里放着春节联欢晚会，他们两个人互相依偎着取暖，吴菲菲看到喜欢的小品忍不住前仰后合，笑过之余，捅了捅身边的薛岑："哎，二百年以后还有春晚吗？"

薛岑笑了："我也不知道啊。除了工作，我没有任何娱乐的机会。"

说这话时，他的脸上有淡淡的落寞，吴菲菲一阵心疼，轻轻地握住了他的手："没关系，以后的日子，都有我在你身边。"

薛岑没有说话，只是从身后紧紧抱住了她。

那天他们一起在店外放烟火，薛岑用烟花画了个心形，想了想，又以烟花为笔，在明朗的星空下写了一个"forever（永远）"。

烟花映着他生动的脸，在那一刻，吴菲菲发觉这场恋爱已经不是最初约定的体验了,她是真的真的,爱上薛岑了。

  几天之后是情人节,他们当然不会放过这么好的日子。虽然这天的玫瑰花贵到天上去,街上的情侣多到拉仇恨,他们还是毅然决然地出发了。华灯初上时,吴菲菲想看最近热映的电影,但看到电影院外排起了长龙,她忍不住打了退堂鼓。

  薛岑却让她在电影院门口等他,只身一人消失在人海之中。

  独自站在电影院门口有点儿寂寞,天气很冷,她没戴手套,一边跺着脚一边不停地往搓着的手上呵气,正等着呢,迎面走过来一对情侣,其中的女的见到她,表情很夸张地叫道:

  "菲菲?你也在这里?"

  真是冤家路窄,虽然过了这么多年,但她仍是一眼就认出来那人是小芸,而小芸另一只手拉着的,不正是初中时对她曾有好感的迟帅?

  他们竟然真的修成正果了。

  "怎么一个人?"小芸笑得眉眼都弯了,另一只手更用力地把迟帅拉近。吴菲菲明显看出迟帅的脸上有点儿不情愿,却碍于面子没有拒绝。

  "也不是……在等男朋友……"吴菲菲真想马上走人,却又怕薛岑回来找不到她,只好硬着头皮等。

  "今天人多,你男朋友买不到票吧?"小芸的脸上有不掩饰的得意,"我家迟帅早早就在网上订好了票,好厉害吧!对了,好久没见,叫你男朋友一起吃个饭好吗?我也想见见他。"说完,她上下打量了吴菲菲一番。

  "呃……"她真想不出有什么话能回复,但毫无疑问吃饭是肯定不要的,"不了,我男朋友比较内向。"

  小芸看了看身边的迟帅,迟帅比初中时高了不少,似乎也更加精神了,她加深了笑意说道:"我估计是因为你男朋友没有迟帅这么帅才拒绝的,算了,我也不勉强,让我瞧一眼就行,我们陪你等!"

  吴菲菲一口血差点儿没喷出来,就在她刚想发作的时候,只见对面小芸的视线忽然掉转了，花痴一般呆呆地看着一个方向，吴菲菲循着小芸的视线看过去：那不是薛岑吗！

薛岑远远地走过来，微笑地朝她挥挥手，阳光俊帅的样子像极了韩剧男主角。

小芸以为薛岑是朝自己挥手，兴奋得整个人都要跳起来了，她迅速地甩掉迟帅的胳膊也兴高采烈地招手回过去，可下一刻，薛岑已经走过来抱住了吴菲菲："让你久等了，冻坏了吧？"

他温热的大手把她冰冷的小手紧紧包裹住，满眼柔情地吻了吻她的指尖："都是我不好！晚上我们去吃火锅！"

小芸不甘地插嘴过来："啊！晚上我们一起去吧！"

"哦？"薛岑神情淡漠地看过去。

只见小芸满脸谄媚："帅哥，我是你女朋友最好的朋友哦！你不想听听她以前的事情吗？"

小芸还想说她坏话吗……看她这副满脸八卦不吐不快的样子……吴菲菲只觉得头疼。

"不好意思你挡住门了。"薛岑拥着吴菲菲从小芸身后转过去，只留给她一个帅气的背影。

走了没几步，吴菲菲就听见了迟帅的怒吼："你一起跟过去好了！"接下来二人的争吵声她就再没听清楚。

身边的薛岑看着她笑了一下，低下头在她的额头轻轻吻了一下："情人节快乐。"

七

拜薛岑所赐，这个情人节过得实在太完美了，就好像把之前孤单的情人节的好运都用光了一样，美好得好像电影一样，让吴菲菲反复回想，每次都忍不住扬起笑容。

而情人节那天之后,薛岑似乎有点儿不一样。他时常对着电脑发呆,手停在键盘上一动不动,时间过去一个小时,手也不动一下。

"怎么了?"吴菲菲察觉到他的异常,扶着他的肩膀问道。

"没什么。"他对她笑了笑,"上次你不是说想去游乐场?"

吴菲菲很开心地跟他去游乐场玩,两个人一起开了卡丁车,薛岑开得很快,转了几个弯就不见了,吴菲菲虽然不甘心,却也在后面慢慢地追赶。

下了车,却没有在终点看到他的身影。

难不成是出去了?她跑出卡丁车场,夕阳拉长了她的影子,她左顾右盼,也没有找到他。她握紧了手机,却发觉,她根本没有薛岑的电话号码。

她在游乐场登了五次寻人广播,坐在游乐场门口等到星光满天,也没有等到他。

"小姐,最后一班回市区的车了哦。"大巴车司机好心提醒她。吴菲菲揉了揉眼睛,一个人走上了大巴车。

就这么走回去,她惊喜地发现店里还亮着灯,几步跑过去,刚刚走到门口的时候她忽然停下脚步,愣愣地看着里面的人。

里面有两个人,薛岑,和一个很漂亮的女孩子。他们面对面坐着,薛岑在对她笑,而女孩子的神情有些冷冷的,带着点儿疏离的淡漠。

吴菲菲愣了一会儿,鼓起勇气推门而入。风铃敲击门框的声音在夜里很响,但薛岑却一直没有转过头来看她一眼。

"我在游乐场等了你很久……"她明明应该是来兴师问罪的,可对方的态度却让她在气势上矮了一头,她嗫嚅道,"你……为什么……"

"到此为止吧。"薛岑忽然站起来,他看着她,面容露出听不进去的不耐烦,"该体验的,我已经了解过了,我们的关系没必要再持续下去,你走吧。"

他说,你走吧。

其实吴菲菲在心里无数次地虚拟了他们分手的场景,说好了的相处只是体验而已,但这样突如其来的分离还是让她猝不及防。

眼泪毫无预兆地冲破眼眶，她越是想控制就越汹涌，一如她对他的感情。

明知道不该，却泥足深陷。

薛岑把一只纸箱交给了她："这是你的东西，别再来了。我不想再见到你。"

说完，他拉起身边那漂亮女孩的手，从她眼前离开。

吴菲菲呆呆地抱着箱子，慢慢地走出了小店。

她一路抱着箱子，也不知道是怎么回的寝室。坐在床上，她一边哭一边打开箱子，发现里面塞了许多报纸，拨开报纸，偌大的箱子里，只有一只熟悉的搪瓷杯。

她心有所动，好像预料到了什么，颤抖着伸出双手握住了杯子。

记忆铺天盖地地将她淹没，全是她与薛岑相处的点滴记忆。她痴了一般细细回味着记忆的每一幅画面，到最后的最后，是薛岑的影像。

这是他留给她的话语：

在留下这些记忆的时候，你应该能猜到，没错，我能够在物品上留下属于我的记忆了，这说明我已经拥有了正常人的情感，也意味着我不能再以剪切者的身份存在于这个时空。未来的科学机构发现了我已经失去了剪切能力，他们要将我召回重新设定再投入使用。他们派来了回收人员，如果你被发现是拥有读取记忆能力的人，那将是最可怕的事情。别和我一样成为机器，离开我，越远越好。

这段记忆是我唯一能留给你的东西，或许以后我不能再记得你。即使分离，我也觉得能够爱上你，是我这一生最大的幸事。

吴菲菲紧紧地把杯子抱在胸前，好像这是她在这世上最重要的宝物。

八

吴菲菲成了知名作家，她最新的小说大卖，连续半年蝉联销量排行榜第一名。读者们赞叹她的文章情节、感情真实饱满，令人感动落泪。这本书为她赚尽了名利，她却宣布封笔，从此告别文坛，不再写作。

她成为一家杂货店的老板娘，每天都在购买别人的旧物。她的定价很有趣，有时候一支破旧的钢笔可能会值几万块，而有时候，一件昂贵的珠宝也许只值一块钱。

吴菲菲最爱的旧物，还是那只深深藏在抽屉里的搪瓷杯，她几乎每天都要放在手里把玩一番，虽然上面的漆已经掉色，露出黑黢黢的杯身，但她仍视若宝贝。

每天她都会触摸一下它，只要确认记忆还在，就知道他还活着，在某个她无法达到的时空。或许他已经忘了她，但没关系，她记得就好。

每次风铃响起她都会去看，每次有人售卖旧物她都会寻找与他有关的蛛丝马迹。她守着万分之一的可能，期待与他在时间的长河中再次相遇。

她会永远记得，他曾守护过她，让她免受危险，自由地生活在这片蓝天之下。

若能重逢，一定不离不弃，在一起。

# 万花筒中的**小狗**丢丢

高考结束的那个暑假，我把丢丢给丢了。
高考结束的那个暑假，周小伟跟我提出分手。
从那以后，我不再画彩色的图画，因为我失去了生命中，所有重要的颜色。

一

  凄厉的刹车声划破了耳膜，我飞了出去，在空中飞翔的那一刻，我看着碧蓝的天，阳光很刺眼，整个世界都化作色彩绚烂的万花筒，紧凑地扭成一团，莫名地好看。

  小时候，我最喜欢的玩具就是万花筒，老爸曾经给我买过一个。我特别喜欢从里面看他和妈妈，一边看一边旋转，那条短短的管子好像哆啦A梦的时空穿梭机，充满了魔力，在那个世界里，到处冒着缤纷多姿的粉红色泡泡。

  当头重重地摔在冰冷的地面时，我感觉后脑勺有炽热的液体流出来，融化了积雪，粉红色的小溪围着我，欢快地流淌。

  天空像万花筒一样开始旋转，我试着去抓眼前不停闪烁的小星星，却发觉身体好像被冻住了一般，无法动弹。

  今天的天气，真好。

  心情也一样。

  我露出了微笑，闭上眼睛。

  丢丢，回家吧。

二

  天气真冷。我戴着口罩，穿着鸭绒棉袄，踩着厚得夸张的棉鞋，小心翼翼地站在梯子上,双手却只戴了绒线分指手套。

指尖传来酥麻的钝痛,让我不由得加快了速度,此时此刻,速战速决方为上策。

感觉下面有人轻轻地摇晃我的梯子,低头看去,一个男孩单手插在兜里,抬头对我笑着,深黑的眸子闪着光芒,他问道:"同学,敢用电锯吗?"

啥?我手中一颤,雪铲狠狠地插进面前美人儿无瑕的脸蛋儿上,快完工的古典仕女,就这么被我生生地抠出个酒窝来。

男孩笑意更浓,伸出修长白皙的手指着不远处:"我的意思是,我们交换一下,酬劳还是归各自所有。你看那边,那个未完成的冰长城就是我的作品。"

看来他跟我一样,都是美院的学生,这个冰雪节给了我们小赚一笔的好机会。不过我还是有些糊涂,忍不住问道:"你的工作只是用电锯切开冰块就可以吧?为什么要跟我换呢?"

"我觉得在雪堆上塑个美人儿挺好玩的。"他耸耸肩,笑容人畜无害,"还有,你雕得太难看了。"

我控制了好久,才忍住用雪铲在他脸上抠出个酒窝的冲动。

不过我还是跟他交换了,因为电锯跟雪铲比,似乎更有杀伤力。

三

当然,最后我也没有像美国恐怖片里那样把这个家伙大卸八块,毕竟戴着厚厚的太空棉手套,简简单单地切开冰的感觉十分豪迈,更何况身边还有帮手专攻堆砌,我只要再往长城上浇点水让它们冻得更牢靠就大功告成,这个可比用小铲子一点儿一点儿雕塑人物好多了。

我只花了十分钟就完成了他剩余的工作,无所事事地在雪地里逛悠,背着手看那个男孩专注地修理冰雪雕像的眼睛,直到我走到了梯子下面,他也全然没有察觉,长长的睫毛好像静止了一般,眼里仿佛除了这个冰肌玉骨的美人儿,再无其他。

虽然心中不爽,但我不得不承认,对方的确技高一筹。那古代仕女的脸在他的修饰之下,顿时鲜活不少,神采飞扬。

半个钟头过去,男孩长长地舒了一口气,轻轻拍落手套上的积雪,低头看到我的时候似乎吓了一跳:"哎,你一直在这儿吗?"

我漫不经心地应了一声:"我等你完工之后把手套换回来。"

他看了看自己手上绣着小兔子图案的粉红色手套,笑得阳光灿烂:"谢谢你帮我砌长城。为了表达我的感谢,收工之后,请你吃饭。"

我冷淡地白他一眼:"我不跟陌生人吃饭。"

他从梯子上下来,摘下手套伸过手来:"你好,我叫宋梓聪,美院2006届油画系的学生。"

我愣了一下,也脱下手套和他相握:"哦,我叫刑娜娜,美院2007届雕塑系的。"

宋梓聪的眼睛笑得眯成了一条缝:"那我们现在就不算陌生人了,可以一起去吃饭吗?"

这个男生的厚颜无耻让我惊讶。这个油画系男生拥有如此高超的雕塑水平让我惊讶。

不过我更惊讶的是,这么冷的天气里,他明明戴着比我单薄的手套,可为什么掌心的温度,还是那么暖呢?

我曾经以为,只有周小伟的手,才会这样温暖。

四

晚饭吃的是烤牛肉,看到香气四溢的牛肉片在铁架子上滋滋冒油的时候,宋梓聪说我的眼睛都变蓝了,活生生的恶狼转世。

我说我不是恶狼转世,是色狼在世,任何有几分姿色的异性都逃不脱我的魔爪。

宋梓聪放下筷子,托腮凝望住我,狭长的眼眸中有星星点点的水泽:"那你觉得我算是有几分姿色的吗?"

我咬着筷子,一时语塞。

如果把人的眼睛比作星星,有人是恒星般闪耀,有人是行星般平庸,但是面前的这位帅哥,他的眼睛,我想,应该是黑洞。

具有吸取所有东西的魔力,连阳光都不能逃脱,更何况是女生的目光呢?

宋梓聪笑了,漂亮的眼睛眯成一条缝,用筷子把火炉上的牛肉片翻了翻,都夹到我的碗里,说:"肉好了,趁热吃。"

我却有点儿吃不下了。

不知道为什么,我又不争气地想起了周小伟。

那双漆黑如墨的深情眸子,形似且神似。

吃到后来我一直心神不宁,直到宋梓聪贴心地把我送回宿舍,笑吟吟地看我上楼,一边对我挥手作别一边说再见。

直到我走进寝室,眼尖的馨馨瞄到了我戴着的厚手套:"娜娜,男朋友送的?"

这时我才如梦方醒,为什么刚刚看到宋梓聪挥手的动作那么刺眼?原来他一直戴着我的粉红色小兔手套。想到这里,我哈哈大笑,一直笑得肚子都疼了,全寝室的姐妹都表情惊恐地看着,以为我疯了。

我确实是好久没有这样笑过了。

自从跟周小伟分手后,似乎就没有过。

五

第二天中午我路过篮球场,空前的鼎沸声吸引了我。

好像是大二和大三的学生在比赛,一群女生在场外激动呐喊,其卖力程度不逊于流川枫的粉丝团。我费尽力气挤了进去,第一眼看到的不是那潇洒的三分球投射姿势,不是投篮人秀色可餐的相貌,不是他看着我露出的笑容,而是那人戴着的,粉红色小兔图案的手套!

我瞠目结舌。

"你来啦！"宋梓聪向我挥手，"再等我五分钟哦，比赛快结束了。"

那三分球划着优美的弧线精准入筐，我旁边的人群爆起一阵夸张的尖叫声，更有几道利剑般的目光向我射来，我打了个寒战，把大衣的毛领立了起来，好像躲避警察追捕的犯人般遮住一半脸，忍耐了几分钟后，宋梓聪大汗淋漓地跑过来，拉起我的手就走："让你久等了实在不好意思，想吃什么，亲爱的？"

最后这句称呼叫得我头皮发麻，感觉身后的目光似乎更锋利了些："宋同学，你……刚刚叫我什么？"

他挠了挠头，这个动作看起来异常无害并且可爱："你不喜欢我叫你亲爱的吗？"

我想……是的。

宋梓聪站住，思索了一阵，继而又微笑了："那我叫你宝宝吧！刑娜娜，我的乖宝宝。做我女朋友好不好？"说着，他俯下身子，在我嘴唇上轻轻印下一吻。

大脑顿时变成一片雪白，但转瞬间又被染成漆黑的墨色。

手已经在我有意识之前行动，宋梓聪刚刚结束了这个吻，我抬手一个耳光，狠狠地打在他脸上。

六

"对不起、对不起、对不起。"我看着他微微红肿的帅气的脸，愧疚万分，像复读机一样反复唠叨同样三个字。

"没事没事，是我不好。"宋梓聪仍是笑眯眯的，"不过不能白打啊，你要对我负责。"

"这顿饭我请。"我看着满桌空盘，诚恳地说。

"没那么便宜的事。"他摇头，"你破了我的相，就得负责售后服务。做我女朋友吧。"

"不行。"我断然拒绝。

宋梓聪愣了一下，然后轻轻地笑了："娜娜，你现在有男朋友吗？"

我抬头看他："没有。但是我不想找男朋友。"

"为什么呢？"

我握住装满热橙汁的玻璃杯，汲取着上面的温暖："我曾经养过两只叫丢丢的狗，我对它们很好很好，可是后来，它们都丢了。"

"没有其他原因？"宋梓聪敛了笑意，专注地看我。

我不说话，只是点头。

他开口了："娜娜，你当初考进美院的时候，录取的专业不是雕塑系，而是油画系吧？"

我惊愕地看着他："你怎么知道？"

"我看过你入学考试的作品，那幅画的用色很大胆，我的老师还夸奖说这个新生很有潜力。'当时我就想，如果能和你一起画画该多好。"他静静地看着我，潭水般深邃的双眸里，不知为何，溢出些许淡淡的哀伤。

他继续问道："娜娜，你为什么转入雕塑系？"

我垂下眼帘："因为……我不能再画画了。"

四周突然变得很安静，静得几乎能听到自己的心跳。

高考结束的那个暑假，我把丢丢给丢了。

高考结束的那个暑假，周小伟跟我提出分手。

从那以后，我不再画彩色的图画，因为我失去了生命中，所有重要的颜色。

七

周六我去了爸爸家。周日我去了妈妈家。周一回寝室的时候，馨馨一见面就把我数落个狗血喷头，"邢娜娜你疯啦？校草宋梓聪的追求你不同意就算了，干吗打人啊？"

我真的没想到那天在篮球场旁边有那么多观众，在宋梓聪那群没散去的粉丝的众目睽睽之下，他吻了我，我打了他，竟然变成了一个火爆荧屏的大戏帖子蹿红，短短几天而已，在校内BBS（论坛）居高不下，点击量过万。

刑娜娜之前只是个人名，现在却彻底变成美院的名人了。

校草宋梓聪无辜被打，不知好歹女嚣张该杀。这就是热帖的标题，极尽吸引眼球之能事，看得我几欲吐血。

我给宋梓聪打了电话，他的语气颇有些幸灾乐祸："你只要肯对我负责不就没事了？至于落了个女版陈世美的罪名被千夫所指吗？"

我说："我心情不好，宋梓聪你请我喝酒吧。"

他在话筒那边笑得很爽朗："没问题，只要你别对我酒后乱性就行。"

我骂他："美得你！"

那天我们去了酒吧，我自出生以来从没喝过那么多酒，喝到最后我听见宋梓聪连说话都带着哭腔："姑奶奶，饶了我吧，我的几套颜料和画纸钱都被你喝光啦！"

我瘫软在他怀里，抱紧了他，囫囵不清地说道："我爱你，求你不要离开我。"

八

第二天我捧着疼痛不已的脑袋在宾馆醒过来，身边被褥凌乱，衣服却仍是完整的。

宋梓聪笑眯眯地出现在我眼前，弯曲着食指在我额头上轻轻地弹："昨天晚上你借着酒力对我欲施非礼，幸好我抵死不从，才保住清白。"

我看着他，说："宋梓聪，谢谢你。"

他坐在我身边，伸手狠狠揉乱了我的头发："傻丫头，昨晚把我当成你前男友了对不对？以后喝酒小心点儿，不是所有男人都像我这么君子的。"

我沉默了一会儿，说道："宋梓聪，我给你讲个故事吧。"

九

这是个很平淡的故事。

从前有个小女孩,上小学三年级的时候,她最爱的爸爸和妈妈离婚了,父母每月都付给她丰厚的抚养费,却谁都不肯跟她生活在一起。外婆说,大人有大人的事情,小孩子只要乖乖的就好了。

可是小女孩还是觉得寂寞,于是她养了一只狗,取名丢丢。

丢丢是只异常活泼的狗,它跑得很快,她追不上,有那么一天,丢丢跑了出去,就再没有回来。

小女孩又变成了孤独一人,直到有一天,她在高中遇到了一个愿意陪她的男孩子,他们一起养了一条小狗,也叫丢丢。

高考结束的那个暑假,男孩跟女孩提出了分手,理由是他受不了她阴郁乏味的性格,女孩很伤心,她每天都抱着丢丢,不许它离开自己半步,结果没过多久,丢丢终于忍受不了这样的生活,趁她不注意的时候跑出了家,女孩再次变成了孤零零的一个人。

刚刚上了大学,和女孩相依为命的外婆也去世了,她从此不敢再爱。

讲完了这个故事,宋梓聪握住了我的手:"你可以爱我,真的。"

我紧紧地抱住他,泪水晕湿了他的肩膀。

十

宋梓聪和刑娜娜的恋爱故事新帖又一次上了BBS置顶头条,点击量和回复量堪称美院之最,七嘴八舌的议论蔚为大观,空前绝后。

和宋梓聪交往半年之后,他带我去他家里做客,他的父母热情好客,只是短短一顿饭的时间而已,我就感觉到了从来没有过的温馨感觉。我想,我是爱上他们一家了。

饭刚刚吃完,外面响起了敲门声,宋父过去开门:"哎,小雯,你怎么来了?也不打个电话,我们好多做几个菜啊。"

宋梓聪一凛,连忙站起身来走过去:"小雯,我请你出去吃吧。"

可是对方根本不加理睬,鞋子都不换就几步走到饭桌跟前,冷冷地看着我:"刑娜娜,你可真有一手啊。害死了小伟还不够,又找上我表哥?"

我呆愣地看着她:"路小雯?你怎么在这里?"

路小雯冷笑一声:"你当然不想我在这里了,可惜我是宋梓聪的表妹,就算他千方百计不想让我知道,我也不可能被蒙在鼓里!"

我低下头:"过去的事情都过去了,你再提也没用。"

"怎么没用?"路小雯的声音变得尖厉起来,"你知道当年撞上你和小伟的是谁?他就是我表哥宋梓聪。怎么样,你还要跟他在一起吗?"

我惊愕地看向他,宋梓聪深沉的眼眸望着我良久,最后才低低说了一句:"对不起。"

十一

我给宋梓聪讲的故事,主角自然是我,可是其中有一个情节,我自动跳过了没有讲。

那是周小伟跟我分手一个星期之后发生的事情。

起因是我把丢丢给丢了。

我去周小伟家,说:"你要帮我把丢丢找回来。"

周小伟皱着眉头对我说:"刑娜娜,我们已经分手了,你再纠缠也没用。"

我看到坐在他家沙发上的路小雯,继续说道:"丢丢在外面孤零零的,被撞死了怎么办?被抓进狗肉店怎么办?虽然分手了,可它是我们一起养的,你不对我负责,也要对一只无家可归的流浪狗负责。"

路小雯的脸逐渐变得铁青,但她仍咬着牙说道:"小伟,一条狗而已,去吧。"

周小伟和路小雯是我高中同学,小伟坐在我后面,小雯是我同桌,小伟和我交往了一年半之后提出分手,正是因为小雯。

小雯是我的好朋友，我无法容忍这样的双重背叛。

面对我的死缠烂打，小伟叹了一口气，跟我出去一起找丢丢。

我推出我的自行车对他说："今天我载你，好不好？"

小伟沉默地坐在我的车后座上，一只手搭在我的腰际，我卖力地蹬着车，抬头远望，许久没有这么开心了。

雨后的天气总是那么清爽，天空也变得碧蓝，就连马路上残留的雨水也是那么晶莹。

我一边骑车一边说着："周小伟，我爱你，我们一起离开这里吧。"

面前的十字路口车流汹涌，一盏红灯挡住去路，我视而不见，反而骑得更快。

"娜娜！"小伟紧紧地抱住了我的腰，"娜娜，不要！"

我拼命地向前骑，在过路口时，我回头看了他一眼，说："不要离开我，好不好？"

然后是凄厉的刹车声，最后一刻，周小伟抱住我从车子上跳下来，自行车滑行出去好远，被一辆大公交车碾成烂铁，而他，来不及带我离开马路，只能紧紧地抱着我，用自己的后背迎接那呼啸而来的轿车。

撞击的那一刻，我的身体被震得飞了出去，而小伟的身体，却留在车轮下面，再也没有出来。

我眼中最后的鲜艳色彩，是小伟身下片片嫣红的花朵。

等我再醒来，整个世界都变成了千篇一律的灰色，医生跟我说，由于大脑受到剧烈震荡导致视神经损坏，短期内我将看不见任何颜色。再或许，我可能永远都是色盲。

我不能画画，因为小伟走了，也带走了我整个世界的颜色。

十二

宋梓聪说，那年他才大一，利用假期刚刚考下驾驶证，那天天气很好，他和父亲一起开车去奶奶家，他见路上车少，就心血来潮地要试试车技，开了一段路，明明是绿灯却在眼前冲出了一对骑车的情侣，他慌忙踩下刹车，可是那天路太滑，车子打着圈子向他们撞去，最后那刻，他只看到男孩抱住了女孩，而接下来印在他脑海里的，只有大片大片的鲜血。

后来他才知道，他撞死的这个男孩是他表妹的男朋友，而那个女孩已经被美院录取，是他下届的学妹。

女孩痊愈之后不肯见任何人，在支付了足够的医药费后，宋梓聪和她再没了联系。

直到那天在冰雪节上，他终于又遇到她，她在雕刻一个古典美女，手指冻得打战却咬牙忍耐，那一刻，他想温暖她。

却不小心，爱上了她。

十三

路小雯冷冷地看着我和宋梓聪，突然带了一丝笑意说道："娜娜，你知道吗？其实当年小伟根本没有背叛你，他虽然跟你提出了分手，可是直到死的那刻，他都爱着你。"

我感觉心口上的旧伤好像被人又撕开了一样，汩汩地流出血，未完全愈合的血肉鲜红地暴露在空气中，疼得几乎无法忍受。

"周小伟那时得了家里遗传的绝症，医生说他活不过半年，他宁愿要你恨他，也不想让你难过。于是跟我合伙演了这场戏，结果到死的那刻，他都没爱上我。本来，我是可以陪他一直走到最后的……"

路小雯声音哽咽，下面的话，竟然再也说不下去。

我笑了笑，捧着胸口，踩上了鞋子，一边开门一边说："今天打扰各位了，时间不早了，我该回去了。"

我重重地关上了门，拼命地跑下楼梯，在冰天雪地里狂奔。

天已经黑了，马路上华灯初上，一辆辆呼啸而过的汽车开着闪亮的大灯，怪物一般奔跑着。

身后忽然响起宋梓聪焦急的喊声："娜娜，你别跑，慢一点儿！"

我反而跑得更快。

我知道我不能怪宋梓聪，我知道我也不能怨周小伟，他们都没错，错的人，一直是我。

是我抓得太紧，到最后，钻进了死胡同，坑了别人。

我只是觉得够了。我累了，不想再考虑这些纷扰复杂的事情，我只想逃离。

我飞身跑上马路，趁车子正少，横穿了过去。

娜娜——

宋梓聪竟然跟我一起跑过来，那一刻，我心里突然疼痛难忍，站在马路对面对他拼命大喊："你不要过来！站在那里别动……"

可是，还是晚了。

我看见两道刺眼的灯光，以及宋梓聪飞起的身体。

那一刻，我彻底崩溃。

十四

因为那场车祸，宋梓聪死了。

那天之后，我又开始画画了。

其实我之前一直在做视力康复的针灸治疗，不知是脑子受到了震荡还是累计疗效的关系，总之，所有的颜色又回来了。

宋梓聪离开了，却把满世界的颜色还给了我。

我坐在医院洁白的床上，面前支着油画架子，一笔一笔，浓墨重彩地，在雪白的纸上画出各种绚丽的图案。

我想起父母去离婚的那天，我抱住爸爸的大腿哭泣着说："爸爸，不要丢下丢丢，爸爸和妈妈要永远在一起……"

妈妈掰开我的手，把我推给外婆："丢丢乖，在这里等着我们，爸爸妈妈只是去签个字,一会儿就回来。"

可是他们再也没有回来看过我,这个家,从此不复往日的欢声笑语。

有一天我对外婆说:"我可以养只小狗吗?"

外婆从别人那里要来一只未满月的小狗,我抱在怀里当作宝贝一样,每天喂它牛奶陪它玩耍,晚上抱着它一起睡,把它小小的身子搂在怀里,不停地说:

"丢丢乖,丢丢不哭。"

"丢丢,我永远不会丢下你。"

"丢丢,我会永远爱你。"

很久以前,丢丢是一个叫刑娜娜的女孩子的乳名。

而那天之后,丢丢就是一只小狗的名字。

十五

刑娜娜在对着空气画画。

这已经是她入院的第三个月了,可是她的精神状态,没有一点儿好转的迹象。

医生说,刑娜娜的视神经已经完全恢复,现在的她,能看见所有色彩,却拒绝看见事实存在着的人。

比如宋梓聪。

宋梓聪就站在她的虚拟画布前面担忧地望着她,可她对他视而不见。

在她的世界里,她爱的人都失去了:丢丢出走了,周小伟和宋梓聪都死了。

可是宋梓聪并没有死。那天刑娜娜跑上了马路,路上车很多,车速缓慢,她直冲过去的时候一辆轿车及时在她面前刹住,司机从车窗探出头大骂不止,宋梓聪从后面赶过来,连连跟对方道歉,等他再回过头的时候,刑娜娜已经瘫倒了下去。

她再醒来之后就大哭大闹,高喊宋梓聪的名字,竭力哀号着"你不要死,你不要不要离开我……"

宋梓聪抱紧她："娜娜！我就在这里，我哪儿都不去……"

可是她对他的存在没有半点儿回应。

刑娜娜被送进了疗养院，医生说她受到了太大的刺激，为了避免受到更大的伤害，她对于所有外界事物抱有抵触情绪，在潜意识中拒绝从自己建构的虚拟世界中走出来。她何时能完全康复，还很难说。

宋梓聪每天都来看她，每天都站在她的空气画布前面，任她握着不存在的画笔一下一下地在自己身上留下完美的画作。

直到有一天，刑娜娜画着画着，一块不小心坠落的污渍毁了她最满意的作品，她恼羞成怒地伸出手去擦，手忙脚乱之时，碰触到一双温暖的手。

她好像溺水的人抓住救生圈一样，牢牢地抠住那双手掌心不放，她向上看，突然就对上了一双深黑的眸子。

"你……一直在这里吗？"她瞪大了双眼，在脑海中搜寻了半晌，也记不起对方是谁。

对方对她微笑："我迷路了好久，终于被你发现。为了感谢你找到我，请你去吃饭好吗？"

她呆呆地回答："可是……我不跟陌生人吃饭。"

男孩的笑容比窗外的春光更明媚："你好，我叫宋梓聪。"

她跟着回应："哦，我叫刑娜娜。"

宋梓聪在她的脸上轻轻捏了一下："那我们现在就不算陌生人了，可以一起去吃饭了吗？"

贞子爱上你

　　从来没有一个人给过我如此细腻的体贴和关爱，这让我十分惶恐。我说不清惶恐的缘由，只觉得那种感受好像是有什么被人抓在手里，随时的给予背后是随时的收回，空落落的是自己的内心，填满它的，是别人不知真假的誓言。

一

屋内光线昏暗,耳边不时响着电视没有信号时的那种嘶嘶声,四周的空气让人有些憋闷,所幸室温还算比较低,我为了避免长发粘到脏东西,不得不仰着头啃着手边的汉堡,没吃几口忽然听见不远处传来的尖叫声,只得叹息一声,放下手中的食物。

等候了大概一分钟,我听见门被小心翼翼推开的声音,一个女声带着哭腔:"好可怕……我想回去……"

她的话语没有得到任何回应,难不成是一个人来的?

头顶的灯忽然一暗,女生的尖叫如我预期的那般响起,我拍拍双手,十分悠然地从面前的出口出去与她见面。

黑暗不过两三秒钟,当灯光再亮起的时候,我听见了那让我满意的惊恐哀号:

"妈妈呀——"

这么客气做什么……叫姐姐就可以了。我的半截身子挂在电视机上,艰难却又十分努力地向外爬着,朝那个女生伸出我苍白纤长的手。

透过长发我看见了一男一女,女的已经涕泪交流地死死抱住了男的。原来是两个人啊,这男的太没反应实在让人觉得无趣,于是我瞪着眼睛抬起了头。

"呜嗷——她在看我!她朝我爬过来了!她嘴角还有血!妈呀快跑啊……"

见男孩一动不动，女孩已经失控地放开了他朝前面的出口跑去。

哎，你那么着急跑出去干吗……我本想开口劝阻她，但想起工作人员不能说话这条准则，就那么让她过去了，然后，我听见更响的尖叫声。

前面的伽椰子姐姐和她儿子在等着你哪……那其实是我的一位学姐带着她表弟来做暑期工，多亏她的介绍我才能来这里做兼职。顺便说一句，这位学姐的演技可谓一流，小时候学过舞蹈柔功了得，那屋子里"咔嚓咔嚓"骨骼断裂的音效配上她骨折了似的爬行……啧啧，每每想起我都是一身冷汗。

刚想到这里，一张洁白的面巾纸递到我的面前：

"贞姐，你嘴角的番茄酱擦擦吧。"那个泰山崩于前而不变色的男孩脸上带着干净的微笑，明亮的眼神很是温暖，"下回别买校门口的炸鸡汉堡了，他家还卖臭豆腐，现在这屋子里一股鸡肉和臭豆腐的混合味道……"

推理缜密，思维清晰，明明是正太的外表却有着四十岁大叔的狡猾，如此百年只出一位的奇葩肯定是……

"柯南？"我好像见了鬼一样赶紧往电视机里爬回去，谁料那家伙紧紧抓住了我的手腕：

"贞姐，这么久不见，你就不想和你的好弟弟叙个旧吗？"

我扯着嗓子大喊起来："救命啊！快来人！谁来救救贞子啊！"

接下来进入鬼屋的一对情侣正撞见这一幕，饶有兴趣地观看起来。

柯嘉毅朝着那对情侣抛去一个冷得能结冰的眼神："看什么看？没见过和女朋友闹别扭吗？"

二

我叫郑怀贞，从小留得一头漆黑长直发，隔壁男孩柯嘉毅小我两岁，生得皮肤白嫩眉清目秀，是远近闻名的小美男。我上小学的时候，每当假期，柯妈妈都给我五块钱让我看管小美男一天。起初我求之不得，后来我是唯恐避之不及——当你发现这样看似娴静温文尔雅的小男孩其实坏到了骨子里，而你的智商根本不是对方对手的时候，那种挠墙想回家的苦楚可想而知。

我不知道小小年纪的柯嘉毅哪里搜罗来的那么多机关，多米诺骨牌、杠杆原理、浮力、牛顿力学甚至化学反应……一切不该属于他这个年纪的智慧全都用在了对我整蛊上。当我推开他卧室门的时候，一盆冷水浇下来是最基本的，升级到最后，你即便能躲过头上那盆水，也难以顾及侧面飞来的羽毛球拍，更不容易察觉十秒钟前还没有出现在地面上的图钉，而即使侥幸躲过了这一切，你发觉那不过是掩护，鼻端传来什么烧焦的味道，转身不见火苗只有烟味，当你发觉这味道跟着你走的时候就已经很是不妙了——我引以为傲的长发早已经被他烧掉了一半。

我是个记仇的人。人若犯我，我必诛之。我狠心剪断烧焦的马尾，站在浴室里看着那曾经齐腰的黑发只长及手肘部位，在这么盯了五分钟之后，我有了主意。

我从家里拿了爸爸新买的电影碟片，第二天我又出现在柯家，笑眯眯地做大姐姐状，轻轻抚摸柯嘉毅的小脸说：“姐姐不怪你，我们一起看电影吃爆米花，好不？”他满脸轻蔑，却也没拒绝。

那天我们看的电影名为《午夜凶铃》。看到最高潮的时候，在窗帘遮住了光线的暗室里，我解开了马尾的松紧带，低着头眼神从下往上瞪着他。

接下来的一切都不出预料，柯嘉毅这个熊孩子终于在我面前尿了裤子。

我想，那是他这辈子都不愿再提及的人生污点。

那次大捷之后我再不去他家，我不会给他任何报仇雪恨的机会。自那以后我总是躲着他，即使他来我家敲门找我玩我也坚决不见，幸好没过多久我就搬了家，转了学，转眼许多年过去，没想到在高中又遇上了这家伙。

而那时候，这熊孩子成为连跳两级的神童少年，竟然与我同级，他也早已不是当初那个热衷于恶作剧的孩子，而是出入各种物理竞赛取得名次的天才。在成功揭示了学校地下室怪响和生物实验室物品移动等灵异事件不过是科学现象等真相之后，他得到了绰号"柯南"。

而我，因为气质阴冷，外号还是贞子。再次重逢是在朋友生日会上，我们在KTV庆生，好友神秘兮兮地说要引见一位重量级校草，待人走进来灯光大开的那一瞬间我起初是没反应过来的，后来朋友一一引见，介绍到我这里她说道："这是郑怀贞，外号贞子。"

柯嘉毅当时就忍不住笑了，嘴角两个浅浅的梨窝："贞姐你好，多年不见，你越来越像了。"

一句话暴露了我与他的旧日恩怨，那时候我赫然发觉，这小子是个记仇的人，从他满眼笑意的神情我就断定，他绝对不会那么容易放过我。

那天，我和他的故事成为大家追问的八卦热点，我自然是不能提那段不堪的过往，只敷衍说曾经是邻居，并不熟什么的。而当话筒传到柯嘉毅手里的时候，他却敛了笑意，满脸认真地说道：

"贞姐是我从小就暗恋的女神。"

那时我两眼一黑，险些没晕过去。

三

打那以后，我的书桌里经常出现一些诸如死老鼠、发霉的饭菜甚至狗大便之类的东西，偶尔会有几个看起来像是不良少女的女孩子找我谈话说离柯南君远一点儿——柯南君，我呸，谁是柯南君啊，柯镇恶我倒是认识一个。

而当柯嘉毅自称暗恋我这事的风波渐渐平息之后，这家伙又跟我玩了一手真情告白的戏码，在白色情人节那天一大早，他在操场上用白灰撒出了N个大字：郑怀贞，此生只想执你之手。

柯嘉毅的这一手，让我的男朋友十分气恼，他是个小心眼的人，坚决认为是我乱放电给了校草机会，因此跟我闹了三天别扭，第四天在我午餐给他加了个炸鸡腿这种有明显改过的行为下原谅了我，然后，以被我正式甩掉而告终。

从来只有我甩别人，哪有别人甩我的道理。

恢复单身之后的我第一时间找到柯嘉毅，在他们班上同学的众目睽睽之下朝他伸出了手："小柯,你不是要执我之手吗?来啊!"

他看着我,大概有五秒钟的呆愣,之后便露出圆滑的笑意:"贞姐能给我这次机会,实在三生有幸。"说着他握住了我伸过来的手。

我笑了笑:"刚刚大号完没洗手。"他表情一愣,却很快恢复镇定。于是我继续说道:"也没用手纸哟。"见他满脸不信的表情,我在他耳边轻声低语道:"手下败将,跟我交锋,你永远赢不了。你难道还没见识过我的下限吗?"

他咬咬牙,脸上的笑容有些抽搐,同样低声回复道:"贞姐你……是没有下限的……"

算你说对了。我是个有仇必报的人,人再犯我,我必不择手段诛之!

我一掌狠狠拍开他的手:"现在我的手你也执过了,我郑重宣布:你被甩了!我郑怀贞从来不吃回头草,从此之后,你就是我甩过的残花败柳之一,在我面前,再无出头之日!"

十分解气地甩出这些话之后,趁着旁边的女粉丝团还没反应过来出手群殴,我昂首阔步、大摇大摆地走出了教室,心里一股情感翻涌着:手刃仇人的感觉,真爽!

当天,这件八卦新闻在学校里炸了锅,"校草闪电被甩"的消息让无数花痴女觉得机会来了,虽然有不少女生点评我不懂珍惜没眼光,但有不少男生对此表示欣赏。

于是很快,应该是拜柯嘉毅的人气所赐,我为更多人所知的同时,也来了不少跟我表白的男生,其中包括一位高我一年的学长,是学校篮球队的主力,平日里我不知偷偷看过多少次他打篮球的英姿,所以当他跟我说十分欣赏我这样性情的女子时,我很爽快地答应了。

那位学长也是校草之一,为人颇有架子,我每天为他挤破头抢食堂热门的鸡排饭,晚自习排长队为他买校门口的鸡蛋饼,整个人简直是贤良淑德的典范。直到有一天下课时间耽误了,我没买到鸡蛋饼,只能退而求其次买了一份韭菜馅饼,于是学长表情不咸不淡地勉强收下了,刚接过,转手就送给了旁边的女生:

"我不喜欢韭菜,这个给你吧。"

我愣在了原地,眼泪在眼眶里转了一圈之后,对那个女生绽放了抹笑容,从她手中抢过馅饼:"不好意思,借我一下。"

在大家都没反应过来的情况下,我把热腾腾的韭菜馅饼狠狠地摔在学长脸上:"以后午饭晚饭都你自己去买吧,浑蛋!你被老娘甩了,从今往后我们一刀两断,再也不见!"

我转身离开了满是韭菜味的教室,捂着咕咕直叫的肚子泪如雨下。

在心里把自己骂了好几遍,正撞上走廊对面抱着肩,眼眸深沉地看着我的柯嘉毅。

"贞姐。"他从口袋里取出一样东西。

我连忙擦干了脸上的泪水,对他绽放了一个无比灿烂的微笑:"我才没哭呢,谁要你的面纸?再说你一个被我甩过的残花败柳我才不会要你的东……"

他笑而不语,只是把手里的东西递得更近一些,这次我终于看清了,哪里是什么面纸,这是一盒香喷喷的饼干!

我不由分说地抢到手里,撕开包装就啃了起来,他双手插兜走到我身边:"贞姐,你们比我预期的分手时间晚了一周,我真佩服你的毅力。"

"你的记仇和恶作剧心理从小到大一点儿没变。"我白了他一眼,"让您老人家失望真是不好意思。"

"贞姐你误会我了。"他拦在我面前,低下头,深黑的眼睛看着我,"这次我是认真的。"

"我是真的喜欢上你了。"

四

柯嘉毅拦在我面前,眼神认真地对我说:"贞姐,我是真的喜欢上你了。"

我当时的第一反应就是伸手去摸他的额头:"柯南同学你发烧了吗?怎么开始胡言乱语了?"

当我如同一只高傲的小母鸡似的在他身旁走过，我听见身后他说："贞姐，我会让你相信我的真心！"

很明显，柯嘉毅的名字没起错，他是个十分有毅力的人：每天中午他会帮我买好饭送到我面前，晚自习给我变着花样买加餐，晚自习放学后准时推着自行车在校门口等我，非要把我送到家门口之后，自己再朝着相反方向回家去。

而我发觉，他认真起来之后，再也没有任何女生找我谈话或是为难我了。他并不是我的男朋友，但他给予我的一切，比我所有交往过的男朋友给我的都多。

从来没有一个人给过我如此细腻的体贴和关爱，这让我十分惶恐。我说不清惶恐的缘由，只觉得那种感受好像是有什么被人抓在手里，随时的给予背后是随时的收回，空落落的是自己的内心，填满它的，是别人不知真假的誓言。

这种主动权被别人抓在手里的感觉不好。我宁愿对方和我从前几任男朋友一样吝于付出，我宁愿是多付出的一方，当这种情形对调，我心中满满的都是不安。

闺密说我就是贱惯了，总是对别人好，一旦别人对我好一点儿，就惊慌失措得跟午夜十二点的辛德瑞拉似的。

闺密还说："你可以拒绝他，没人逼你非得跟他在一起啊。他自己不肯走关你什么事，你该吃吃，该喝喝，该上课上课，该交别的男朋友就交往，那么大压力，不都是你自找的。"

我觉得她说得挺有道理的。你看人家校花某某，一堆男生追着对她好，她好像女皇般挨个接受，好像给予了崇拜者无上的荣耀。

我不过就有这么一个柯嘉毅而已，至于被他逼得方寸大乱吗？

于是我就一切照旧，也照旧又谈了一个男朋友，只是那天晚上，我坐在男朋友的单车上时，看到路灯下，柯嘉毅孤零零一个人推着车子站在原地一动不动，他的影子被拉得很长很长，路面上，好像结了霜。

五

自从那天新男友当着他的面把我接走之后,柯嘉毅就不再给我送午饭、晚饭、接我回家了。他只是偶尔出现在我的视线之中,有时候背对着站在我的视野中,有时候在走廊与我擦肩而过,有时候沉默地经过我身边,我忍不住去看他的时候,会和他没有温度的视线对撞。

我好像心虚一般,在心里计算着和他的有意无意的相遇,算下来,每天我都会和他遇上一次,而相遇也很巧地,是男朋友不在身边的时候。

男朋友最终受不了我的心不在焉,主动和我提出了分手。

在我分手的第一时间,柯嘉毅又无声地出现了,仍是重复之前为我做的一切,买午餐,买晚餐,接我回家,好像之前的事情都没发生过一样。

他到底在想什么?这个家伙让我从心底恼火。于是此后我又谈过三个男朋友,有男朋友的时候他暂时隐身,却每天都似乎巧合一般和我见上一面,分手的间隙里他又出现,和从前一样对我,不提中间发生的事情。

我高中时最后一任男朋友和我分手是在晚自习放学的操场上,他很生气,责怪我和他交往的这一段时间心猿意马。

"其实你喜欢的是柯嘉毅吧?反正无论你换过多少个男朋友,他总会回来找你!"他讥讽道,"你对他的价值也就只在不停地换男朋友,如果你真跟了他,估计没有三天就被甩了!"

我身后冲出一个黑影,一拳将对方狠狠打了一个趔趄:"我绝对不会抛弃贞姐!"

那两个男生扭打成一团,我呆呆地看了一阵,最终没种地转身逃跑。

那天之后,柯嘉毅好几天都没来上课,据说是被人修理得很惨。闺密很遗憾地评论说,可怜这孩子这些年都只长脑子,没长个子没练肌肉,被人揍了也自然在情理之中了。

我最终没有等到他回来上学。

我先转了学,离开了这个有他陪伴的小小天地。

六

我费了好大的口舌才说服妈妈让我转学。老妈是个怕麻烦的人，对于我转学的理由她盘问了我不下二十次，我坚持说我在这所学校桃花运实在太好，不想早恋耽误了学业，求老妈一定要给我换个安心的环境学习。

老妈对我的话信以为真，她真当自己的女儿是校花级的万人迷了，于是把我转到了一所私立女子学校。

于是我含着泪，拖着小行李箱去了新高中。学校宿舍是四人间，每周只能回家一次，业余生活也只有看书、复习、写作业而已……如此熬过一学期之后，我带着解放身心的雀跃走出学校的大门，却看见了停在学校门口的私家车，以及站在车前面的柯嘉毅。

他看见我就笑了，好像招呼刚出狱的朋友似的跟我挥了挥手："贞姐，好久不见，我来接你回家。"

我当时很有给他跪下的冲动，我觉得"贞子"这个外号应该送给他，这家伙就跟幽灵一样如影随形，一旦盯上你了甩都甩不掉。

在车上，柯爸爸开着车，不时从后视镜里看着后座的我们，我坐在他身边，语气里带着哭腔，低低地问道："柯南，你到底怎样才肯放过我？"

他用柔柔的目光看着我，嘴角带着俏皮的笑，声音也同样是小小的："贞姐，你又不是凶手，何谈放过？"

真相只有一个，我和他都心知肚明。只是这真相具有两面性——我不懂他心中所想，他或许，也在每日推理我的心思吧。

老妈虽不是绰号"柯南"的名侦探，但她也早看出了我和柯嘉毅的端倪。虽然口头上表示如果我敢再动早恋的心思就收走我的BB霜、防晒霜等东西以毁我容貌，但对于这个小我两岁的天才少年，老妈的口风似乎松了一些，她每每在厨房切菜剁肉的时候总会陷入沉思："这孩子虽然个子矮了点儿，但头脑不错，相貌也好，倒是能配得上我家闺女……"

也不知道老妈的这句自言自语是如何泄露出去的，但据我所知，自那以后，柯嘉毅每天都喝一斤奶强壮自己，还参加了学校篮球队每天进行蹦跳运动，到高三上学期，他足足比高一时高了十五厘米，虽然离高大威猛还差一段距离，但整个人比从前更结实，奶油气退去不少，古铜色的肤色比从前更有女人缘了。

然后当他意气风发地靠在车门前来接我回家时，我对他笑了，拍拍他的小脸，说道："姐姐我还是比较中意皮肤白的男生。"

不久我听说柯嘉毅谢绝了一切户外活动，每日在家用珍珠粉牛奶柠檬做面膜，出门恨不能把所有露在外面的地方都抹上厚厚的防晒霜，一时间让柯妈妈对他十分担心。

我不愿意承认他已经走进我心里。

不动心，便不会伤心，不伤心，也没有那从高处坠落后空落落的痛，我很怕"我不是他的独一无二"这样的现实，因为不信任，我才会去偷偷观察他，不是不信任他，而是不信任我自己。

我不觉得自己有令他如此倾心的理由。

所以当那天我看见他送一个女孩子回家的时候，在这样温暖的春夜里，心底瞬间有一种被刺穿的感觉，好像坠入了寒冬腊月的冰河之下。

七

柯嘉毅的车后座上载着她，女孩相貌十分甜蜜柔美，她很开朗阳光，揽着他的后腰和他说话，他不时回过头来回应几句，脸上的微笑是宠溺的，而这几句话惹来的是她灿烂的笑容和在后背上狠捶几下，我骑着车子在后面远远地看着他们。

我从来没见过他和谁如此亲昵，便从自行车道下去，在机动车道上加速去更近地观察他们。我听见女孩子爽朗的笑声，看见她的笑容如阳光般灿烂，便越发觉得阴郁如女鬼贞子的自己被比得黯然失色。

我只顾看着他们欢声笑语旁若无人，却没提防自己面前一辆出租车已经停了下来——

我整个人凌空飞起的那刻,看见他们二人远去的背影,而只顾谈笑的柯嘉毅,自始至终都没回过头来看我一眼。

那决绝的背影,从此印在我心里,许多年。

妈妈说,还好我的着陆位置是在那停下来的出租车前面,如果摔进川流不息的机动车大道正中,就不只是摔断了一条腿和一根肋骨这么简单了。

我做完手术醒来之后给柯嘉毅打了个电话,跟他说快高考了安心考试,不必每周来接我回家。他坚决不同意,要求我一定要每周都和他见一次面,后来我没办法只好跟他约定:下次再见面时,我就做他女朋友。但在此之前,他必须考上名校,我们才能有更好的未来。

后来,柯嘉毅真的再没有来学校接我,他不知道我错过了那年的高考。出院之后我去乡下外婆家养伤,手机换了号码,也跟老妈说好不许跟任何人泄露一点儿我的信息。于是那年暑假,我在乡下度过了一个安静的假期。

等腿伤好了之后,我报了一所学校的高考备战班,索性在学校附近租了房子,全力以赴,只为高考。

妈妈搬到我租房的地方照顾我,每每看我那么拼命,她想说些什么,却终于什么都没有说。

高考成绩单下来之后,妈妈终于告诉我,柯嘉毅这段时间找我找得要疯掉了,她问我要不要见他一面,即使是彻底分手,至少也要当面告诉他吧。

我说,不必见面了,我和他,这辈子都不想再见面了。

那天我在妈妈怀里哭得稀里哗啦,我对她说我曾经遇到过一个男生,他本来已经那么好那么完美,却还肯为我改变自己变得更好。这让我在他面前越来越自卑,卑微到尘埃里,都不敢开出花朵告诉他一句,我喜欢他。

大一下学期的这年暑假,我又遇见了他。

他不再是梦中那个只给我一个绝情背影的男孩,鬼气森森的房间里,他冷笑地看着我:"我没记错的话,再见面时你就是我女朋友了,对吗?"

我急急忙忙地就要钻回电视机,他从后面把我紧紧地抱住:

"贞子,我不会再让你为害人间。今天我就收了你。一辈子,好不好?"

八

柯嘉毅大闹鬼屋的事情传开了,导致了一个好消息和一个坏消息。坏消息是我被游乐园辞退了,好消息是我有了男朋友,对象就是这位替天行道的柯南君。而那个陪他一起进游乐场的女孩子满脸歉意地坐在我们面前,一口一个嫂子叫得我浑身发麻,她是柯嘉毅的远房堂妹柯灿灿,小他三个月。

这兄妹俩身上散发出源源不断的阳光向上的能量源,让我这个阴郁的人久久不能适应,想起自己这么多年孤苦伶仃的噩梦,顿时觉得感慨良多。

身边的柯南又发话了:"想哭就哭嘛。你妈都告诉我了,我不在的这两年,你总是半夜哭醒……"

他的话没说完就被我一筷子红烧肉塞进了嘴,一向不吃肥肉的他很乖巧地把嘴里的东西细嚼慢咽吃下去,然后在我耳边说道:"你是我这辈子的天敌,五岁那年我就知道了。"

我没有吭声,仍是面色阴沉地吃我的菜,而我的另一只手却握住了他的手掌。

我知道,我这次相信的不是他也不是爱情,而是我自己一颗坚持的心。

这次我坚信,我会幸福。

手掌传来他温暖有力的回握,抬起头,正迎上他温柔满溢的视线。

追风少年遗失在天涯

爱一个人那么难，要使尽浑身解数来小心呵护，悉心栽培，来保持爱的幼苗成长不枯萎。可是失去一个人竟然这么简单，不过一句话而已，就会让彼此形同陌路，相忘于天涯。

摄影 李海亮

楔子

我愣愣地站在马路边，眼前那一幕飞快闪过，我分不清是现实还是梦境。血色在我面前弥散开来，我看见那只沾了血的手旗帜一般地举起，然后轰然落下，那声音狠狠地砸在我心里，我听不见旁边的声音，脑海里只反复回响着一句话：

苏小绵，我想你了。

一

我时常做同一个梦，梦里是风景如画的湖畔，我和周瀚擦肩而过，走了几步之后我终于忍不住回头，看他的时候他也在看我，他已经走到了湖的对面，见我转头，他奋不顾身地跳到河里朝我游过来。

可他好像永远都渡不过那条河，我听见他远远的啜泣声："小绵，我不是不想联系你，我是真的有苦衷……"

我在长夜的尽头醒来，东方微微发白，我枯坐在床上，始终没法忘却梦境中那种撕裂心扉的疼痛。

我还记得那年，温柔如春光般的青葱少年。

我的闺密这样评价我："苏小绵，你看起来温柔得好像个林黛玉似的，其实你骨子里坏得一塌糊涂，身手敏捷胜似林冲。"

虽然我性格活泼了一点儿,但从老师到大部分同学的评价来看,我其实是个有点儿可爱的稳重淑女,不管怎么说,妈妈是老师,老爹是医生,生长在这样的书香世家,我从小背唐诗、宋词、《列女传》,站姿、坐姿、走路无不端正,一般不熟的长辈见了我,必然会爱怜地摸摸我的头,赞道:"好一个气质淑女啊。"

而我的死党们都说我是峨眉山上一小猴。对,就是那仙山上染了仙气儿的猴子,开了慧根,仗着聪明肆无忌惮,抢夺游客背包,把贵重东西拿去跟老农换吃的……朋友们都说:"苏小绵,你已经坏得成精了。"

坏吗?其实我自觉还好啦。比如说今天,我趁着前面的男生站起来回答问题,争分夺秒地将一罐红糖水倒在他椅子上,当他坐下的那一刻,整个人几乎都要弹起来似的,但仍然咬咬牙坐稳了。老师似乎也窥见了些端倪,问他怎么了。

"没什么。"他似乎还对老师挤出了一个笑容。可惜我在他身后看不见,啧啧,真遗憾。

其实他坐下了还不算什么,下课铃响了之后,如何站起来,是需要一定勇气的。

尤其是那么平整洁白的裤子,被黏稠的红糖水浸湿的感觉……哦,这种感觉,我只是想一下就觉得浑身发抖了,于是体贴地拍拍他,声音温柔地问道:"周瀚啊,你屁股是不是黏住了?要不,我多倒一杯白开水把你从座位上起开再说?"

周瀚慢慢地转过头来,一双蛮漂亮的大眼睛瞪着我,一向好脾气的他今天似乎是有些发怒了,他瞪了我大概一分钟的时间,然后从牙缝里挤出几个字来:

"苏小绵,你坏透了!"

我脸上含着一丝笑不露齿的优雅表情,其实我已经忍不住笑快憋到内伤了,却仍然如沐浴在春风里温柔地说道:"别这样。你这么出去,人家会以为你来大姨夫,而且,侧漏得如此凶猛……"我终于忍不住笑出声来,牵动嘴角笑了一阵,我把校服上衣递给了他:"我是个有责任感的人,用我的上衣系在腰上走吧,女生大姨妈侧漏时都是这么干的。"

他的眼睛简直能冒出火来。如果眼神能杀人的话,我已经被他杀死一万遍了。

班上谁人不知他暗恋班花许若晴,他和许若晴住得很近,俩人每天一起上学放学,和我不同,许若晴可是真正的温柔淑女,若是被她看到周瀚大姨夫如此汹涌,俩人之间的暧昧小火苗还不灭了?那时候周瀚肯定灭了我,所以我对周瀚的所有恶作剧都有三包政策:包中招,包天知地知他知我知别人不知,包恶作剧后拯救他的面子问题。

我分明是这么重情义讲道理的人不是吗?就算我是峨眉山上捣乱的小猴子,换完吃的我也是会把身份证银行卡还给失主的。

那天我没法想象周瀚穿着黏糊糊的裤子是怎么一路骑车回家的,这天晚上我梦见了铁板鱿鱼,鱿鱼粘在铁板上,用铲子怎么也铲不下来,我在梦里想到了周瀚的屁股,鱿鱼都没吃就笑醒了。

二

那天之后我有点儿迷恋上用胶来恶作剧。比如说把周瀚课本的某一页粘得严严实实,而那页经常是我们当天要学的部分,于是这天的英语课就有点儿悲剧了,老师让他站起来朗诵课文,他的脸色瞬间变得惨白,我很体贴地把我的书交给他,可老师已经看出了端倪:"周瀚你的书怎么不用?"

然后他的脸又变红了:"书的装订有问题……我的这页……没有了……"

老师居然当真了,亲自来检查他的课本,也许是因为我恶作剧经验太多,练就一手好手工,老师竟然没看出来这是人为的,蹙着眉头说道:"我联系这家出版社给你再换本新的,这什么装订质量……"

没过多久周瀚果然收到了一本崭新的课本,他的表情可以用五味杂陈来形容。

后来我升级了我的设备,我淘到一种任何东西都能粘得住的胶水,而最感人的是,这胶水一个小时后就会失去效力,从此之后,我用这种神奇胶水粘过周瀚的水杯盖、笔袋、饭盒、书包、周瀚的屁股和椅子……屡试不爽。

每次恶作剧之后,他都会咬牙切齿地瞪着我说道:"苏小绵,你坏透了!"

这就是他最大限度的愤怒了。当初我之所以选定他为我的恶作剧的主要实施对象,第一是因为近,比较熟,第二就是因为,周瀚天生的好脾气。在班上,他是出了名的老好人,尤其对待女生,跟超人似的,女生谁有什么困难只要喊他的名字,他保准屁颠屁颠地飞过去帮忙。

说实话,我从心底是不太喜欢这种男生的。我看不上这种穿梭于百花丛乐在其中的小蜜蜂,这种潜意识里对周瀚的不爽,没准就是我选择他作为我恶作剧对象的原因之一。

谁让他对女生好呢,即使我捉弄他他也不会报告老师呢,谁让我就是吃定他这点呢!

对于我的行为,周瀚虽然不爽,但也没表现出来多大的不满,除了有回我欺负他请我喝酸奶,他把酸奶瓶子塞进我手里,好看的眼睛看着我:"喝吧。你欺负我的日子就快到头了。一想起以后不见你,我心里就很高兴。"

原来他已经讨厌我到这地步了啊。我哼着小曲把吸管插进瓶子,又跟小卖部老板娘温柔地绽放了个笑容:"再来一根烤肠,谢谢!"

然后我接过烤肠,扔下黑着脸的周瀚就跑回了教室。

周瀚说得对,我欺负他的日子就快到头了。高二文理分班,我烂得一塌糊涂的物理化学成绩让我没法再待在这个班级,我毫无悬念地被分到了距离原班级很远的文科班。

周瀚这回该高兴了吧。但我却有点儿不太适应起来——新班级里女生居多,再没一个好脾气的男孩子让我那么肆无忌惮地恶作剧,一时间,还真有点儿寂寞。

高二开学不到一个月的时间,这天放学,周瀚堵在我前进的路上,耳根有点儿发红,看着惊讶的我,很平静地说道:

"一起回家吧？"

我看了看他的车了，说："我现在坐公交车上学。"

他回瞥我一眼，指了指自己的车后座："坐车多堵啊。以后我送你上下学。"

我眼泪汪汪地坐在了他的后座上，竖起大拇指赞道："亲，你真是活雷锋！"

三

说实话，我虽然有点儿娇小姐脾气，人也倔得很，但从小到大喜欢我的男生，还真不少。我妈年轻时是远近闻名的大美人，追求她的人不下百人，老妈生了我之后就开始计算喜欢追求我的男生，她说她就是想知道，我和她的魅力，到底谁更强一点儿。

于是从幼儿园到高中，我妈咪为我做了一个纪念册，里面包括追求过我的男生的照片、家庭资料及追求事迹等，她还进行了详细的批注，哪个适合恋爱哪个适合结婚的评测都很中肯，现如今我花季马上要过去，可距离老妈追求者的数量差距还很悬殊，这个时候多了一个相貌学习都不错的周瀚，我试图让他多帮我挽回一点儿面子。

我马上跟老妈报告了这个情况，虽然连周瀚是不是喜欢我这事儿我都不是很确定，但就当充数好了。

但周瀚表现很好，整个学期他都很尽职地接我上下学，风雨无阻，九十天如一日，自从有他接，我上早自习再也没有迟到过，妈妈再也不用担心我的学习。

我有时候就逗他："为什么每天都接送我呢？学雷锋做好事当先进个人我一定投你一票。"

他的回答让我很脸红："我只是想见你。"

直到高二的这年平安夜，晚自习下课后他没有载我回家，而是把我领到了操场上，还用手捂着我的眼睛，这天真冷，我的感冒还没好，整个人冻得哆哆嗦嗦的，被他带到了地方，到了还不许我睁眼，大概过了五分钟，他对我喊："睁开吧！"

我看见一串焰火腾空而起，在深蓝色的天空中绽放出美丽的彩色花朵。

十箱焰火，同时绽放，让人惊叹的烟花布满了头顶，我看着焰火下他的笑脸，耳边灌满了喧闹，却看他双手拢在嘴边，大喊道：

"苏小绵，我喜欢你！"

焰火放完了，我挖了挖耳朵，对他嫣然一笑：

"刚才放烟花时声音太大，你说了什么，抱歉我没听见。"

四

对于周瀚跟我表白这件事，我始终淡然而且淡定。虽然我的追求者蛮多的，但这并不是我免疫的理由，我想我之所以这么冷静，可能因为他根本就不是我的菜。

于是我对他各种明里暗里的表白表忠心，都采取了装聋作哑甚至装疯卖傻的态度来应对，所以我们虽然做不成男女朋友，却一直是关系特铁的好朋友。

周瀚说："以前他们都说我喜欢许若晴，连我也以为自己喜欢她。可是高二分班后，我一点儿都不想她，反而每天想的都是你这个小坏蛋，做梦也经常梦见——苏小绵你说实话你是不是给我下什么药了？不然，你待我那么不好，我怎么还会喜欢你？"

这时我就哈哈大笑："贱的呗……"说完这句话就跑。然后他在我身后恨恨地追喊："苏小绵，你再对我这么不好我就不送你回家了！"

我笑得更开怀："大不了坐公交车！"

那时候我是那么骄傲，总觉得在这个世界上，我的存在是特别的，喜欢我的人，不管什么原因，他就是喜欢我的，无论我做什么，无论我怎么样，他都是喜欢我的。

连我自己也不知道为什么会有那样的自信，那个时候，我认为周瀚会喜欢我，会一直一直喜欢下去，用他的笑包容我的坏脾气，用他的温柔，无条件地对我好。

其实也是有吵架的时候的。我们每次吵架都好像情侣一般声嘶力竭，高考报志愿的时候他问我报考哪里，似乎想要跟我在同一个地方，但是谈着谈着又吵起来，最后我甩下一句话给他："我要考去哪里，关你什么事！"

然后他沉默地看了我一会儿，转身就走了。

我们最后还是去了两座不同的城市，相距千里之遥，其实我没有告诉他，我不想他因为我而改变志愿，他的成绩远远好于我，他不应该为了和我在一起而改变自己的轨迹，我没有信心承担他的未来，以及我们共同的未来。

上了大学之后我们的关系仍和从前一样，他每天都会给我打电话，我们谈天说地聊得海阔天空，每天我都坐在上铺抱着电话和他聊到熄灯，室友每每打趣我，我都回复："不过是普通朋友罢了。"

他也会翘课来我所在的城市，在学校外的小旅馆一住就是四五天，每天跟我一起上课上自习，去食堂吃饭，最后送我回了寝室自己才回旅馆，然后恋恋不舍地买站票回学校，每次他回学校之后给我打电话，说的总是："当时我要是跟你考同一所大学，该多好。"

那时候，我理所当然地享受着他对我的好，对我的宠溺，虽然他后来又几次跟我表白，但我并没有做他女朋友的打算——普通朋友他便已经待我这么好，我又何必做他女朋友？

然后就这样一直到大二，我恋爱了。

五

我的恋爱对象是同班一位有些酷酷的帅哥。他学习不及周瀚优秀，甚至样貌也不如他那么帅气，但他吸引我的是身上那种与众不同的气质，他的个性是有几分孤僻的，在人群之中显得格格不入，在班上男生四处对漂亮女生献殷勤的时候，唯有他，孤独地坐在最后一排的位置，仿佛谁都入不得他的眼。

他对所有女生都漠视，除了我。

当他对我开展了青涩的追求时，我心中是被震撼到了的，说实话他早就已经引起我的注意了，却没想到他竟然也喜欢我，于是我很开心地开始了这一段感情。

那天晚上他又打电话来，我把这最新的消息跟他分享："周瀚，我恋爱了！我有男朋友了！"

听筒另一端的他沉默了好久，我怀疑电话掉了线，于是追问："在吗？你在吗？"

"在。我一直都在。"他开口说话了，嗓音似乎有些嘶哑，"你……现在开心吗？"

我于是把我初恋的喜悦一股脑儿地倒给他，整个谈话过程中大多都是我在兴致勃勃地说，他偶尔附和几句表示还在，最后聊到熄灯室友们都睡了觉，我打算收线，他在最后说了一句：

"苏小绵，其实我们两个不在同一所大学，也挺好的。"

我不是很懂他话里的意思，打着哈欠挂断了电话，这天晚上，很奇怪地，我没有梦到热恋期的男朋友，却梦到了周瀚。梦里的他什么都没有说，只是站在湖边看着我，眼神之中，满是我不懂的哀伤。

幸福的日子继续，我每天都和男朋友腻在一起，恋爱这东西真是奇怪，你会想他，想分钟和他在一起，哪怕什么都不做，只是能看见他，都觉得胸腔里的那股满足感要满满地溢出来了。

那时候我和周瀚的联系很少，偶尔上网的时候遇到了，就聊两句。大二暑假回家，周瀚来我家找我，送给我一本自己做的纪念册，花花绿绿的很漂亮，我翻了翻就交给了妈妈，老妈很宝贝地收好放在衣柜里，她说宝贝你真行，老妈我年轻的时候也没男孩子用心做这个啊。

暑假的时候我和周瀚去动物园玩了一圈，晚上一起吃火锅，他垂着视线看着翻滚的红油，忽然说道："苏小绵，最近有个不错的女生追我，你说我该怎么办好呢？"

这句话挑起了我的兴致，我放下筷子，很八卦地追问："怎么认识的？她多大？跟你一所学校吗？漂亮吗？有照片吗？"

他支支吾吾地一一解答，火锅"咕嘟咕嘟"冒泡，我脸颊红红地冒汗，他却有些情绪低沉。

这个暑假，是我们最后一起欢度的时光。那时的他仿佛已有预感，而我却浑然不知。

六

再回到学校之后，等待我的仍然是甜腻的爱情。男朋友虽然看起来冷淡，爱起来却是个独占欲很强的人。我随口跟他说周瀚送给我了一本纪念册，他听完就炸了，非要我烧了不可，我头疼不已，当着他的面给我妈打了电话，妈妈答应"处理"掉，过了半个月，他仍然没忘记这事儿，又要我打电话给我妈，我妈很温柔地安慰他："放心吧，那本子被我亲手烧掉啦。"

这才算完。

不知道为什么，听到老妈说已经烧掉了周瀚送的纪念册，我心里一阵失落。虽然那只是本纪念册而已，虽然即使我回了家也没想起把它翻开看，但就这么没有了，那种空洞的失望感，我说不出来。

有一天，周瀚在QQ上跟我说，他打算答应那个女孩的求爱。我追问他们的恋爱经过，他把一个博客网址给我，说，那个女孩就是看了这个博客而感动的，她跟我联系，慢慢地，我们成了朋友，而明天，我就要做她男朋友了。这个博客，我不能再写。

说完这些话，他的头像就灰了，我好奇地点开那个链接，看到上面最新一篇博客的日期是今天，上面写着：

爱了你这么多年，我不知道以后的我还会不会继续爱你，但从明天起，我要用给你的这些感情去爱另外一个人，苏小绵，对不起。

我开始翻看他的博客，为了方便，我自己也注册了一个，我一直翻，一直看，直到熄灯后，我的笔记本电脑屏幕的光调成最暗，我翻看了三个小时，电脑都没电了，我还没看完。

博客是从高二那年开始写的，写到高三的时候，他还曾经开玩笑似的说，如果小绵答应做我女朋友，我就把这个博客给她看，给她一个天大的惊喜，然后从此以后，由我们两个人一起写，写我们一起生活的喜怒哀乐，我希望能够一直一直这样写下去，直到我们七老八十，还能从这些文字和图片里，追寻我们一起走过的岁月。

看到这里，我的眼泪一下子就掉了下来。

七

我把他的博客加入了收藏夹，我并没有看遍每一篇博文，我用新注册的博客给他留言：祝你幸福，你值得拥有更好的。

我不知道我还能说什么。那天之后，他的签名开始每天变换，都与他的爱情有关，每一条都带着淡淡的幸福，我有时候盯着那签名会有点儿走神，我会开始设想：如果和他在一起的人是我，那么这些表述心情的文字，是否都与我有关？

只是，那个因我心情而变的他，现在已经有了另外一个人了。他不再给我打电话，也不再主动在QQ上给我留言，我有时候想他，拿起话筒，手指僵在半空中，却不知道该跟他说什么。

我知道，我正在慢慢失去他。

有一天我看见他在线，兴致勃勃地跟他说话，用故作轻松的语气问道：最近跟女朋友怎么样？

他那边很快有了回复：关你屁事。

看到这四个字的时候我的头嗡地炸了一下，随之而来的是汹涌的愤怒——他居然这么跟我说话？他怎么能用这种态度跟我说话！

我颤抖地在对话框里打了一个字：靠！

他回复我：看你是个女孩子，这个字我就不回给你了。

我彻底被激怒了，迅速把他从好友列表拉黑，在手机上删除了他的电话，从此再也没有主动和他联系过。

而他，也再没给我打过一个电话，发过一条短信，即使我假期回家，他也再没有来找过我。

爱一个人那么难，要使尽浑身解数来小心呵护，悉心栽培，来保持爱的幼苗成长不枯萎，可是失去一个人竟然这么简单，不过一句话而已，就会让彼此形同陌路，相忘于天涯。

我终于失去了他。永永远远地失去了他。

八

后来我也曾经再登上他的博客，可是上面的博文全部被删除，我看着白茫茫一片干净的博客，怅然若失。

我对自己说，朋友是需要缘分的，既然他不肯再联系你，那么你又何苦再惦记他？不过是寻常朋友而已，何必让自己如此伤神呢？或许，你放不下的，只是那段无忧无虑的青春回忆罢了。

日子仍是这样慢慢流逝而过，大学四年一晃而过，毕业后我选择回家工作，临行前男朋友狠狠地把我揉进怀里说："小绵，留下来，和我在一起。"

可我还是推开了他的怀抱，拖着行李箱，独自回了家。

回到家乡，我进了一家全国知名的国企工作，我很努力，我很谦卑，我对每个人都微笑以对，我的同事们总是会夸奖我："苏小绵，年纪轻轻就这么彬彬有礼知书达理，真是个有气质的淑女啊。"

再没人叫我"峨眉小猴"的绰号，再没人用恶狠狠的眼光瞪着我，却又无奈地说一句："你坏透了。"那年，我知道他虽然嘴上这么说，但心里是认定我的好。

我不再是那年恶作剧鬼点子爆棚的淘气女孩，现在我身边的所有人都说我好,可是,我不知道,我在他们心里,是不是真的那么好。

我经常会梦到周瀚,梦到他哭着对我说:"对不起,小绵,我没办法联系你,我是有苦衷的。"

梦里的我们,永远隔着一水湖泊,我每次转身他就会奋力游过来,可每次都被隔绝在那浩瀚的波涛之中,我站在原地弯下了腰,哭着问他:"你现在幸福吗?你现在还爱着我吗?求求你一定要幸福,求求你,一定要,忘了我。"

我总是在这样痛的梦里醒来,看着发白的东方天空,用手撑住额头,闭上双眼,却没有丝毫睡意。

我的男朋友和我同一个公司,我们一起被派到公司总部工作,我很少有回家的机会,男朋友在我们奋斗的城市买了房子,他付的全款,把我的名字写在了房产证上。

男朋友不算英俊,也不算高大,他大我五岁,是公司最年轻有为的中层领导,他待我非常好,几次去我家拜访,还带我见了家长,前阵子他出去打电话时,跟他妈妈说要明年跟我结婚。

工作之后的一次同学聚会,我参加了,一个我和周瀚共同的好朋友问我和他还有没有联系,我说没有,她叹息一声说:"当年你误会他了,那时候,上他QQ的,是他的女朋友。说起来,他女朋友你也认识的……"

我一愣,对她说:"我猜到了。"

是的,这么多年之后,我猜到那时跟我说话的人肯定不是周瀚,他不会用那种简单幼稚的话语伤害我,但已经到了那一步,我却再没有理由主动联系他。

他已有女友,一个因为他对我的爱而被他吸引的女友,我就是他们之间最大的阻碍。

朋友说,周瀚的女朋友非常厌恶我。不是因为我做错了什么事情,只是因为我如同一根刺深深扎入了他的心里,横亘在他们中间,她始终没办法释怀。她删除了他所有的博文,以死相逼不许他跟我联系,更利用她家里的财势给他办了出国手续,两个人在国外念书,继续深造。

朋友说除了女朋友小气这点外，周瀚其实是很幸福的，他们就快要结婚了，过阵子就会回国办答谢宴。

说完这些，朋友笑着问我："小绵，听说你也交往了一个男朋友，你什么时候结婚啊？"

我笑了笑没有回答，想起几天前在博客上看到他发给我的私信，他对我说："苏小绵，我想你了。"

九

我手里紧紧地握着手机，站在阳台上看着夕阳发愣，胸口还不能平复地微微喘息。

手机一震，我失手把它扔在地上，又小心地捡起，原来是好友发了短信来：周瀚出事儿了，我们都在医院守着，情况一言难尽，不知道他能不能度过今晚，有消息我给你发短信。

身后有声响，我猛地回头。

妈妈从抽屉里翻出一个纪念册来放在我面前："你人都回来了，还不去参加婚礼？当年我对你男朋友撒了谎，我实在是不忍心让周瀚这孩子的心血就这么没了。他做的册子，你不看看？"

我走过去，翻开了一页，里面有照片有文字，我看见周瀚站在故宫门口微笑，下面写着：我在北京，我在想你。

妈妈自言自语地进了厨房："这么好的孩子，为什么你就不喜欢呢？"

我一页一页地仔细看过，每一点，每一滴，他记录的是生活的琐事，却通篇都是写我。我笑着，眼泪渐渐涌上眼眶。

翻到我和周瀚的合影，我们站在学校的人工湖前面傻傻地笑着，他在这一页上写着：真想在十年后，二十年后，五十年后在同样的地方，用同样的表情和姿势都拍一遍这样的照片。小绵，我不知道我会不会爱你到那么久，但如果我失去了你，我一定会常常想你，做梦都会梦到你。如果你有和我一样的感觉，跟我在一起好吗？

我抱着纪念册，整个人慢慢滑在地上。

时间回溯到一个钟头以前。

我站在举办婚礼的酒店门外，隔着一条马路向对面望。我犹豫地看着对面人潮如织，却拿不定主意是否应该进去参加婚礼。

正踌躇间，周瀚一身白色的礼服从里面走出来，他抬起头便看见了我，那一刻，我们都愣住了，就这么对视了半分钟，他向我招手，推开身边拥挤的人群朝我走来，我看见他不顾一切地朝我跑过来，一如梦中向我游过来的样子，就在他穿过马路的时候，我听见凄厉的一声刹车，那白色的身影飞了出去。

他终是不能逾越我们之间的那条鸿沟，无论是在梦中，还是在现实。

人群聚拢过来，我被看热闹的人群拥挤到他面前，斑马线上的周瀚睁着双眼，一只沾满血迹的手朝我伸过来，在半空中僵直了几秒钟之后，如一截枯枝般倒了下去。

"新郎官出事了！"喧闹声震得我耳膜直疼，我看见那台肇事的加长林肯推开了车门，从里面走出一个跟跟跄跄的身影，那一抹惨白的颜色刺痛了我的双眼，新娘子赤着足一步步走过来，头纱凌乱，走到倒在血泊中的周瀚身边弯下腰，把他的头小心地抱在自己膝盖上，在他耳边低语着什么，好像哄一个睡着了的孩子，新娘子是那么漂亮，即使泰山崩于前也仍然美丽得如同一朵罂粟花，那完美的侧脸，不是许若晴是谁？

救护车和警车几乎同时呼啸而来，分别将他们带上不同的路途，自始至终，许若晴没有看我一眼。

那天我收到周瀚私信的时候就把自己的电话号码告诉了他，在他结婚之前我回到了家乡，这几日我们见了几次面，从叙旧到追忆，谈着谈着，他忽然抬起头看我："小绵，我不结婚了，你也跟你男朋友分手，好不好？"

我那时狠狠地骂了他一顿，可骂着骂着，却没办法止住夺眶而出的眼泪，他连连对我道歉，抱着我为我擦干眼泪，那天之后，我们约定好继续各自的轨迹，我跟他说好了，他结婚那天来观礼，却不想在婚礼上，亲眼看到如此惨烈的一幕。

一定……一定是那天我们见面的时候被许若晴看到，让生性多疑的她在那时，痛下杀心。

她是故意在我面前伤害周瀚的，她要以此折磨我，让我此生此世都沉浸在这样的罪恶感中，不得解脱。

如果周瀚死了，那这样的痛苦我一辈子也没法解脱。到了这一刻，我忽然发觉，我已经喜欢上他。

这么迟。迟得错过了我们最好的年华，最美的时光。

我将纪念册翻到最后一页。这页没有花样也没有照片，只是工整地手写着一排小字：

无论何时，只要你回头看我，我会尽力朝着你的方向奔跑而来。

我抱着那本纸页发黄的纪念册痛哭流涕，没有理会身边嗡嗡振动的短信提示音。

海族

那时的我心中满是自负——像我们这般的海族妖精，最学不会的，就是肉麻兮兮地跟人谈情说爱。世间男子于我而言，不过是片片不沾身的花瓣，轻轻拂去，一刀两断。那些男欢女爱与我而言，还不如一碗没尝过滋味的阳春面。

摄影 李海亮

一

我站在温暖的海水中,银蓝色的海水拥簇着万道光芒,最终在无数气泡的爆裂中,我在海平面上露出了头。水面上的阿碧双目痴痴地望向远方,看那若有所思的模样,我便知道她又在思念人世的情郎。

"我负了他。"阿碧抽抽噎噎地捂住脸,在那珠子落入水中前被我用贝壳接住,数了数,七颗色泽上乘的珍珠,粒粒上品,颗颗贵重。想她过往在人间的十年,必也对一个凡人倾心以对过。百年光阴过去了,那伤横亘她心中,每每想起都痛彻心扉,方结成这珠圆玉润、光芒四射的珠子。

鲛人泣珠所成的宝珠,在海族中并不值钱,但听说这物倘若拿到人间去售卖,每颗珠子的价格,都昂贵到可以买下一座城池。

我掂了掂手中的珠,对阿碧说道:"我要去人界,你这些珠子,必能让我好好见识一番这个花花世界。"阿碧眼神复杂,道:"琅琅,你这样简单的性格,是会后悔的。人界可不比这海域自在,若是不小心,我怕你再也回不来了。"

我说:"我也接触过人界。我曾救过人族孩童,他们并非我们想象中的那般危险。更何况,我也听你讲过许多人界的故事。"

那时的我心中满是自负——像我们这般的海族妖精,最学不会的,就是肉麻兮兮地跟人谈情说爱。世间男子于我而言,不过是片片不沾身的花瓣,轻轻拂去,一刀两断。那些男欢女爱与我而言,还不如一碗没尝过滋味的阳春面。

而真正明白阿碧的话，则是很久以后的事情了。

二

我告别了阿碧和众位海族来到落城。在当铺里，我将一颗珍珠给了老板，对方只是无所谓似的接过，爱理不理道："十两银子。"

"怎能这么少？"我惊呼一声，这成色、质量起码要纹银千两！

"呵。你这妮子好没道理，这种质量的，我随手便能抓起一大把，这个价钱也是我可怜你，不卖，你大可以找别人去。"

我只觉委屈。就算世事再如何变幻，我也知道这珠子的价值不止千金，被轻贱的不是宝珠，而是这世上的良心道德，它们竟然堕落到如此一文不值的境地。

"姑娘的珠子我要了。"身边一个清冷的声音朗然说道，"白银一千两，我先付你一百两银票，其他的，我可否慢慢还你？"

当铺掌柜忙慌了手脚似的："尉迟霄，你这泼皮又来坏我规矩！姑娘你别信他！"

尉迟霄？你叫尉迟霄吗？我定定地看着他："把银票给我看看。"

"不会作假骗你的。"他轻笑一声，大大方方地将银票交给了我，我仔仔细细地比对查看也瞧不出个所以然，便扯着他到一家银号鉴别真假。直到银号的人兑了一部分银子给我，我才放心。

尉迟霄摇头苦笑："真是个多疑的丫头。"

我将珍珠交给他："剩下的钱我不要了，多谢公子相救。"

他几步走过来拦住我的去路："姑娘如此爽快，在下受宠若惊，不知可否请姑娘喝杯清茶？"

"不，不用，请你让我走。"我警惕地上下打量他，"再纠缠，我就要报官了。"

"丫头。"他忽然叫住我，顿了顿，又挥手道，"罢了罢了。我也不是什么好人，你远离我是对的。"

我转过头继续走我的路,如此走了几步,忽然停下来,回过头看他。正巧尉迟霄双手背在身后,一双深黑的眼睛,也在定定地看着我。

我忽然对这个人产生了兴趣。

三

我跟尉迟霄回了家,即使如此,我对他的防备仍是很重,他拥有很大的一处宅邸,我住在其中一个小小的房间里。我对他说我不欠他的,那颗珠子足够我在他这里吃喝几一辈子。

我推开他给我端来的红豆沙,冷冷地瞪他:"我怕你的那些美妾在我的食物中下毒。"

尉迟霄笑得无奈:"既然你如此介怀,我明日就把她们全都遣散。"

本来我以为他不过是随口说说罢了,可第二天,他那成群的美婢爱妾都不知去向,偌大的宅子里除了我和他,只有几个丫头小厮。我不过是一个初来乍到的陌生女子,怎值得他待我如此?

桃花树下,他拂去月白色长袍儿肩膀处的粉红落英,微含笑意道:"你让我散了那么多美人儿,现在我只剩得你一个。不如跟了我,如何?"

这一刻,我终于卸下所有的防备,对着他绽放了第一个笑容:"娶我的彩礼,可是个大数目。你付得起吗?"

他的笑声如此清脆:"你这丫头,竟然比我还要财迷。"

尉迟霄似乎真的不是什么好人,他口口声声说我是他最亲近的人,但仍对我有所隐瞒。比如说他的身份这件事,直到我们大婚那天我才知道,他竟是皇族,还是当朝天子的亲弟弟,人人都称他为九王爷。后来我曾抱怨过为何那日当铺掌柜的如此轻慢他,他便笑:"我时常装作平民招摇撞骗,自称'鱼翅萧',是个萧姓贩卖鱼翅的,还经常用假货装作真品,坑得那些商人们血本无归。"

真真一个荒唐王爷。

大婚那天,拜过天地入洞房,他在外面喝酒庆贺,我在房中,把一杯又一杯的清水往嘴里灌。

春宵鸾帐中,他酩酊大醉地揽着我的肩膀说着酒话:"琅琅,我认得你,很久以前就认得你。我知道,你……"

他醉醺醺地倒在我的肩膀上睡着了。我为他宽衣让他睡下,自己躺在他身边。半夜时分,意识迷蒙的他翻了个身,一双深黑的眼睛看我一会儿,笑眯眯地在我唇上轻吻一记,然后右手握着我的左手,再次沉沉睡下。

事后我问他记不记得那天晚上的事情,他笑着挠头,竟然全无印象。后来我渐渐也知道了,他睡得迷糊了会做些可爱的小动作,时常被他吻一下,摸下手,我渐渐地也习惯了。

我想,尉迟霄是喜欢我的。不然,他怎么会千方百计地讨好我,还把宅邸中的池塘全都清空,换上一池海水,养了海鱼海虾在里面,每隔几天,不惜从千里之外的海滨运海水来换,时刻保持水质清澈新鲜。

每天晚上我都会在里面畅游一番,喝个痛快,他则在不远处看着我,纷纷扬扬的花瓣落在他肩膀上,他只是面露笑意地看着我,忘了拂去。

四

最初的新婚还算甜蜜,可那股子新鲜劲退去之后,尉迟霄虽然还是会在睡梦中握我的手,但很多他待我的好,从最初的挖空心思,慢慢地变成了按部就班的习惯。我褪去衣衫在池塘里游泳的时候,他不在;我在屋里画画、写字、做女红,他不看;我的生辰庆贺,他时常会忘;中秋佳节我沏一杯好茶在院子里候他,他久久不来。后来,在许多的夜里,他一身酒气地回来,甚至来不及跟我寒暄几句,倒在我身边就睡。

我想,这些事发生在婚后的第五个年头儿里,他许是厌了。这些年来,他虽然一直不曾纳妾,但我和他一起去街上走的时候,每每身边有姹紫嫣红的女子走过,他总会歪头看去,面带笑意目视良久。

或许是因为对人间最高位的好奇与憧憬的缘故,我时常去皇宫走动。我和很多妃子走得很近，这些日子以来，皇帝的身体每况愈下，我献上珍珠三颗，磨碎了供皇帝服食。皇帝的身子好转了一些，赏赐我宝物无数，我谢恩，走动得也越发勤了。

一日在宫中闲逛，一个少年忽然蹦出来，一双剑眉英气地挑起，瞪着我，吼了一声："我要你的珠子！"

我被他吓了一跳，哭笑不得地看他："你这后生突然蹦出来跟我要珠子，跟打劫的强盗何异？"

他听了这话，不但不知愧疚，反而越发嚣张，向我一抬手："我是要买你的珠子！快交出来！"

我笑了笑："我的这些珠子个个价值连城，你可买得起？"

少年沉下脸思索了一会儿，又说道："现在我虽然没有那么多钱，但我将来可以拥有整个天下，你许了我，来日我自然可以给你更好的回报！"

原来是太子殿下。我上下打量着对方略显稚嫩的脸庞，虽然不过是个十五六岁的少年，但那目中精光四射的霸气，已经让人生畏。

最后我送给他三颗珍珠。

五

接下来的日子仍旧平淡无奇。皇帝派尉迟霄平息边关动乱，他带了十万大军启程，临行前，他紧紧地抱着我："我一定会平安回来，你等我。"

我眼中有莹莹波光闪烁，但那却不是泪。

尉迟霄再回来时，十万大军只剩下几百人，他亦伤痕累累，满脸倦色。此次征战足有一年，他费尽力气平定了动乱，班师回朝的时候却被流匪伏击，一万残部几乎全军覆没。他率领一队人马突袭，一路奔波，终于回到京城。

他回到京城便被新君召见。他的铠甲还来不及脱下，伤还来不及处理，情绪还来不及收拾，便对着刚刚登基不久的新君跪下行礼："罪臣尉迟霄前来请罪。"

他跪下的时候，我也在旁边。

他抬起头定定地看了我一会儿，便垂下眼帘，俯首叩拜："罪臣拜见皇后娘娘。"

我看着他微笑："你辛苦了。你果然平安归来。"然后我转向那少年帝君说道，"陛下，九皇叔虽然损兵折将大败而归，但终究平定了动乱，不如网开一面，让他念着皇恩浩荡，可好？"

少年皇帝对我绽放了一个笑容："既然是皇后的意思，朕自然要卖你面子。郡南王即便没有功劳也有苦劳，这问罪，便免了吧。"

尉迟霄的头贴在地上，重重地磕了三下："微臣谢主隆恩。"

他低着头退下去了。他的头很低很低，自始至终，他都没有再抬起头看过我一眼。

后来我听说，没多久他又迎娶了一位妻子，美貌比我有过之而无不及。后来他选了无数美貌女子做侍妾，让她们每日为他唱歌弹曲，夜夜笙歌。

他虽然还挂着元帅的虚职，却日夜沉迷酒色，不问国事。少年君主时常在我耳边低语："你这妖精使了什么法术将他迷得神魂颠倒，现在又伤得醉生梦死？"

我便揽住天子的脖颈儿咯咯娇笑："那臣妾现在，有没有把你也迷得神魂颠倒呢？"

新君后宫佳丽三千，却最是宠我。有时候他好像开玩笑似的问："皇后可还有珠子没有？"

我每次都是笑着反问："陛下以为呢？"

珠子。当年先帝服了我的珍珠粉大好了一阵，太子渊珀跟我讨了三颗珍珠，并嘱咐我不许再给皇上珍珠。于是不过一年，先帝驾崩，太子渊珀即位，年号百兴。

渊珀将皇叔发妻夺为己有，并立为后。新君手段强硬残忍，纵使朝中大臣颇有微词，却也无一人前来劝谏。

我用三颗珠子,换了这凤位。

六

世上人心不过如此,有情郎再金贵,却也不比无价宝来得更长远。我并非人族,没有人的七情六欲,我像是凤凰,飞翔九天,非练实不食,非醴泉不饮,无梧桐不栖,哪棵梧桐生得高大繁茂,我便落在那上面去……

我本以为自己是这样想的。

那夜元宵佳节,我做了个替身顶替自己,真身飞出宫墙去外面闲逛。我用薄纱蒙面去看花灯,众多灯谜中我侥幸猜中一个,得了一只鲤鱼灯笼。我举着灯笼欢快地跑,跑得累了,站在原地扶着膝盖喘了口气,却听到身后似乎传来脚步声。回过头,看到一个长身玉立的男子,一身琉璃蓝的装束,双目深黑地看着我。

他一直在跟着我?尉迟霄的神情似乎有些哀伤,见我也看看他,他便垂下头,转过身,朝着人声稀落的阑珊之处走去。

"等一下!"我几步跑过去,把灯笼塞进他手里,"这个给你照亮!"

他似是吃了一惊,惊疑地看我许久,终于紧紧地抱住我,隔着那一层薄纱吻住了我的唇。

那炽热的一吻之后,他放开了我,带着我送他的鲤鱼灯笼,一个人,在漆黑的路上,渐行渐远。

我忽然觉得心口一阵疼痛,痛得我几乎难以站立。我跪在地上,一只手抓了满满的尘土,紧紧攥着,不敢放开。

当晚回到宫中,新君将我拥入怀抱,见我愁眉不展:"皇后是恼我这几晚没来陪你吗?今夜,朕不走了。"

这晚,年轻俊美的皇帝睡在我身边,我却辗转反侧难以入睡。半夜,我坐起身看着从窗口倾泻下来的清冷月光,忽然发觉,没人握着我的手掌入眠的夜晚,竟如此寒冷彻骨。

七

我开始与尉迟霄私下幽会。

他待我仍如当日那般疼爱温存,好像我们之间从来没有发生过任何变故。我发觉我留恋与他相处的点点滴滴,让我上瘾,越亲近,便越欲罢不能。

越留恋,越在意。他身边那些莺莺燕燕的侍妾们不足为惧,只是他后来娶的妻,那名叫铃兰的女子,不仅貌美如花,性情更是贤淑有德。即使撞到我和尉迟霄在一起,也装作什么都没看见似的离开,还不忘留下一盏滋补身体的参鸡汤——此女城府深沉至此,让我不安。

这夜我来到尉迟霄卧房,铃兰正在给他敬茶,夫妻举案齐眉的恩爱羡煞了我。见我来了,铃兰礼貌地对我行礼,唤我一声:"姐姐。"

姐姐。好个姐姐!我冷笑一声,炫耀似的坐在尉迟霄怀里,手臂绕上他的脖子撒娇道:"相公,有没有想我?"

"我正在想你。"尉迟霄对我温柔地微笑。我偷看铃兰脸上,发现她根本没有任何表情。

滴水不漏。完全看不出一丝纰漏。铃兰的表情甚是恭敬,又对我们行了个礼,道:"铃兰退下了。"

我有些介怀地吃醋道:"你这媳妇,倒是个贤妻呢。"

他轻轻拧我的鼻子:"怎么比得上你。"

我心里便欢喜起来,抱紧了他,再不肯放。我想,若是可以,真的是一生一世都不想放。

八

我和尉迟霄幽会了个把月后,一晚,他颇郑重地将一个锦盒交给我。我好奇地打开,那锦盒之中,竟然是我昔日卖给他的那颗珍珠。

我心中一动,他便说话了:"并无他意,只是觉得交予你保管比较好。最近我的宅邸里时常遭贼,我怕有失,等过了这阵子,你再给我。"

我欢喜地收在怀里。他这般信任我,真让我比什么都开心。

当晚回到皇宫,几个侍卫将我拦下,忽然一道黄符纸贴上我的后背。新君笑吟吟地看着我:"皇后,这阵子辛苦你了。"

侍卫们搜出我怀里的珠子,他接在手里,眼中满是欣喜:"为了替朕取得宝珠,皇后不惜以身侍旧夫,待我寿与天齐之后,必会重重谢你。"

"你怎么知道……"我挣扎着说道。

"他那新娶的妻,就是我的心腹,我怎能不知你们的丑事?这价值连城的宝珠,是鲛人泣泪而成,之所以如此金贵,是因为服食四颗后便可长命百岁!"

听到这里我如遭雷劈,想要运尽全身力气逃脱桎梏,却发觉内丹好像被冻住了一般,根本无法动弹。

"朕知你不是凡人,你是妖。"他对我冷冷地笑,"你是鲛人,这珠子不就是你亲自泣成的吗?放心,朕不会伤你,朕还要用你的珠子羽化登仙,在仙界称帝!"

我的一颗心彻底堕入寒窟之中,我看着新君在我面前,炫耀似的喝下珍珠磨成的粉末……

他看着遍体鳞伤的我说道:"怎么,即使被我如此虐待也不肯流一滴眼泪吗?那我把你的心上人尉迟霄带到你面前,一块块凌迟了他,你可就会哭了?"

我顿时瞪大了眼睛,一句话也说不出来。就在我浑身颤抖的时候,那位意气风发、刚刚登基不久的年轻帝王,脸色忽然变得青紫,掐着自己的脖子,大口大口的黑血从嘴里喷出来,表情狰狞地轰然倒地。一只青筋暴起的手,枯树枝一般地对着我,挣扎几下之后,终于静止不动了。

新君驾崩。

九

我仍被封禁在满是符咒的房间里。有人说妖女害死新君,朝堂上下乱成一团。我被关的第三天,黑暗的房间中射进一缕光线,门慢慢地开了,一个人走进来。

那人穿着明黄色的长袍儿,衣冠楚楚,整个人如同被圣光照耀的神祇一般款款而来。甫一进门,便听见那熟悉的声音响起:"琅琅,这些日子过得可好?"

我呆呆地看着面前威风八面的男子,低语一声:"尉迟……霄?"

他身边的一个随从上来狠狠地掴了我一记耳光:"大胆妖女!竟然敢直呼天子名讳!还不跪下给陛下行礼?"

尉迟霄摆摆手:"你们都暂且退下。"

偌大的屋子里只有我和他,尉迟霄点燃了灯火,举着那点光明靠近我,脸上带着一点儿淡淡的微笑:"当初我便跟你说清楚了,我不是什么好人,你莫非忘记了吗?"

我定定地看着他,一言不发。

他便继续说下去:"其实起初,我确是真心待你的。可你这妖精不但不知感恩图报,反而与太子勾结,将我派到边关去送死。可我九死一生还是回来了,我当时一心想回了圣命去见你,可没想到,再见你的时候,你已登上凤位。说来,你这珠子还真值钱,是不是?"

他兀自笑了起来:"四颗宝珠便可长生不老……所以我把我手上那颗交给你,为的就是让陛下服下……那是我淬了剧毒的,他在没得到长生时便已被毒死,真是咎由自取,是不是?"

我根本无法回答他一连串的问话。尉迟霄掸了掸身上的尘土,声音中满是慢条斯理的倨傲:"现在的我,心中已经没有你了。我的妻子是铃兰,她本是敌人设下的眼线,却对我情深意重,我万万不能负了她。明日我便册封她为皇后,而你这妖精……"

他笑得越发深长:"我跟你,不过是逢场作戏,各取所需。精明如你,不会当真了吧?"

我看着他,眼角虽然干涸,但那热度似乎能涌出血来。

他抓住了我的下巴,手上的力气大得像要捏碎我似的:"你果然是个铁石心肠的鲛人,即使如此,也不肯为我掉一滴眼泪吗?"

我冷笑了:"若你心中有我,为你掉泪也是值得。但你若真爱我,又怎么舍得让我掉一滴眼泪?"

"好个倔强的妖精!"他眼中有一瞬间的黯然失望,却很快再次精光熠熠,"放心,我不会杀你,我只会把你永世囚禁在这黑屋里。我要你的眼泪、你的宝珠,我还要长生不老。"

我只是瞪着他,他起身熄灭了烛火,大笑着离开了屋子。

他走之后,四处一片死寂。

十

尉迟霄把我囚禁在不见天日的黑屋之中,每日叫人给我送来一碗海水,他也时常亲自来当面羞辱我。渐渐地我越来越虚弱,一天我扯住他的袖子,气息微弱道:"放我回家,我不能被囚禁这么久,再这样下去,我恐怕就命不久矣了……"

他不在意地扯回袖子,嫌脏似的甩了又甩:"除非你为我流下泪水,否则,休想。"

我几乎伏在了地上,伸手扯他:"尉迟霄,我不骗你,我真的没有泪水,求求你放了我,让我回家。"

他冷冷地抽回手:"我只要你的一滴泪。"

我捂着脸,肩膀抽动着,却没有一滴泪水。我抬头看着他,说道:"尉迟霄,你会后悔的。过不了几日我就会枯萎死去,整个人化作一滩残水,到那时,你的打算就都落空了。若你肯放我,我答应你,会送你宝珠十颗,我们海族一向言出必行,说到做到。"

他冷笑:"我只要你的泪。"

我绝望地转过身,再不看他。

当天晚上，我开始拒喝他的海水，把瓷碗摔得碎片到处都是。一连三天滴水未进，我的肤色苍白如纸，有气无力地倒在地上。

尉迟霄来了，他疯狂地把我的头塞进装满海水的大桶中，可无论他怎么灌我，我也不肯配合，紧闭双唇。即使他令人撬开我的牙关硬灌海水，我仍然收紧了喉咙，将水如泉涌般悉数吐出。

"琅琅，你若敢死在朕面前，朕必让你后悔千年万年！"我从来没看到过尉迟霄如此暴怒的样子，他的一双眼睛气得通红，胸口剧烈起伏着，整个人看起来像一头危险的野兽。

我气若游丝地向他伸出手："放了我……"

他恶狠狠地吼道："休想！"

这是我们最后一次见面。那样不愉快的场景，很多年后我每每回想，一幕一幕如刀子割在心上，鲜血淋漓的，都是伤。

十一

这一晚，我坐在黑暗之中，咬破食指，在地上画了一个繁复的图案。深红的血迹落地之后便变成蓝色，最后形成了一个寒光熠熠的阵法。我坐在其中，合上双目。

不消片刻，我便回到大海。

阿碧看着我满眼心疼："怎么把自己弄成这样？"

我虚弱地笑："多亏你在我身上布下阵法，当我奄奄一息时便可借此回到海中。你说得对，人间果然凶险。"

她的眼神变得哀伤："那里毕竟不是我们的世界。"

我的胸口又是一阵疼痛，身体被一层淡淡的金光笼罩着，胸口处，光芒犹甚。

"琅琅，你……"阿碧盯着我看了一会儿忽然说道，"你……有珠了！"

我抱住胸口,闭上了眼睛。是的,我的身体里,已经孕育了一颗珠子。胸口第一次疼的时候我就知道了,只有经过这样漫长的痛苦煎熬,珠子才能育好,虽然,它险些要了我的命,但这颗宝珠,不管是在人界还是海域中,都是绝世无双的上等宝物。

因为这是用我的心血修为滋养而成的。

二百年后,一个风平浪静的日子里,阿碧带着女儿在海面上探出头来晒太阳,我看着远处的陆地发愣。

阿碧看我一眼,嫣然一笑:"琅琅若是想去人界看看,也未尝不可。看看那暴君的下场,岂不痛快?"

我沉默不语。

十二

我还是来了。尉迟霄驾崩多年,我轻松地潜入了他的陵墓,古墓之中,长明灯犹亮,一路上除了一个必须游水过去的封闭房间外再无其他。这种机关对我而言,形同虚设。

我进了墓室,看到他的棺木,四处的灯很是明亮,照得壁画栩栩如生。我抬头看那些壁画,发现那竟然是我和他的故事。

第一张图,一位鲛人救下一个孩童,鲛人游去时,孩童犹在恋恋不舍地回望;第二张图,一个女子售卖宝珠,取了钱便转过身离开,一位公子神情黯然地看着她的背影;第三张图,是二人结为伉俪后的恩爱场景;第四张图,男子一身破烂的甲胄跪在地上,面前是新登基的皇帝和已经成为皇后的原配妻子;第五张图,是二人在元宵节上相遇赠灯;第六张图,女子被囚禁在不见天日的屋子之中,已经成为皇帝的男子高高在上;第七张图,女子化作一摊水迹,男子跪在旁边失声痛哭;第八张图,皇帝驾崩前,神智迷乱时,看到自己与女子携手相伴,一生幸福。

墓室里，除了尉迟霄的棺木之外，还有一副棺木，上面刻着娟秀的字迹，只有八个字。

我看到那是出自他的手笔，忽然心痛无法自抑，胸口光芒大作，左胸裂开一个口子，一只金灿灿的绝世珍珠骨碌碌地滚在手心。

我大笑着离开了墓室。后来我知道，尉迟霄自始至终都只有一位皇后，而这位皇后被后世诟病，口碑并不好，但他一直没有废后的打算。他虽然后宫佳丽三千，却没有其他带品阶的妃嫔。

那位皇后名叫琅琅，做过两位帝王的皇后，后世说她以色事人，妖孽倾国。

尉迟霄并没有将铃兰纳为妃子，需有皇后出席的场合，他都用一件发妻的旧衣替代。琅琅被世人称为妖女，史书上说她因毒死了先皇而被尉迟霄含泪处死，可她毕竟是他的发妻，他自始至终为她留着皇后凤座，每年都去她的坟前祭拜。

我恶狠狠地将书撕成碎片："假惺惺地装什么好人！尉迟霄，你是个十足的小人！"

可我迎着太阳，滴滴水迹在风中飘落。我用指尖沾了一点儿，惊疑了——这是……我的泪吗？

我并不是鲛人，我是一只蚌精。我本不会哭泣，受了伤只能一层层将心事包裹，经历百年的痛楚，孕育出一颗稀世宝珠。

尉迟霄年幼时乘船曾遭遇风浪落海，是我将他救起送到岸上。那么多年了，再次重逢时他居然一眼就认出我来，而我，在走了几步之后才记起他来。

即使我背弃了他，即使他把我囚禁起来，即使我逃出他的掌控，他也要用一幅幅壁画来告诉我，他爱我。

他知道我会回来看他。

他说得对，他真的不是什么好人。将我囚禁不是最大的报复，他真正伤我的并非用恨，而是用他的爱，用那穿越了百年的誓言来报复我的负心，让我无法控制地痛彻心扉，为他而落泪。

尉迟霄陵墓的石碑背面的小字,以及他棺木边的那副棺木上,都是同样的八个字:

皇后琅琅,一生挚爱。

我们最后一次见面时他曾说,要让我后悔千年万年。

毒，药

偌大人世间，茫茫人海中，一人一生，至少有一个真正懂得自己的知己，惺惺相惜，永不抛弃。

摄影 李海亮

药本无过,能救人,亦能杀人。

毒与药,生与死,只在人心善恶,一线之隔。

同一味药,是菩萨净瓶里的救命琼浆,也是阿修罗手中的杀人利器。

魔佛之别,都在这两本书中,如何使用全凭你们自己。

切记,切记。

那时的她们,听不懂这番话中的道理,却仍自作聪明地点头。

那时的她们,还不知佛魔之分。

一

明月夜,短松冈。阵阵鸦鸣随着冰冷夜风钻入耳中,在这荒野乱坟之中,更觉惊怖。

二人在月下打斗,一人手持长枪,一人手中似无兵器。

持枪的是位老者,花白的头发在月光下暗淡无光。他的长枪刺向对方,却在距离那张脸一寸的地方戛然而止,手臂僵硬。"喹啷"一声,武器落地。

老者捂着胸口,咳嗽不止,一口鲜血吐在地上,染上了漆黑的颜色。

"终究一死,前辈何必徒劳反抗?"另一人开口说话了,嗓音竟然是动听如黄莺般的女声。

"蛇蝎毒妇水菱儿……"老者的身子缓缓倒下,手颤抖着指向对方。

"哈哈哈。"女子脆生生地笑着，伸出修长的手指，在空中轻轻一抓，老者瘫软的身体被硬生生地架了起来！

"玉蛛丝，根根剧毒。我早设下此物，你越是反抗便触到越多毒线。"女子仍然笑意吟吟。

老者怒目而视，眼眶欲裂："老夫一生行得端做得正，到底是什么阴险小人要取我性命？"

女子沉默片刻，轻轻抬起手腕，食指如闪电般掠动，一根丝线连着毒针，深深刺入对方胸口。

老者的眼睛仍然瞪得大大的，身体如泄气的皮球，挂在看不见的丝线上，当场气绝而亡。

水菱儿双手忽动，抽回钉在四周树干上的丝线端头，收了线，老者的尸体扑通倒地。她走过去，伸出手，抚上对方一双圆睁的虎目。

如老翁大笑般的鸦鸣突然自林中响起，她的手轻轻颤抖了一下，转过身子，施展轻功一路飞驰。

该去向雇主复命了。

在奔跑中，她只觉得冷，仿佛身处冰窟般绝望，无论多厚的衣服，都阻隔不了。

多年来与各种剧毒打了太多交道，这些毒终于反噬其主。她以为自己防护得万无一失，结果仍是着了因果，遭了报应。

半路上她歇了一歇，不多时，又奋力向前奔去。

她直奔一处偏僻幽静的宅院。夜虽深了，房间里那盏灯火仍在，虽然微弱，却照得她的心室一片透亮。

门未上锁，推门进去，一男子背对着她，手中捧书，头也不回，问道：

"如何？"

"菱儿办事，只管放心。"

那男子放下书，转过身来，白皙的脸上有冷峻的神情，似乎结了霜。

她抬头，细细地打量他漆黑无底的凤目，永不舒展的剑眉，视线一路延伸到他挺拔的身姿。青玉案后的男子，冰冷威严中带着淡淡的书卷气，如玉山矗立。

"你的身子怎样了？"他的语气仍是冷淡的，却让她受宠若惊。

"好多了。"

她说的是真话，身上的寒意，在见到他的那一刻，已经散去大半。

男人指指桌上一摞整齐的纸包，说道："这些药材都是温补的，你拿去。半月后赶赴王家村，飞刀门于彼处密谋，你要取其掌门性命。"

她点头。

"若是失手被俘，如何？"

"严刑拷打后，招认自己是亡命堡的人。"她对答如流，似是重复多次。

"很好。还有事吗？"他又举起了书，视线已不在她身上。

"没有了。"

过了片刻，他又从书上移过视线转向她：

"怎么还未走？"

她拿了桌上的药，身子慢慢后退，目光停留在他身上："你……早点儿休息。"

他不回话，专注看书。

有些冰冷的夜里，她把药包捧在胸口飞奔，感觉心头似乎充着一股暖意。

二

她乔装打扮，以厨娘的身份混进王家村唯一的酒馆，启开一坛女儿红，从袖口抖落纸包，打开酒坛，将淡黄色的粉末洒进去。酒水咕嘟咕嘟冒起泡来，复又恢复平静。

凭空突然出现了一只手，也洒了些粉末进去，坛里的酒仿佛沸腾了一般，冒出滚滚白烟。

对方的药竟然轻松地解了她投下的毒！

她大惊回头，对上一双熟悉的眸子。

不是敌人，是故人。

"佩修？你怎在这里？"她松了口气。

对方早已经紧紧地扣住她的双手，另一只手轻轻扬起一阵淡黄色的粉末。

她没想到他会动手，全无防备地中了招。

她神志不清，倒在他的怀里。

"叶琉星，我找了你好久。"左佩修抱起她，轻轻舒了口气，"该回家了。"

三

她在熟悉的药香中醒来，睁开双眼，竟看见袅月。

"左佩修那个浑蛋呢？"她勉强直起身子，恨恨地骂。

"琉星。"袅月的脸上犹有泪痕，见她醒来，眼圈又红。

"三年了，你一声不响地走掉，心里到底有没有我这个妹妹？"

"琉星，叶琉星。"她许久没有被这样称呼了。

"我叫水菱儿，叶琉星已经死了。"

"姐姐！"叶袅月哭了起来，梨花带雨，楚楚可怜。

左佩修听闻哭声走进来，蹙了眉头：

"你就不能不欺负袅月吗？"

琉星叹了口气，扶着额头："佩修，你若真疼我妹妹，就娶她过门儿，小心呵护。"

"你！"左佩修瞪着她，涨红了脸，竟然说不出一句话。

袅月抽泣着："姐姐，你明知道左哥哥喜欢你，为何如此伤他？你不在的这些年，他一日不停地寻你。当初打听到江湖上臭名昭著的蛇蝎毒妇水菱儿，他都不敢相信是你，可是没想到，你竟然真的……"

"琉星，你到底为何变成众人唾骂的蛇蝎毒妇？"左佩修的双眸似乎冒着火光，"你用师父的医书杀人，为他抹黑，叫他老人家九泉之下如何瞑目？"

"我不是叶琉星，我是水菱儿。与药圣叶耕云何干？"她笑了笑。

"姐姐！你难道连爹爹都不认了吗？"袅月的眼泪似乎永无穷尽，断线的珍珠般簌簌落下。

"你们是佛，我是魔。"琉星苦笑着摇头，"这是我自己选的路，外人不要插手。"

"琉星，你是不是有难言之隐？有人逼迫你的对不对？说出来，我一定……"佩修握紧了拳头。

"没有。我心甘情愿，甘之如饴。"她打断他，"是我喜欢做刺客。"

佩修咬紧了嘴唇。

"救一条人命，煞费苦心，钱少得可怜；杀一个人，举手之劳，却收获颇丰。我这三年里得的银子比你们开十家医馆的利还多。"顿了顿，仿佛嫌说得不够似的，她又道：

"爹爹就是迂腐，若开了窍，留给我们的早就是万贯家财，才不是两本破医书……"

啪！一个耳光重重地打在她脸上，面颊绯红一片。

佩修气得浑身发抖："不许你羞辱师父！"

琉星不怒反笑："你还是如此正直。我们已不同路，请放我走。"

袭月抱着她哭："姐姐，到底发生了什么，怎么会变成这样？"

琉星冷冷地把她推开。

佩修默不作声地带走袭月，锁上房门说道：

"从今以后你就留在这里，直到不再有害人之心为止。"

琉星枯坐榻上，听着那两人的脚步声渐渐远去。

"到底发生了什么，怎么会变成这样？"

四

"师妹。"佩修叫住她，脸上带着些红晕，从身后取出一盒胭脂。

"师父带我出去行医，在集市上买的，这颜色你可喜欢？"

琉星打开那做工精致的盒子，扑鼻的香气迎面而来，好像百花盛开。

"太艳了些。"她有些冷地扣上，又放回他手上，"我不要，你给裘月吧。"

佩修一脸失望："可是……这是我买给你的。"

"我不喜欢，留着有何用？"

对方离开，却掩饰不住脸上的失落。隔了几天，他又给她捎来一盒胭脂，小心翼翼地看她的脸色：

"怎样，喜欢吗？"

"嗯。"她心不在焉。

"若不喜欢，这里还有。"佩修献宝般地取出口袋，里面满是色彩绚丽的胭脂水粉。

"你喜欢哪个？都给你。"

她有片刻的惊讶，心底却无更多喜悦。

正好裘月蹦蹦跳跳地跑过来，头顶戴着一支银钗，上面缀着颤巍巍的蝴蝶翅膀，每走一步，就动一下。

"姐姐，姐姐。你看这支银钗好看吗？我求师兄买给我的。"

琉星扔了胭脂，指着妹妹头上做工粗糙的蝴蝶钗："师兄，我要这个。"

裘月连忙把钗取下来，小心地藏在怀里，摇头不止：

"不要不要，我求了好久他才给我买下来，我不给你。"

左佩修面有难色："我再去集市上给你买一个可好？"

琉星瞪他："不行！"

他又用商量的语气："我给你买个更好的，李家店铺的金步摇做工精美，比这个好上百倍。"

她跺脚，喊起来："偏不！我就要她头顶的这个！"

从小她就娇惯任性，对于妹妹，一向不懂谦让。抢夺来的东西，纵使不稀罕，她也欢喜。比如妹妹头顶的这支钗，比如佩修。

她知道裘月早对师兄情愫暗种，揣着一颗惴惴的少女心思百般接近。她原本是不觉得他好的，但见妹妹喜欢，她争强好胜，心头便改了主意亲近师兄。

师兄向来对她言听计从，百般无奈，只得低着头，小声地对裘月说："好妹妹，把银钗给她。我再给你买更好的。"

裘月哭起来："不嘛！这明明是你送我的！"

琉星不耐烦，几步走过来，劈手便夺：

"师兄已经答应给我了，就你小心眼儿！"

琉星长她一岁，力气大些，但裘月使出了吃奶的劲儿不放，让她难以得手。琉星恼怒，铆足了力气把钗拽出来，对方又哭喊着夺回，争抢之间，那钗失了方向，尖锐的一端插进了裘月的眉间。

血如泉涌。

她惊呆，师兄慌忙带着裘月去寻爹爹救治。

闯了祸的琉星落荒而逃。

她慌不择路，奔入一处紫竹林，用尽力气跑到最深处，躲在林中一处小小山洞里抱紧身体，但愿谁都不要找她出来。

过了许久，林中走来了两个男人，二人言语不合便动起手来，打了几十回合不分胜负。其中一人抖手飞出一支袖箭，打在对手胳膊上，借着这个空隙手起剑落，削掉对方的头颅。他高大的身体站在竹林中，血色染上了白衫，背对着她，嗓音低沉地说道：

"洞里看热闹的，请出来。"

她抱着自己发抖，生怕被灭口。

"不出来就杀了你。"对方的口气冷得像冰。

琉星狼狈地爬出来："那我出来，可以不杀我吗？"

男人转过头来，她看见他冰雪般的面容，和深不见底的眼眸。

"给我一个不杀你灭口的理由。"

血迸溅在男人的雪肤上，显出一股莫名妖冶的艳丽来。

她的胸口怦怦地剧烈跳动,却不是因为害怕。

"你叫什么名字?"她没有回答对方的问题,却先发问。

"印沐枫。"

"印……沐……枫。"她一字一字地跟着重复,直到把这个名字深深地刻在心上。

那年,她十三岁。

五

"琉星,你告诉我,逼迫你的主使,到底是谁?"

佩修不止一次在门外质问。

"你是否受到难言的威胁?不要怕,说出来,这江湖上还没有谁,不给我们踏雪山庄面子。"

她懒懒地倒在榻上,闭上眼睛,一言不发。

佩修终于放弃离去,又隔了许久,裘月怯怯地在她门外轻唤:

"姐姐,武当派的人上山来求医,你出来吗?"

她哂笑一声:"不怕我毒死他们?"

裘月打开了锁,看她的目光仍是柔柔的。

"你的医术比我精湛许多。"

她本不想起来,但是看到裘月眉间那两点梅花般的粉红印记,心上莫名一痛。

踏雪山庄是药圣叶耕云所创,他不尚武功,专心工药。虽然从不打打杀杀,但在江湖上,无论正邪善恶,各大门派都要让他几分,一是感念他悬壶济世的慈悲,二是忌惮他不落痕迹的毒,恩威并施,这踏雪山庄才声名远播,人人景仰。

叶耕云在世时曾交代自己唯一的弟子和两个女儿,药治病救人,诚然可贵,但毒之学问亦不可松懈,否则踏雪山庄少了这威慑武林的利器,便如被拔去尖牙的野兽,变成任人鱼肉的对象。

他给他们留下两本医书,一本为魔,一本为佛。

佛能医人，上面尽是救人的秘方；魔能杀人，更厚些，上面除了形形色色的毒，还有解毒的方子。

叶琉星与叶裘月苦读两书，二者都不敢荒废。可是慢慢地，琉星似乎对魔书更有兴趣，父亲死后两年，她跟这本书一起，杳然无踪。

左佩修四处找她，山庄内外的所有担子，几乎都压在裘月身上。

琉星看着厅堂上为武当长老认真诊脉的裘月，耳畔响起爹爹当初训骂她的话来：

"你怎么没一点儿做姐姐的样子？"

"姐姐。"裘月叫她，语气中有几分欢喜。

处理剧毒的琉星应了一声，取了洁布开始包扎，没有抬头。

这位是武当派的掌门，他武艺过人，为人正派忠义，是下任武林盟主的人选呢。

琉星的手停下了包扎的动作。

"姐姐，来见过印沐枫，印掌门。"

琉星抬起头，望向那深不见底的眸子，只感觉自己被吸了进去，无法脱身。

印沐枫向她微微颔首，眼里含着笑意："是裘月的姐姐？幸会。"

他看向裘月的眼神，莫名地温柔。

他从不曾这样看过她。

耳畔传来佩修的声音："琉星，我们一直都忘了跟你说，这位印掌门，已与裘月定下婚约。你不在的这些年，他对我们照顾有加，是位有情有义的汉子。"

琉星感觉四周旋转起来，她跄跄地站起，视线模糊得看不见东西，声音颤抖地问："这是什么时候的事情？"

裘月有些害羞："与印大哥相识已有三年。半年前，他来提亲。"

佩修笑道："裘月心里早想答应，却说非要等姐姐先出嫁才行。为了寻你，她将婚期一拖再拖，这次你回来了，可算了却一桩大事。"

裘月的语气如春风："我等姐姐和师兄成亲之后再说。现在我们，终于一家团圆，真好。"

一家团圆？

琉星似乎嗤笑了一声，眼前的景致越来越稀薄，终于漆黑一片。

团圆，与她无关。

六

十三岁那年，她阴差阳错地遇到了印沐枫。初相逢，他如阿修罗，满身血迹，凶神恶煞。

她却爱上了他。

那时的印沐枫还不是武当掌门，他杀死的那人，是与他竞争未来掌门之位的对手。

回了家，琉星开始苦学医术，对于魔之书，尤下苦功。

她要做他的刀，他的剑，他的杀人武器，她要让他冰雪般纯洁的身上，再不溅上血迹。她要他的双手，只替天行道。

她为了他，弃佛从魔。她抛下一切跑到他身边，心甘情愿地做他的秘密刺客。

此时的印沐枫已经登上武当掌门之位，敌对不服者众多，暗中捣乱者不少。他对她，从未亏待，只要她严守秘密。

名门正派，受万人景仰的武当派掌门永远威风八面，说话行事全是仁义道德，无人能把他与那个阴险歹毒的蛇蝎毒妇水菱儿联系起来。

她越肮脏，他越高洁。

这几年来她勤于用毒，免不了亲自接触，纵然解药能抵消大部分毒效，然而日积月累，她的身体，也被侵蚀成了药人。

无论她如何用药补养，身体还是一天天地走下坡路。她体虚身弱，十分畏寒，偶尔一次小小的伤风，也能折磨她个把月不得安宁。

她想起父亲常说的话：善恶有报。药圣之本意，魔书上的毒方是人不犯我我不犯人的威慑，可学可精，但不能沉湎，更不可以此为生。

但她已堕入魔道，无法自拔。

只因她的心,也中了毒。

七

神志昏沉间,琉星依稀听到佩修与裘月的对话。

"她用毒太多,反受其累。许多种不同的毒都存在她体内,药性复杂,难以根除。"

"师兄,天下没有你解不了的毒!你一定能救她的,对不对?"裘月又哭起来。

"月儿,莫怕。你姐姐不会有事。"

听到那熟悉的声音充满了陌生的柔情,她又痛起来。这一痛便醒了,她睁开双眼看着面前几人,沉默。

"姐姐醒了!"裘月破涕为笑,扑在她身上。

"别碰我。"她嘶哑地说道。

裘月慌忙起身:"对不起,姐姐身上现在一定很痛,都怪我太莽撞。"

身之痛尚可忍耐,而心底的痛,如何清除?她望着与自己的外表有七分相似的妹妹,心中阵阵酸楚。

相貌相像又如何?

她没有妹妹的温柔缱绻、贤惠淑雅,更没有妹妹悬壶济世的好名声,她只是个善用毒杀人的刺客,恶名远播,如瘟疫般令人唯恐避之不及。

妹妹胜她太多。就连她抛去一切,奋不顾身想要得到的男人,也只对裘月钟情,留给她的,不过是冰冷的背影。

她心有不甘。

八

夜半起身,琉星来到裘月窗外。她抬头,天空乌黑一片,无星无月。

靠坐在窗下,她愣愣地望着园中的海棠花,良久。

肩膀一沉，她来不及回头，已经被不容反抗的霸道力量卸下利器，那根装满剧毒的竹竿。

被拖到一处僻静之处，她听到他冰冷的声音，似乎能把她冻结："连亲妹妹都不放过？果然不愧蛇蝎毒妇之名。"

"我是为你才沦落如此。"她低低地说。

印沐枫嗤笑一声："我印某人何德何能，让叶大小姐如此折腰？我可曾逼过你半分？这几年来付给你的好处可吝啬过？两年前我就有意找别人替换你，是你不许，非要接下那些杀戮的买卖，与我何干？"

"你……你明明知道，我对你……"

"你对我，如何？"印沐枫冷笑着，"时至今日，三更半夜你要对你未来的妹夫说什么？"

"沐枫，你对我可曾动过心？"她的眼里含了泪，颤声说道。

印沐枫居高临下，魁梧的身躯挡住她的视线，遮住她面前的天空。

"没有。"

她只觉得彻体寒冷。

"你爱裘月？"

"是。她跟你，不一样。她性格娴静，又是踏雪山庄的主人，美名远播。可是你，只是一个手段毒辣的刺客。"

"我们这么多年……"她的声音有些哽咽。

他打断她：

"你我的关系，到此为止。我们不曾见过，以后，我希望你离开踏雪山庄，免得损了裘月的名声，亦连累我。"

"你能否答应我，终你一生，善待裘月。"

"她将是我的妻，不必你多说，我自会护她周全。"

琉星笑了，脸上有泪纵横。

她不曾让过妹妹什么，只是这一次，她已失去所有，不想再争夺。

若要成全，就彻底。

九

琉星离开了踏雪山庄，临行时，她留给左佩修一封书信。

半月后，江南某处偏远的小山村中，一处简陋的农舍里有一位女子正在忙碌。她身子单薄，咳嗽不止，却依然执着地栽种着满园春色。

一位男子推开残破的大门，低低地唤她："琉星。"

女子回头，眼里有开怀的亮光："佩修，佩修，你来了？"

琉星脸上有惶恐的神色："我不知你是否还爱我，冒失地留下书信让你来寻我，真是……"

佩修握住了她冰凉的手："我还爱你，一直一直，都爱你。"

琉星笑了，高兴得如同孩子。

"你终于来了，真好。你能不能就这样伴我一生？"

佩修点头，捧着她的脸印下炽热一吻："我会在这里，伴你一辈子。不分开。"

琉星依偎在他怀里，无比陶醉。

此时她是天底下最幸福的人。

十

药圣的魔书上，有个药方叫忘情散，可蚀人心智，遗忘所有伤心痛苦之事，只剩开心的记忆。只不过万事均有利弊，这药是慢性毒，将损毁中毒者一半性命。

琉星离开山庄之前，写了一封书信给自己，上面写满了她与佩修的恩爱故事，说他们本来两情相悦，不过她曾经做了有愧于他的事情，于是跑到小山村隐居，等他原谅了她，来找她。

只字未提印沐枫。

然后她写了一封书信给佩修，欲与他重修旧好，嘱咐他半月后去某处山村找她，只要让她第一眼看到他，她就会爱上他。

然后琉星启程到了小村，喝下那毒药，化解了所有前尘往事。

而她被毒侵蚀得本就羸弱的身体，被这最后一杯忘情蚀心的毒，伤得雪上加霜。

琉星在那座小小的农家院里享受了自己一生最快乐的时光，在第二年阳光明媚的夏日，她靠在自己深爱的男人的肩膀上睡着了，从此再没有醒来。

十一

琉星死后一年，武当派年轻有为的掌门印沐枫受各路豪杰举荐，登上武林盟主之位，成为有史以来最年轻的盟主。不久他率领各路英豪一举剿灭魔教，武林侠士无不钦佩其功。又过了一年，他迎娶踏雪山庄主人叶裘月，一对神仙侠侣终成眷属，江湖上一时间引为佳话。

大喜之日，新郎官很高兴，与众宾客推杯换盏饮了许多酒。直到客人散去，他头脑昏沉地坐在门口，看着门口的竹林，忽然就大笑起来。

印沐枫清楚地记得第一次和琉星在紫竹林相遇的情形。

他是个表里不一的人，在外，一腔忠肝义胆；于内，满腹蛇蝎心肠。

见过他真面目的人都被他杀死了，除了琉星。

那时候她只是个未到及笄之年的小女孩，看到了自己最可怕的一面，她没有半点儿畏惧，神采飞扬的秀目中闪着光亮，问他："你叫什么名字？"

对于面前这不堪一击的弱女子，他本不必废话，可直接灭口了去后患。

他却诚实地说出了自己的名字。

琉星纯净的脸庞泛起笑意，粲然胜星辰：

"从此以后，让我替代你，杀你想杀的人。"

她堕入魔道，为他。

她是他的人生最狼狈的污点，是他内心深处最不光彩的牵绊，条条连着肮脏淋漓的鲜血，剪不断，理还乱。

不利于己的人被一一除去，他的身份亦水涨船高地尊贵起来，他便对她愈加冷漠。

每当他以正人君子自居之时，琉星冷不防出现在他面前，惊得他心底满是寒意。

他决定永远抛去心底这沉重的包袱，他的地位名望已经如日中天，不再需要刺客的黑手，他要让自己名副其实。

琉星已经配不上他，于是他找到衾月。每次面对衾月那张酷似琉星的脸时，他心下稍稍安宁，不复忐忑。

他以为自己已抛却心魔，抛去了那不堪回首的过去。

可是他错了，他低估了那魔的威力。

他看到琉星放在佩修门前的书信，先一步打开来看，吃了一惊。他没料到她如此决绝、如此彻底地要把自己从心里抹去，仿佛从未出现过。

他不动声色，烧了信，将一切事务打点清楚，跟所有人说自己外出修炼，只身赴约。

琉星果然把前尘都忘记了，她开心地抱着他，温柔地唤他"佩修"。

他默认。披着别人的外衣，他每日爱她疼她如至宝，小心呵护。

琉星死后，他重返江湖，一切照旧。

她是他的心魔，他曾经在心中千方百计地想把她连根除去，此时心愿已经达成，他却始终不能展露欢颜。

偌大人世间，茫茫人海中，一人一生，至少有一个真正懂得自己的知己，惺惺相惜，永不抛弃。

他却视她如粪土，一世辜负。

夜已深。印沐枫在自己一生一次的大喜之日下，靠着门框，紧紧地捂着脸，泪水从指缝流淌出来。

他无法不恸哭。

他将得万人信服，他将子孙满堂，他将满身荣光、声名显赫、万古流芳。

但他注定此后半生，孤独终老。

他中了毒，此生无解。

《意林》"松果阅读"

松开过去的自己，改变一生的结果
在别人的故事中找寻自己的影像
读过他们，你的青春才真正完整

《世界那么大，命中注定遇见你》

作者：马叛
定价：29.8元

爱是索取，是等待，也是信任。人与人之间的猜忌最终转化为你我之间难以逾越的鸿沟。马叛笔下的光头女友诠释着怎样的爱情？请关注这本书。

韩寒"一个"APP热门作家、九大顶级文学赛事获奖者、白金级畅销书《陪伴是最长情的告白》作者马叛最新作品《世界那么大，命中注定遇见你》，路过叛逆青春，笑到抽筋，痛到断肠。

《这世间所有的纸短情长》

作者：张芸欣
定价：29.8元

不敢说出来的依恋，在你和我之间，丝丝缕缕地挂牵。如同白子画与花千骨，近在眼前却如同相隔千山万水。暖伤文学女王张芸欣蜕变书写，温暖延续白金级畅销书《月光漫过珍珠夏》。

我们如云去云来，偶然擦肩，却成为别人的风景。

张芸欣最大胆的一次文字呈现，十年文学旅程最华美的收章。

《错过爱情，遇见你》

编者：《意林》编辑部
定价：28元

一本看似浪漫絮语，细思却极恐，回味却感动的怪异之书。学会独立，感悟人生。

周德东、庄秦、蔓殊菲儿、青罗扇子等最会讲故事的作家联袂书写，孤独絮语，只有自己才能体会。羽翼丰满，终将化蝶。

《我记得你说过的每句美好》

编者：《意林》编辑部
定价：28元

这本书记录你从未见过的纯净之爱，却感同身受的青春之殇。荆棘女王独木舟亲笔作序，讲述写作的惶恐与自得。

夏七夕、籽月、七微等深入骨髓地剖析疼痛中的微甜，以此凭吊终将逝去的青春。微小如尘埃，却是我最盲目的爱情，最真实的青春。